各自安好

GEZI ANHAO

杜萃 著

山西出版传媒集团
北岳文艺出版社
BEIYUE LITERATURE & ART PUBLISHING HOUSE
·太原·

图书在版编目（CIP）数据

各自安好 / 杜萃著 . — 太原：北岳文艺出版社，
2024.5
ISBN 978-7-5378-6866-2

Ⅰ . ①各… Ⅱ . ①杜… Ⅲ . ①短篇小说－小说集－中
国－当代 Ⅳ . ① I247.7

中国国家版本馆 CIP 数据核字 (2024) 第 099905 号

各自安好

杜萃　著

//

出品人
郭文礼

出版发行：山西出版传媒集团·北岳文艺出版社
地址：山西省太原市并州南路 57 号　邮编：030012
电话：0351-5628696（发行部）　0351-5628688（总编室）
传真：0351-5628680
经销商：新华书店
印刷装订：山西万佳印业有限公司

选题策划
谢放

责任编辑
谢放

开本：890mm×1240mm　1/32
字数：212 千　印张：8.25
版次：2024 年 5 月第 1 版
印次：2024 年 5 月山西第 1 次印刷

书籍设计
王利锋
谢放

印装监制
郭勇

书号：ISBN 978-7-5378-6866-2
定价：58.00 元

目 录

墙

一

这是一个平凡的日子，二〇一六年六月五日，午后，挂在天上的太阳好像把自己的红色素全部燃尽了，只剩下了淡淡的黄色，空气变得沉闷起来，植物也被烤得似乎抽去了水分，蔫蔫地立着。睡意朝每一个意欲享受悠闲午后时光的人们袭来。

电话铃声响起，将杜雨浙从这种似睡非睡的状态中唤醒。

"雨浙，你猜我昨天晚上见到谁了？"电话那边是杜雨浙的好朋友、高中时的同学林小溪。

"别卖关子了，你就直说吧。"杜雨浙的睡意已被彻底赶跑了。

"快开门吧，我就在你家门口。昨天晚上同学聚会，叫死你你也不去，错过好节目了。"林小溪人还没进家门声音就先进来了。

杜雨浙打开房门，不屑地说道："能有什么好节目！莫非又有什么几十年不见的老同学露面了？"

"还真让你说对了！你看，这是谁？"林小溪挂断电话，把手机里的照片调出来给杜雨浙看。

杜雨浙调动了所有的脑细胞来回忆，高中同学的面庞一个一个在脑海中闪过，却没有一个能和这个头发稀疏、目光无神、面部肌肉松弛、体态臃肿的同学对上号。

看着一脸茫然的杜雨浙，林小溪笑嘻嘻地说："你说这时间有多可怕，竟能把一个人完全改变！聚会前同学们就说有大新闻要曝，原来是三十年不露面的高翔回来了！"

"什么？这是高翔？！"杜雨浙的呼吸都仿佛停了下来，她怎么也不能把照片中的这个人与高翔联系在一起。

后来，林小溪又说了些什么，什么时候走的，杜雨浙全然没有在意。

曾经，高翔在杜雨浙的心目中那就是完美的存在——高挑的个子、匀称的身材、白皙的皮肤、端正的五官，特别是那双犀利的、充满智慧的眼睛，看人时炯炯有神，弄得杜雨浙从来都不敢直视他。

完美的高翔，高高飞翔在天上；而自己，身材矮小、长相一般、智商平常——这一切像一堵无形的墙高高地、长久地横亘在杜雨浙和高翔之间。

这是一堵无法逾越的墙，把杜雨浙与高翔隔开在两个世界，两个完全没有交集的世界。

随着时间的流逝，这堵墙在杜雨浙的心里慢慢变得似有似无了，甚至有时连杜雨浙自己也搞不清这堵墙是否还存在。但只要某天杜雨浙听闻了有关高翔的只言片语，那么或是在百无聊赖的午后，或是在夜深人静的傍晚，杜雨浙的心中便会悠悠升起丝丝凉意。这股凉意有时会倏然而去，了无踪影；有时又会慢慢扩散，包裹住杜雨浙，再悄然将那堵厚重的墙重新立在她的心中。

"如影随形的墙啊！也许只有死亡才可以使它轰然倒塌。"杜雨浙总是这样想。

可就在今天，就在刚才，林小溪用她手机中的那张照片，彻底将杜雨浙心中的那堵墙击倒了，杜雨浙甚至真切地听到了墙体倒塌时所发出的轰隆声。

杜雨浙忽然有种莫名的轻松感，轻松到连思想也好像脱离了肉体，飞了出去。

闭目、静心，整个世界都远去了。

鱼缸里自由游动的那些鱼，天生便穿着绚烂的彩衣；窗外或浓绿或浅黄的植物被刚才的那阵雨水洗涤后变得生机勃勃；一些不知名的小花也在绽放着自己的笑脸，身姿摇曳；谁家的小狗，正在撒欢地跑前跑后……

杜雨淅觉得，再怎么说世界也是真实的。

二

一九八四年九月二十日上午，西州一中的高二年级正在进行文理科分班。文科班的杜雨渐正与同桌林小溪讨论到底能从重点班分来几个学文的同学。

"能多分来几个就好了。"杜雨渐心中想着。

教室门被推开了，班主任黄老师走了进来，身后跟着六名同学。

"同学们注意了，这六名新同学是从重点班分来咱们班的，以后大家就要在一个班里学习了，你们要多向这几名新同学学习，争取把咱班的整体成绩提上去。现在要调整一下座位。"黄老师一边说一边盯着下边的同学看。

同学们吵吵开了，都主动要求与新同学坐同桌。

杜雨渐小声地与林小溪说："咱们班同学太有意思了——人家学习好，和你坐了同桌，你就学习好了？"

杜雨渐说罢也朝站在讲台上的新同学望去：站在讲台上的这六名同学三男三女，怎么长得都这么顺眼呢！特别是那个大个子男同学，眉清目秀的，学习又那么好，还真是不错呢！

杜雨渐忽然也期盼着能与这六名同学中的一名坐同桌了，最好是与那个大个子男同学。

"高翔，你个子大，坐最后一排吧；李小林，你坐靠窗户第二排；韩雪，你与高翔坐一桌；张红，坐倒数第二排；刘红，坐倒数第三排；唐文燕，坐第一排。好，现在这六名同学都已经安排好了，以后大家要是觉得座位不合适，可随时找我调换。现在咱们开始上课。"

"没戏了。"黄老师话音刚落，林小溪就不紧不慢地来了这么一句。

"怎么，你不想和我坐同桌了？黄老师不是说了，以后还可以调换的。"杜雨淅压低了声音说。

话虽这么说，但一种莫名的失落感却占据了杜雨淅的内心，她望望窗外，天灰蒙蒙的。

分班小插曲似乎很快就过去了，同学们又都回到了紧张的学习中。

期中考试毕，不出大家所料，重点班分来的那六名同学成绩都是名列前茅；更不可思议的是，与他们同桌的那些同学，考试成绩也都有所提高，这还真是"近朱者赤，近墨者黑"啊！这让一向都不相信座位能影响成绩的杜雨淅开始怀疑自己的学习方法有问题。

抱着对学习好的同学的崇拜心态，杜雨淅有意无意地观察起了那几名好学生，特别是那个大个子高翔，坐在最后一排中间，是那样的显眼，明亮的眼睛透露着一股聪明劲。即使是在晚自习时，杜雨淅偶然地回头，仍然可以看到高翔眼中的光。

天气渐渐转凉了，北方的景色也变得多彩起来，而这多彩又有别于春天的绚烂，春天的色彩中蕴含的是新与嫩，而秋天的色彩中却深藏着成熟与稳重。

这天临放学时，黄老师来到教室宣布："明天上午八点，学校组织登山活动，我希望咱们班的同学都能参加。现在是咱们西州最美的季节，同学们要留心观察，回来后要写一篇写景的散文。大家在登山过程中，要特别注意安全，要互相帮助。"黄老师话音未落，底下的同学们早已为这突如其来的消息而激动起来。大家忙着收拾书包，互相说笑着，一改往日下学后也要留在教室学习的状态，都恨不得立即就到了明天早上。

杜雨淅回到家里，却怎么也睡不着，把对好时间的闹铃检查了好几遍。"明天不会下雨吧？今天太阳落山后天空呈现红色晚霞，应该不会下雨的。明天同学们一起爬山，说不定还能与高翔说上话呢。"杜雨淅翻来覆去睡不着，思绪出奇地活跃，想着明天登山可能发生的种种情形。

终于挨到第二天早上了，没有睡好觉的杜雨淅迷迷糊糊地来到学校门口时，大部分同学已等在那里了。

"杜雨淅，你怎么才来呀？我还以为你不去了呢！"一见杜雨淅的面，林小溪就开始数落上了。

经林小溪这么一叫，大家都把目光聚集在了杜雨淅身上，搞得杜雨淅面红耳赤的。她悄悄环视一下，发现高翔也在注视着自己，心里便忐忑不安起来。

"这不还差两分才八点嘛。"杜雨淅小声嘀咕着，为自己辩解。

八点一到，旅游大巴的门开启了，大家纷纷上了车，终于可以放飞一下心情了。

西州市西南的天芽山，距西州市区四十多公里，山石多为花岗岩，石质坚硬。这里虽地处少雨的北方，但在雨季的时候，总有潺潺小溪从山涧流出，水质清澈。山上有原始森林覆盖，植被茂密，以槐树、柳树为主，间或有桦树、银杏等树种，还有很多藤类植物攀爬其间。山顶是较为平坦的草甸。

这里最美的时节是深秋。霜降一过，天气变冷，夜间温度骤降，树叶被霜一染，渐渐由绿转红，由红转黄。一座山中、一棵树上，树叶变色时间不同，由此这里成了五彩缤纷的世界，美得像仙境一般。

四十多公里的路程，一眨眼就到了。大巴车进入山区，速度慢了下来。山间小溪潺潺的水声也由远而近，近在耳边了。山谷越来越窄，眼看前面两山就要合拢，就没路走了，车行到跟前一转弯，山谷却又开阔起来了，还真是"山重水复疑无路，柳暗花明又一村"呢！

虽说大部分同学以前都来过这里，但全班集体行动还是头一遭。车一停稳，大家便迫不及待地冲下车去，没有了往日的礼让与矜持。

"大家等一等，宣布一下纪律。为安全起见，大家不要单独行动，最少两人一组。前山进，后山出。刚才那辆大巴车会在后山停车场接大家。下午三点之前，大家都要回到车上。都听清楚了没有？"纪律委员张红大声宣布着。同学们早已跑的跑，追的追了，也不知道都听清楚了没有。

这黄老师也真会选人，全班最数张红淘气、捣蛋、不守纪律，没人能管得了他，黄老师便让他当纪律委员，自己管自己。虽然他还是活泼好动，但毕竟规矩多了；特别是对组织外出活动这样的事，张红还是很拿手的，呼前喊后地招呼着大家。

"雨淅，快点，咱们跟上高翔和韩雪他们。"林小溪拽着杜雨淅使劲往前走。

深秋的山中，天气还是有些冷的。杜雨淅踩着石头过小溪时，一个不稳，滑入水中，凉意瞬间从脚底冲到了头顶，美景顿时在杜雨淅面前退了色——在高翔面前出了丑，这令杜雨淅觉得难堪。

"没事吧？"岸上的高翔边说边把手伸向杜雨淅。杜雨淅伸了伸手却又缩了回去。

"我没事，谢谢你了。"杜雨淅边说边赶紧上了岸，心中似有一股暖流流过。

"你这是怎么了，一早就迷迷糊糊的？"林小溪快人快语。

"我昨天晚上没睡好，确实有点迷糊，幸亏只是掉进小溪里。不过，那水还真冷。你下去试试？"

杜雨淅拉着林小溪就要往水里拽，林小溪一着急，赶紧跑开了，头上扎着的两条羊角辫在后脑勺一颤一颤的。

山不高，但因这里没有被正式开发，山路蜿蜒曲折，有些地方很窄，要爬到山顶还真不是件容易的事。

先到山顶的同学们早坐在草地上休息了，等到高翔他们这一大波爬上来的时候，有人提议大家来联诗：可以背古诗，也可以自己创作，但内容要与今天的活动有关。

"背古诗有什么意思？！必须要自己创作。"平时最爱说笑的张红一本正经地说道。

"张红，你先来，看看你的本事。"张红话音未落，林小溪就抢着嚷道。

这张红也不推辞，开口就来：

高二学生来爬山，一路辛苦一路忙。

站在山顶往下看，只见树叶不见山。

张红一边念着，一边像小猴子一样，单腿站立，右臂举到身子左侧，右手反手做手搭凉篷的动作，身子前倾，摆出向下看的姿势。

"还可以嘛，张红！你这诗虽然直白，却也确切。"一向稳重且不爱说话的高翔也难得发了声。

"这叫什么诗呀？！最多只能算是打油诗。"一向清高的韩雪见高翔对评诗有兴趣，也想找机会显露一下自己的作诗才华。

"那你来，韩雪。"高翔见韩雪说出这样的话，便知韩雪有意展示自己在作诗方面的天赋。大家对韩雪的文学功底也是早有耳闻，便七嘴八舌地要求韩雪作诗。

韩雪推辞了一下，便站了起来：

蓝蓝天空挂红日，漫漫群山起舞姿。
微微秋风拂落叶，清清流水洗彩石。

韩雪念完，赶紧坐下，一边说着"让大家见笑了"，一边用那双漂亮的丹凤眼扫视着大家，一副看谁敢挑战的神情。

大家自知比不过韩雪，便不再出声了。

还是高翔最先反应过来，带头鼓起了掌，大家也急忙跟着鼓起掌来，气氛总算又活跃了起来。

向来不肯认输的林小溪拉着杜雨淅使劲往起拽："雨淅，你来，不信比不过韩雪。"

这普通班的学生在重点班学生面前，总是有着一种不服输的心态——即便现在大家在一个班学习了。

杜雨淅虽一向不肯出头，但内心也不是全然没有一丝波澜的，面对韩雪的咄咄逼人，她也很想打压一下那气焰，好在刚才爬山的时候也确有所感触。推辞了一下后，她也慢慢站了起来。

"我胡乱凑了一首，供大家一笑，诗名就叫《秋日》。"

"啊，还要诗名？那我刚才的那首诗名叫《爬山》。"张红插话道。

"韩雪，你的诗名是什么？"张红热心地问。

韩雪略加思索，说道："就叫《无题》吧。"

"《无题》不行。"张红有点着急。

韩雪却是不急不慌，说古诗中就有很多诗是以"无题"为名的。她说完，自顾自坐着，也不再理会张红的不满。

杜雨淅有板有眼的样子，倒让大家多了一分期待。张红和韩雪说完后，大家就把目光集中到了杜雨淅身上，这让本来就内向的杜雨淅更加没了底气，刚才好不容易鼓起的勇气也荡然无存了，踌躇了半天，才用蚊子般的声音念了起来：

秋日

红黄绿叶缀树枝，青翠碧草密如织，

无情秋风横扫日，叶落草枯伤心时。

杜雨淅刚一念完坐下，就有同学叫唤没有听清，要求再念一次。杜雨淅也是下了一番决心，站了起来，声音清晰而缓慢，一字一句把刚才那首《秋日》又念了一遍。

这下可没人说话了，只是气氛有些怪怪的。

"雨淅，你伤心什么呀，是不是有什么心事？"林小溪神秘兮兮地问道。

"哪里的事，只是想到这么美丽的景色过几天让这秋风一吹就全没了，心中不免伤感。"

"你还真是多愁善感呀！这是自然规律，明年春天这树叶就又长出来了。"

"那你说，明年春天长出的树叶和今年秋天落下的树叶是什么关系呢？是像人的头发一样，本是一体，只是不断地推陈出新呢，还是像人的兄弟姐妹一样，虽然出自同一母体，但却是截然不同的个体呢？"

"谁知道呢！你想这干啥呀？"

杜雨淅与林小溪你一句我一句地讨论着，只听一旁的韩雪低声说了一句"故弄玄虚"。

一时之间，醋意弥漫。这是怎么了？难道是因为自己的小诗压过了韩雪的？还是自己多愁善感的本性让韩雪误以为自己在表演？杜雨淅刚才的闲情愁绪瞬间不见了踪影。

　　大家也觉出气氛不怎么和谐了。幸好时间也不早了，张红提醒大家该下山了，于是也没人再提作诗的事了。

　　返程途中，大家都有些昏昏欲睡，完全没有了来时的兴奋与欢欣。

　　登山活动一眨眼就过去了，大家都各写了一篇类似"天芽山游记"的作文，把有关登山的记忆从大脑中搬到了纸上。只是偶尔开玩笑时，有人会用张红的那句"站在山顶往下看，只见树叶不见山"来打趣，这张红也说着他要是生在唐朝，这诗也能流传千古之类的话，只是没人理他。

　　一切又恢复了往日的状态，紧张的学习气氛又回来了。

　　到底是杜雨淅细心敏感，自从登山回来，她就觉得韩雪看自己的眼神有点不大对劲，好在二人座位一前一后，倒也没有什么非打交道不可的地方。

　　春节如期而至，正月初三、初四的时候，关系不错的同学都要互相串门。说是串门，其实在谁家也待不了多长时间。大家三五成群，到了谁家坐上一下，喝点水，吃颗糖，拿几粒花生瓜子的，便又相邀到下一家了，队伍越来越庞大，赶上好客的家长，也有盛情难却留下来吃饭的情况。

　　韩雪虽然傲气，但毕竟生性活泼，集体活动也还是愿意参加的。初三时她还好好的，和大家一起有说有笑，初四就突然变了，任谁也叫不动了。大家只当韩雪在耍小女子脾气，也没去探究更多缘由。

这韩雪是有资格耍脾气的。她有着将近一米七的个子，身材苗条但不纤细，五官虽然不是特别秀气但也精致大方，眉宇之间更透着一股英气；特别是那双眼睛，眼形细长，小眼角上挑，眼皮薄薄的，倒让人觉得比一般的双眼皮还多几分灵气，这在西州一中文科五班也算是标志性眼睛——"韩雪式丹凤眼"。

韩雪拥有如此优势，再加上要强好学，脑子聪明，学习成绩总是名列前茅，从小到大都是大家眼中的佼佼者，纵然有些傲气，爱耍个脾气什么的，大家也都不觉有什么不妥。

谁知新学期一开学，韩雪就找班主任黄老师去了，要求调换座位。

这是什么鬼？韩雪与高翔同桌，两人都是大个子，又都是从重点班分来的，学习成绩也都很好，再加上两人都长相出众，从各方面来说都是最佳组合。同学中间也早有传闻，说两人之间有恋情。他们从初中到高中再到文科班都在一个班，住的宿舍也离得不远，可以说是现实版的青梅竹马，有恋情也不足为奇——现在坐一桌，大家觉得再正常不过了。这突然的调换座位要求倒是引起大家的种种猜测。

没有不透风的墙，一个传言在班里蔓延开来，说是正月初三那天上午，高翔早早就去了韩雪家，后来两人也是相跟着去了很多同学家拜年。晚上高翔离开韩雪家的时候，已经很晚了，有人看到他们在楼下站了很久，还好像听到韩雪的哭声。

传言说得有板有眼，但到底韩雪为什么非要调换座位，这恐怕只有她自己知道了。

韩雪个子高，又非要坐到前排去，这要求提出来好几天了，班主任也没法给她解决，最后黄老师让她自己去协调。

一天晚自习过后，杜雨渐收拾完书包正准备回家，韩雪把她叫住，说要商量个事。

平时一向很少交流的两人，能有什么可商量的事？杜雨淅望着韩雪，心中很是疑惑。

　　"啥事？"杜雨淅问道。

　　"高翔要和你坐同桌。"韩雪面无表情地说道。

　　"行不行啊？"看杜雨淅半天没有反应，韩雪高声叫了起来。

　　一向不习惯拒绝别人的杜雨淅，一下没有了主意，想了一会儿，才勉强说："那试一试吧。"

　　第二天杜雨淅就后悔了。一早到了教室，却看到韩雪已经坐在了自己的座位上，她心里那个矛盾啊——又怕林小溪说自己不够意思，又怕韩雪作弄自己，又不知高翔会怎么想，正站在那里左右为难之际，班主任黄老师进来了。

　　"杜雨淅，既然你同意和韩雪换座位，那你坐到她座位上去吧。"黄老师指了一下韩雪的座位说道。

　　犹豫也没用啦，杜雨淅只好坐在了最后一排，到底韩雪什么时候和老师说的也不得而知了。

　　杜雨淅坐到最后一排，个子小的问题就凸显出来。尽管她也是尽量穿个有点后跟的鞋子，想稍微垫高一下自己，但作为高中生，又不可能穿高跟鞋，所以改变的幅度有限。于是，只要高翔站着，她就一定选择坐下，尽量不和高翔同时站立。

　　杜雨淅因为与韩雪调换座位，落了林小溪不少埋怨。过了将近一个月，来自林小溪的埋怨才开始变得少起来。韩雪也安静地专注于学习了，对杜雨淅的态度也渐渐缓和了。

　　北方的早春还是有些冷的，正是乍暖还凉的季节。一点点消融着冰冻的土层，孕育着生命与希望。

　　周五，晚自习结束已经快一个小时了，加班学习的同学也陆续开始回家了。杜雨淅收拾好书包正准备要走，却见已经走了一会儿的高翔又返了回来。杜雨淅一脸诧异，看着高翔欲言又止。

"这么晚还不回家？"高翔先开口说道。

"这就走了。"杜雨淅边说边走。

"能不能谈一谈？"高翔的声音虽然不高，但杜雨淅还是听得真真切切，立时她的腿像被用钉子钉在了原地。控制好紧张的情绪后，她坐回了座位上。

"你从小就喜欢诗词？"

"也一般，我爸比较喜欢，家里诗词书籍多一些。"

"你可以往这方面发展。"

"以后再说吧，先得应付高考。"

"这高考制度真是毁人，不能发挥每个人的特长。"

"也不能这么说，高考还是个比较公平的制度。不上个大学，我们连工作也找不下。"

"也是。你数学差点，要多用点功夫。不早了，赶紧回家吧。"高翔说完，拿了一本书就走了。

杜雨淅被高翔这突如其来的谈话搞得有点摸不着头脑，但心底却悠悠然升起了一股暖意。

杜雨淅想，早春的太阳虽然热量有限，但至少看起来是温暖的。

谁承想，仅仅过去半个月光景，那热便铺天盖地地来了。人们纷纷脱去厚重的冬服，换上轻便的春装。只能穿校服的女孩子也要想方设法在校服里面套上一件色彩鲜艳的衬衣，然后把衬衣领子显露出来。

春意一天浓似一天，小草早已由浅绿转为深绿，柳条也一天天粗起来，微风再也吹不动它了。杨树叶子也变得稠密起来，太阳光勉强才把斑驳的亮点投到树下的小草上。迎春花、桃花、杏花、樱花、海棠花，各种花儿竞相开放，将一个仿佛全新的、以前不曾有过的世界呈现在了人们的面前。

诗意逼人无处躲。每天被姹紫嫣红的春色围绕，小有诗人情怀的杜雨淅也会偶尔作首诗。

春回

春日照乾坤，大地复繁荣。
房前杏花白，屋后桃色红。

桃花

昨夜春风轻轻吹，万千桃花飘飘飞。
瓣粉蕊红娇又美，落在地上无人陪。
他日秋雨丝丝碎，满树仙桃水水媚。
皮薄肉厚甜而脆，入谁口中惹谁醉。

杜雨淅小心地把自己作的两首小诗记在笔记本上，有意无意地摊在桌子上，希望高翔能够看到。

室外有美景，心中有诗意。杜雨淅的内心世界是快乐的、愉悦的。

"一石激起千层浪。"李小林与刘红高调恋爱的传闻迅速在文科五班蔓延开，仅仅一天的时间，全班同学便无人不知、无人不晓了。

高中学生谈个恋爱本不是什么新闻，各班都有传闻；但大家毕竟还是学生，既受家长管束，又受学校约束，即使男女同学互生爱慕，最多也只是在私底下传递个纸条。像班里以前传的高翔与韩雪有恋情的事，大家也只是在背后猜测罢了，他们两人在学校并没有做出过能够证实这猜测的举动。

但李小林与刘红却明目张胆到对他人毫不避讳的程度——在课间十分钟也要坐在一起学习，下了晚自习还要相跟着一起回家。最令同学们吃惊的还不是两人恋爱，而是性格古怪的李小林，平时连话都不和女生说一句，现如今恋爱了。他以前每天戴着个大边框眼镜，头发长到能把眼睛也遮住的程度——没人看清过他的眼睛到底是长什么样子，绿色军裤拖到地上，一走路，把地面的尘土都卷了起来。他从不着急，每天上课卡着点来，两手插在裤兜里，缩着个脖子，慢腾腾地走进教室。这样不修边幅的一个人，怎能和爱情联系在一起？

大家都替刘红感到惋惜。刘红性格极其温柔，人又大度，对人真诚热情，长得也清秀脱俗，有着两只会说话的大眼睛，一副天真烂漫的模样。她与李小林那样一个邋里邋遢的人处对象实在大大出乎人们的意料。

而这一切却真实地发生了。刘红也毫不掩饰，大大方方地跟李小林交往起来。

自从李小林与刘红恋爱以后，同学们对李小林的关注度那是明显上升了。经过一番观察，大家都说李小林其实是极其聪明的一个人，有着文人气质——不修边幅也正是文人气质的表现，别看他表面上对谁都不理不搭，实际上对每个同学都有着精准判断，能入李小林法眼的人也没有几个。

不久，这消息连班主任黄老师也知道了。

既然已经是明摆着的事了，黄老师也没有回避，在自习课上就直接把李小林叫了起来："李小林，你和刘红谈对象呢？"

"是的。"

"你们现在是高中学生，要注意影响，高中生是不允许谈对象的。"

"哪条法律规定高中生不许谈对象了？"

"法律倒是没有规定，但学校的纪律有规定。"

"学校的纪律也应该在法律范围内制定。学生也是人，人是有恋爱自由的。"

黄老师本想当着全班同学的面教育一下李小林，让李小林难堪，从而结束与刘红的恋爱关系，谁知这李小林在黄老师面前毫无惧色。黄老师也总不能因为谈恋爱的事就开除李小林与刘红的学籍吧？！

这事不明说的话，同学们还想着学校会怎样处置校园恋爱呢，现在被李小林一挑明，大家认清了一个事实，那就是学校也不能把谈恋爱的学生怎么样。

有了榜样，那些平时互相稍有好感的男女同学也都开始交往了。一时间，谈恋爱热潮迅速席卷文科五班，大有蔓延全校之势。

一天晚自习，班主任黄老师给大家出了一个讨论题目，"高中学生谈恋爱之得失"，要求同学们把这个问题讨论透彻，可以私底下讨论，也可以站起来发言。

黄老师首先要求李小林发言。

李小林站起来，想了想说道："首先，恋爱是出于人的一种本能，人与人之间互相有好感就可以谈恋爱。其次，谈恋爱可以促进学习。爱情是一种美好的感情，可以使人产生快乐的情绪，而这种情绪是有利于学习的……"

李小林话还未说完，他的观点就得到大家的一致认同，教室里气氛热烈，叫好声不断。

"有没有不同意见？"黄老师环视了一周问道。

"我来说一下。"高翔不紧不慢地站了起来，"高中学生尚不成熟，世界观与价值观还没有形成一个完整的体系，这时应该把主要精力放在提高个人的学业水平和精神追求上，过早谈恋爱容易束缚自己的发展。"

高翔说完，教室里一片沉寂，完全没有了刚才的热烈气氛。

"高翔说得对，高中阶段你自己还没有定型，怎么能够判定对方是否适合自己呢？即便世间真有爱情，那也应是从万千人中找到那个属于自己的真爱。像你们这样，一个班里就出现这么多谈恋爱的，这只能说是对自己不负责任，对对方不负责任。你们现在的主要任务是学习，只有自己有了好的前程，才能找到适合自己的对象，才能有一个好的未来。"

黄老师边说边在教室里巡视了起来："再说了，你们都是国家的希望、未来事业的接班人，应该把理想定得远大一些，不应该过早地让儿女情长束缚自己的思想，妨碍自己的发展。"

黄老师说完，没有人再愿意发言了。

随着这一学期的结束，这一波恋爱风潮似乎渐渐平息了，已经有好几对同学自动放弃恋爱了。

高二年级的暑假是短暂的，但对于杜雨淅来说却是沉闷又漫长的。自从班里那天讨论完"高中学生谈恋爱之得失"后，她的内心可不像她表面上看起来的那样平静。

虽然在那之前，杜雨淅对高翔是有一些好感的，也尽量想在高翔面前表现得完美一些，但那种感觉总还是模糊的，不明确——就像一粒春天种下的种子，如果没有适宜的条件它也不会生根发芽；况且高翔与韩雪的关系一直是个谜，杜雨淅其实也很想弄清楚，但又无从做起。当然，从那天晚上高翔的发言可以断定，高翔没有与韩雪谈恋爱。

高翔长相那么出众，性格那么成熟，理想那么远大，连韩雪这么优秀的女生都不能影响到他，高翔在杜雨淅的内心变得越来越高不可攀了。

当杜雨淅复习范仲淹的《岳阳楼记》时，觉得高翔就是那个"不以物喜，不以己悲""先天下之忧而忧，后天下之乐而乐"的人；当杜雨淅复习杜甫的《茅屋为秋风所破歌》时，觉得高翔就是那个"大庇天下寒士俱欢颜"的人。

一切伟大与美好似乎都集中在了高翔的身上，杜雨淅把这种对高翔的崇拜之情埋在心底，觉得心里热乎乎的。而当杜雨淅想到自己低矮的身材、一般的长相、平平的成绩，甚至连个高大目标都没有的时候，心底又会升腾起阵阵凉意，就像酷热的午后忽然下起了瓢泼大雨，把那热一下子压制下来。

这种冷热的交织，让杜雨淅看起来总是有些精神恍惚。

夏天的雨说来就来，杜雨淅从不喜欢打雨伞，她喜欢淋雨。街上行人稀少，天黑沉沉的，花草树木的颜色都浓烈起来，天地间只有唰唰的雨声，仿佛世界都安静了下来。

杜雨淅在雨中慢慢地走着，雨水淋湿了她的头发，淋湿了她的衣服，但她的大脑却是出奇地灵动。她想象此时的高翔一定在家里伏案学习，甚至她都能听到高翔背诵英语课文的声音，声音不高，却很清晰。

夏天的夜来得晚，晚上八点多钟了，天还没有完全黑下来，白天的热空气慢慢散去，到晚上十点以后，天完全黑了下来，空气也变得凉爽一些了，正是学习的大好时光。淋过雨的杜雨淅回到家，面前摊着书本，脑子里却想象此时的高翔一定在做几何题，连他本子上画的几何图形她都看得很清楚……

时间过得真慢，杜雨淅数着日子，期盼着快点开学。是为了能够见到高翔吗？杜雨淅一遍遍地问着自己。这种连自己也搞不清楚的情绪为何会如此强大，竟能左右自己的思维。

这种强大的情绪来袭时，杜雨淅恨不得马上就见到高翔。

"可以向高翔请教几道数学题。"杜雨淅想着，把要请教的数学题也准备好了——去高翔家的路线图就在眼前，只要顺着路线图走，半个多小时就可以到高翔家。

"雨淅，你干啥去呀？"妈妈的声音好像天外来音，把杜雨淅又拉回到现实世界中。

"干啥去呀？"杜雨淅问自己——万一高翔看出自己的情绪来，那多不好意思——自己与高翔之间的那堵墙又竖了起来，立时阻断了杜雨淅的去路。杜雨淅回到自己的房间，坐了下来。

整个暑假，这样的冲动发生过好几次，当然，最终都没有成行。

终于开学了。从学校的广播中、老师的讲话中、同学们的交流中，杜雨淅都能感受到"紧张"二字。高三学生应有的紧张气氛笼罩着全班每一个人。

杜雨淅看到高翔和往日一样认真学习，她深为自己在暑假期间的胡思乱想而后悔。

时间过得飞快，一转眼半个学期就过去了，又到了天凉气爽的季节。看着窗外日渐缤纷的世界，大家都想起了去年的爬山活动。

一天晚自习过后，纪律委员张红突然宣布："明天早上八点，大家在学校门口集合。"

不明真相的杜雨淅盘算着要不要去爬山，便问了一下高翔："你明天去不去爬山？"

"咱们是高三的学生，学校是不组织爬山的。张红在逗大家玩呢。怎么，又想去作诗呀？"

"我真没有这么想，况且诗也作得不好。"

"你春天时写的那个《桃花》不错，特别是用'飘飘飞'形容桃花，用'水水媚'形容仙桃，比较传神。"

"你看过了？不好意思，我胡乱写着玩的，还是韩雪写的好。"

"你和她性格不一样，作出来的诗的风格就不一样。她比较张扬，你内敛一些。"

"那你喜欢哪一类的呢？"杜雨淅话到嘴边又咽了回去，自己是想问高翔喜欢哪一类型的诗，可别让高翔误以为是在问他喜欢哪一类型性格呢！

高翔见杜雨淅不说话了，赶紧让张红把刚才宣布的爬山的事说清楚，免得大家误会。

张红还在狡辩："我没有说去爬山呀，我只说在学校门口集合。"

"那集合上干啥呀？"

"上课呀！"

高翔见张红这么死皮，跑过去在张红头上打了一巴掌，边打边说："上课还集合什么呀！"

大家经他俩这么一折腾，都知道张红在逗大家玩呢，都要追着打张红呢。张红跑得快，早一溜烟跑没影了。

秋日的夜晚，凉意已浓，皎洁的月光洒向大地。

杜雨淅推着自行车慢慢地走着，也不着急回家，刚才的场景又在她脑中回放。这应该是自己与高翔最深入的一次谈话了，可从高翔的话语中丝毫感觉不出他对性格的偏好。杜雨淅后悔自己刚才没有借着说诗的事询问一下高翔是喜欢张扬的还是喜欢内敛的。正在这么想的时候，杜雨淅清晰地看到了地面上自己的影子。望着那个短粗的影子，杜雨淅心里一下子凉了，脑子一下子清醒了，开始庆幸自己刚才没有多问。

后半个学期过得更快了，每天都在做题，同学们连相互间的交流都少了。

高三的寒假只有短短的十天，正月初七就开学了。好多人还没有从年味中回过神来呢。

开学第二天，张红就迟到了，被班主任逮个正着。

"张红，你为啥来迟了？"

"我今天走得慢了。"

"那你明天走得快点。"

"行。"

对于张红的迟到，黄老师也没有严肃处理，只是这么简单地说了一下。

开学第三天，张红又迟到了。黄老师还是和颜悦色地问："张红，你怎么又迟到了？"

"我今天走得有点快，碰了一个老太太，我只好把她扶回家了。"

"那你以后当个警察吧。"

"行。"

看见黄老师对张红这么宽容，一向严格要求自己的高翔小声说道："张红这么吊儿郎当，一定考不上好大学，以后也不会有出息。"

高翔既像是在自言自语，又像是在说给杜雨淅听。

杜雨淅觉得张红只是活泼、自由一些，怎么就能断定人家将来没有出息呢？心里这么想了一下，也没有多说，只是觉得高翔这种自律的人容易苛责别人。

可是，高翔的志向到底有多么远大呀？杜雨淅心里想着。

开学不到一个月，就进行了一次摸底考试，后面又进行了两次考试，三次摸底考试完，基本就到了五月底了，马上就要高考了——整个学期好像只进行了三次考试，什么也没有学到。同学们也开始忙着互相在毕业纪念册上留言，不外乎是"考个好大学""前途无量""幸福一生"等千篇一律的祝词，这些祝词在杜雨淅眼里都很俗。为了能给高翔留下一个有意义的留言，杜雨淅绞尽脑汁，终于想到了一个自己满意的留言：

——祝你永远生活在阳光下。

杜雨淅给高翔留完言，期待着高翔也能给自己写一个有意义的留言。高翔拿着杜雨淅的纪念册想了半天，最后说："不用写了，不知道该怎么写。"

杜雨淅失望之余，只好把自己的纪念册拿了回来，心里不明白高翔是什么意思。

高考也就三天，很快就结束了。三年来，不，不止三年，应该是从上小学一年级开始，高考就是每一个学生头上的紧箍咒。每当孩子在外面多玩一会儿，家长就会把孩子叫回家写作业，还说："只有学习好了，将来考个好大学，才能有一个好前程。"

"高考"是每个学生听到的频率最高的一个词。"神圣"了这么多年的一件事，就在这短短的三天完成了，这么轻而易举，好像雷声大雨点小，又好像重锤高高举起却轻轻落下。

高考结束了，接下来的填报高考志愿也很重要。为了慎重起见，也为了能再见到老师和同学，很多学生都要找班主任老师给自己提供参考意见。

前后仅仅相隔十几天时间，师生之间的关系就发生了翻天覆地的变化。以前黄老师虽然也很和气，但不苟言笑，和学生之间除了学习上的事基本上不怎么交流；这怎么仅仅是过了个高考，同学和黄老师之间已经没有了以前的严肃气氛。大家把黄老师围在中间，嘻嘻哈哈的，与其说是师生，倒不如说是朋友。他们有的怨黄老师之前没有严格要求自己，有的说不想离开黄老师，有的说黄老师偏向张红。

说起张红，黄老师脸上的表情立刻就变得温暖了。

"张红是咱们班最善良的一个孩子，情商很高。他家离学校近，每天晚上都要来教室检查门窗关好了没有。那天上学迟到，张红说他送老太太回家了，你们一定以为他是瞎编的，其实他真是送老太太回家了。当天下午，那个老太太就找到校领导反映了情况。其实他也没有撞到老太太，只是低头走路，从后面把老太太顶了一下，以防万一，他就非要送老太太回家。当时就有校领导觉得张红不分轻重，还有点故意表演的嫌疑，其行为不值得提倡，因此学校也就没有公开这件事。你们马上就要离开学校了，我把这件事讲给你们听，以后你们到了社会上，不管你有多高的学历，不管你从事了什么工作，一定要保有一颗善良的心，要关心别人，帮助别人……"

黄老师正说着，林小溪眼尖，发现张红就站在大家后边，于是大声叫道："张红，你什么时候来的？怎么也不吭一声？"

"我看看有没有人说我的坏话。"

"黄老师表扬你呢！现在大家都崇拜你了。你准备报什么学校呀？"

"听老师的话，报警察学校。"

张红与林小溪你一句我一句地聊起来。黄老师赶紧招呼张红到他跟前，他拉着张红的手，语重心长地说："希望你以后不管到了哪里，不管际遇如何，善良的本性都不要改变。"

"保证不辜负您。"张红大声说着。他永远是那么活泼、开朗。

"不能只说张红的事，我报什么学校合适？"林小溪赶紧问黄老师。

"你是女孩子，当教师、会计或文职人员之类的都很好。你对人很有耐心，也很热情，干教师工作合适。"

黄老师刚一说完，林小溪就把杜雨淅拉到前面问道："那她呢，雨淅适合干什么？"

"杜雨淅嘛，性格内向，不爱与人交际，文学素养比较高，也可以干教师工作，但最好能从事编辑之类的工作。"

杜雨淅还没来得及说话，韩雪立即抢着问道："黄老师，我适合干啥？"

黄老师略加思索，笑着说道："韩雪是咱们班最有前途的女孩子，性格有点倔强，态度十分认真，适合干财经类的工作，也可以到政府部门工作。"

韩雪听黄老师这么一说，很是高兴，环顾了一圈，说道："咱们这些考得一般的都来了，那几个考得好的都没来。"

"谁考得好？"林小溪追问道。

"李小林与刘红考好了，听说他俩要报同一所大学，还是北京的大学，也不知道是哪所大学。高翔考得最好，听说要报北京大学呢。"韩雪说完，马上又缠着黄老师，要黄老师给他们三人做评价。

"李小林与刘红，心地单纯，优势互补，如果将来真能组建家庭，互相帮助，共同提高，可以发展得很好。高翔嘛，志存高远，有很强的自控能力，如果能有强力外援的话，前途不可限量。"

黄老师像一位慈祥的家长，又像一位年长的智者，一一为大家做了指导。

杜雨淅也被大家的热烈气氛所感染，有了强烈的说话愿望。

"大家在一起多好，只是今日一别，不知何时才能再见。"话音未落，早有眼泪在杜雨淅眼眶里打转，她赶紧低下头，怕被大家看到。

一旁的林小溪看得清楚："唉！杜雨淅，你干啥呢？！能不能说点让人愉快的！"

经杜雨淅这么一说，刚才那热烈的气氛迅速被离情别绪驱散了。大家也都表达了各自的不舍之情。

黄老师也红了眼睛，继而缓慢地说道："你们这个班，是我从教三十多年来带过的最好的一个班，有很多有才华的同学。我希望你们以后每年最少都能读一本书。咱们就约定每年春节期间大家都回来，定在正月初六吧，大家都到我家聚会。到时候我要检查你们的读书情况。今天时间不早了，大家赶紧回家吧。"

经黄老师这么一说，大家才发现外面的天已经泛黑了，大家这才恋恋不舍地各自走了。

高中阶段，这个有着最真挚同学友谊、最深厚师生感情、最难忘初恋情怀的阶段，就这么悄无声息地过去了。

> 轻轻的我走了，
> 　正如我轻轻的来；
> 我轻轻的招手，
> 　作别西天的云彩。
>
> 悄悄的我走了，
> 　正如我悄悄的来；
> 我挥一挥衣袖，
> 不带走一片云彩。

徐志摩的《再别康桥》不断在杜雨淅的耳边回响。

三

一九九一年的春节是阳历二月十五日，天气已不那么冷了。一冬天也没有下雪，春节前两天还小小地下了一场雨，户外槐树、柳树的枝干也不像隆冬时节那么枯了，似开始有来自大地母亲的乳汁注入这些干枯的生命。沉寂的世界就快要复活了。

正月初六一到，西州一中文科五班的同学便迎来了自己的盛大节日——全班聚会。

前几年，大家都在上学，没有什么钱，聚会也就是去黄老师家吃点干果什么的，就像是个茶话会。今年可不一样了，大家都毕业了，都有了收入，聚会于年前就开始筹备了，要搞一次大型的，中午有饭局，下午有歌舞。

最积极的还要数张红了。张红从警察学校毕业后，就在西州当上了一名警察。虽是刚从学校毕业，但一九九〇年代的警校毕业生在西州还是"稀缺资源"，很快他就当上了一名片儿警，西州一中及其周边区域都属于张红的管辖范围。这次聚会的地方——红星饭庄也是张红出面联系的。

今年这么大张旗鼓地搞聚会，除了因为大家基本都有了收入外，还有一个更重要的原因，那就是班主任黄老师去年退休了。这个在西州一中执教近四十年的语文老师，几乎年年都被评选为西州市的优秀教师，近六十岁了还奋战在教学最前线，把自己的文化知识、做人态度、看待问题的方法都毫无保留地传授给学生。能得到黄老师的教育和指导是幸运的，大家都非常尊敬黄老师。为了不让黄老师退休后感到失落与寂寞，大家都愿意出钱出力，把这个聚会办好。

林小溪与杜雨淅相跟着早早就到了黄老师家去邀请黄老师。这两人去年也从师范大学毕业，分配到了西州一中，就像是黄老师的接班人。杜雨淅是个不擅长表达的人，当一名教师似乎不太适合，但恋旧又念旧的她为了不与林小溪分开，也为了能回到这个她熟悉的地方，便与林小溪一同分配回西州一中，当上了一名语文教师。

一进黄老师的家门，二人就见茶几上摆满了各色干果，黄老师已穿戴整齐地坐在了沙发上。虽然黄老师住的是学校宿舍，面积不是很大，但相较于以前的正月初六，同学们一来就是三十多人，把整个家都挤得满满当当的情形，今年黄老师一个人坐在沙发上，整个家显得格外宽敞。

见了杜雨淅与林小溪，黄老师连忙招手示意，让她们俩坐下。

怎么回事，退休难道真的是一道分界线？！以前精神焕发、眼睛炯炯有神的一个人，仅仅退休半年，像变了个人似的，头发也明显地灰白了，脸色也没有以前红润了，最重要的是，眼睛也没有以前有神了。

杜雨淅看着黄老师，万千思绪涌上心头，可说出的话仅仅是一句："黄老师，你怎么变成这样了？"便再也无法自持，声音哽在喉咙里发不出来了。

黄老师倒是很乐观豁达，说是现在退休人员的待遇比以前好多了，每月退休工资按时就发下来了，因是模范教师，退休工资和上班时候一样，没有减少，学校也很照顾他，过年还发了慰问金。

相对于总是嫌自己挣得少的人来说，黄老师在教育战线上可以说是贡献很大了，但却这么容易满足，没有要求，没有怨言，只是觉得没事干了，有点空虚、寂寞。

林小溪望着黄老师有些落寂的神情，便赶紧另寻话题，陪黄老师聊起了班里同学的情况。

自从高中毕业后，有好几名同学就没有了消息；特别是高翔，也不知道他是不是每年不回西州过年，反正每年正月初六都没见到他来黄老师家。杜雨淅虽然也很想了解高翔的情况，可无奈每年聚会人那么多，大家各自交流自己的情况，恐怕连谁来了谁没来都搞不清楚，没有人去主动说起高翔。今年趁着人少，杜雨淅试探着问道："黄老师，咱们班考到北京的那几个同学，也不知道情况怎么样？"

说起考到北京的同学，黄老师立马显得精神了许多，眼睛也一下有神了，他沉着而缓慢地说道："李小林与刘红真是好样的，两人经过大学四年的相处，他们的爱情经受住了时间的考验；更重要的是，两人学习上互相促进，又都考上了研究生，将来一定能够取得更大的成就。"

"看来禁止高中生搞对象也不一定是对的。"林小溪说话又快又尖锐，让正说到兴头上的黄老师一时语塞，不知如何回应。

杜雨淅赶紧帮腔："也不能这么说，他们俩属于个例，大部分高中生搞对象都会耽误学习的。"

杜雨淅嘴上这么说，心里却在嘀咕，到底是搞对象耽误学习，还是不敢明目张胆搞对象，心底搞暗恋耽误学习——这恐怕连她自己也搞不清楚。

黄老师这才说："这个问题没有答案，咱们今天也不讨论这个问题。考到北京的还有高翔，他其实每年总要来看一下我，今年年前也来了一下。他这个人不喜欢人多，嫌乱，说人多没法交流。他来我这儿一般是和韩玉一起来。韩玉是我带的比你们早一届的学生，他也考上了北京大学。去年，高翔大学毕业后分在了北京的一个工商所上班，所里领导很重视他，前途应该很好吧。"

黄老师略一停顿，林小溪马上问道："不是被所里领导的姑娘看上了吧？现在很多领导都把有前途的男职工培养成女婿。"

林小溪看似玩笑的话语却让杜雨淅心里紧了一下。已过了四五年了吧，杜雨淅本以为自己现在可以从容地谈论高翔，可为何林小溪一个随意的猜测竟能让自己的心里又起波澜？

这是一种什么样的情绪？浩瀚宇宙，人是如此渺小，匆匆几十年生命，论体力不及马牛，论寿命不及龟贝；浩瀚宇宙，人是如此伟大，思绪可连接古今，爱恋可贯穿一生。

接下来的整个聚会，从吃饭到唱歌、跳舞，杜雨淅都没了兴趣。

大家在一起说得最多的，无非是谁干了什么样的工作，谁找上什么样的对象。

韩雪分在了财政局工作，对象是大学的同学。在整个聚会中，韩雪一改往日孤傲、高冷的状态，显得活泼而善谈。成熟的魅力使韩雪更加美丽动人，她俨然成了整个聚会的中心，男同学纷纷邀请韩雪跳舞，这韩雪也是，舞也跳得这么好。

"上天还真是善待韩雪呢。"杜雨淅心里想着。自己是既不会唱歌，也不会跳舞，坐在那儿显得呆板又多余。

林小溪虽然不怎么会跳舞，但歌唱得还是很有韵味的，她几次邀请杜雨淅一起唱歌，都被杜雨淅拒绝了。

有几个不怎么会玩的同学已经陆续退场了，杜雨淅也趁着别人不怎么注意的时候，悄悄离开了。

忙碌了一天，杜雨淅回到家的时候已经很疲惫了，简单吃了晚饭便回到自己的小屋休息。说是休息，其实只是身体在休息，思想却是格外活跃。

白天的场景一一浮现在杜雨淅眼前，特别是林小溪对高翔的猜测，竟真的幻化成了一幕幕场景呈现在杜雨淅的脑海里：美丽秀气的局长千金挽着高翔的胳膊在北京街头散步；电影院里，两人亲密相依，一起看电影；八达岭上，两人互相搀扶着一起爬山。

杜雨浙对北京的了解有限，但她能想到的地方都成为高翔与局长千金相依相偎画面的背景。慢慢地，这些画面变得遥远而模糊了，就像电视剧里边的远景似的，而自己只是一名观众，只是万千观众中的一员。

第二天早上醒来的时候，杜雨浙感到脑子里有点混乱。自己在胡思乱想什么呢？杜雨浙深为自己昨天的情绪感到不满。

作为一名教师，最大的好处就是能有寒暑两个假期。这不，正月初八一到，别人都已经上班了，杜雨浙还沉浸在假期的松散状态中。早晨睡到九点多了，实在不想再睡了，起来用凉水洗了一下脸才慢悠悠出了门。

街上过年的氛围还是很浓。人们的衣着相对于冬天的黑灰色调，明显变得绚丽多了，有的女孩子已经穿上了裙子，配上红色呢子大衣，给有些灰蒙蒙的大街增加了很多喜庆色彩。好些单位门口，已经开始布置彩门，悬挂灯笼，为正月十五的红火做准备。

杜雨浙走在街上，心里舒畅多了，想着初六自己的不辞而别，恐怕林小溪怪怨自己，便快步向林小溪家走去。

林小溪倒是没有怎么怪怨杜雨浙。

"张红看上你了。"杜雨浙一进林小溪家门，林小溪就出其不意地来了这么一句，让杜雨浙丈二和尚摸不着头脑。

"你胡说什么呢？！"

"真的，初六那天，你走了以后，张红亲口说的。"

"张红那么爱开玩笑，一定是在开玩笑呢！"

杜雨浙飞快地在脑海中回忆了一遍自己与张红的所有过往，竟发现自己与张红连一句闲话也没有聊过，这"喜欢"二字从何说起呢？

"不像是在开玩笑。那天玩儿到最后，只剩下十来个同学了，唱歌、跳舞也没劲了，大家就坐下来一起喝茶聊天。有人问张红有没有对象，张红说没有。大家又问张红喜欢什么样子的女孩子，张红说，像杜雨淅那样子的——真的是一本正经地说的。"

林小溪生怕杜雨淅不相信她说的话，拉着杜雨淅就要找张红去核实。

"你冷静点，不管张红说的是不是真的，关键是你觉得我和张红合不合适？"杜雨淅还真是冷静。

看林小溪不作声了，杜雨淅继续说道："假如张红是开玩笑的，我们去找人家核实，那不是自找难堪嘛！假如张红说的是真的，万一当面提出要和我处对象，你让我是答应还是不答应呢？"

林小溪被杜雨淅的一番分析彻底说服了，也不再急着去找张红核实了。

"那我们就分析分析吧。"林小溪永远是那么关心杜雨淅，把杜雨淅的事当成自己的事，"我觉得你们俩很合适。第一，张红个子也不太高，与你比较般配；第二，张红性格活泼、开朗，正好弥补你不爱说话的缺点；第三，张红很会关心人，对你一定差不了；第四，张红办事能力很强，是个可以依靠的人。"

"你分析得是很好，可我对张红没有什么感觉。"等林小溪头头是道地分析完后，杜雨淅无奈地说了一句。

"感情是可以培养的。我们现在又不是高中生，那种冲动的感情是靠不住的。"

看林小溪一副不说服自己誓不罢休的姿态，杜雨淅只好答应林小溪说，自己会慎重考虑的。

出了林小溪家的门，杜雨淅忽然觉得，林小溪就是替张红当说客的，以前也没有发现林小溪这么会分析。但林小溪这么做肯定是为自己好，自己也应该好好想想这个问题了。

已经二十四岁的杜雨淅，论年龄也不小了，还没有正式处过一个对象，周边差不多大小的女孩子好多都已经结婚了，没有结婚的也基本都有对象。林小溪也在大学里找到了自己的白马王子，这次这么起劲地替杜雨淅与张红撮合，恐怕也是担心杜雨淅沉默寡言的性格会耽误了她的终身大事。

但杜雨淅的性格可不是仅仅用沉默寡言就能形容的。

谁没有过情窦初开的时候？谁在情窦初开之际没有过自己心仪的对象？但大多数人可能随着时间的推移很快就会将此事淡忘。

杜雨淅心里明白，在这纷繁的世界里，在这茫茫的人海中，自己心中对高翔的这一丝丝念想，就像大海翻起的一朵浪花，就像微风吹落的一片树叶，就像天空飘过的一朵白云，不会留下任何痕迹，且终将随着自己记忆的衰退而淡去。

正月十五也过了，马上就开学了，杜雨淅发起愁来：自己答应过林小溪要认真考虑与张红处对象的事，可自己到现在也没有考虑清楚，开了学面对林小溪的追问，自己该怎么回答呢？

开学时间如期而至。林小溪果然像杜雨淅想的那样，每天追问杜雨淅考虑得怎么样了。杜雨淅每天都是说还没有考虑好。

半个多月过去了，杜雨淅的态度让林小溪彻底失去了热情，慢慢地也就不再追问她了。

一九九一年北方的春天，雨水格外多，仿佛很久都没有出现过太阳的影子了。杜雨淅喜欢下雨，特别是春天的雨，雨滴细而密，在雨中行走，雨滴似乎连穿透她头发的力气都没有，所以不需要打雨伞。当她因感受不到雨滴而怀疑是否还在下雨时，她便抬头望向天空，细小的雨滴凉丝丝地落在她脸上，凉意瞬间钻入心底，她的神思一下子就清醒了。

经过雨水的洗涤，杜雨淅渐渐理清了思绪。远方的高翔像云像雾，是那么的遥远而虚幻，只存在于自己的理想世界中。

就让完美的高翔封存在自己内心最深处吧，就让自己用理智筑一道围墙把理想与现实隔离开来吧！杜雨淅感到久违的轻松。

四月二十七日一早起来，杜雨淅就看到窗前一片光亮。昨天杜雨淅还在想，没有太阳多长时间了，她好像都快记不起太阳照耀大地时的感觉了。今天太阳一照，一切都显得是那么新鲜、亮丽。

趁着周末，趁着阳光，杜雨淅有了强烈地融入外面世界的愿望——赶快去找林小溪吧！

一到林小溪家，杜雨淅就惊呆了。张红端坐在沙发中间，旁边还有林小溪的对象徐志——一切就像上天安排好的一样。

林小溪一见杜雨淅来了，一边神秘兮兮地向张红看去，一边高声嚷嚷以渲染这偶遇的气氛："你们俩还真是心有灵犀啊！张红刚才还说要叫你一起去玩呢，你就出现了。"

杜雨淅站在门口，尴尬极了，进也不是，退也不是。张红赶紧从沙发上站了起来，一边说着欢迎，一边把手伸向杜雨淅。杜雨淅勉强伸出了手，张红紧紧一握，一股异样的感觉迅速传遍杜雨淅全身，杜雨淅惊得赶紧抽回了手。

要说这西州可以玩的地方还真不多。天芽山太远，街心公园太小，动物园太臭，只有红海公园比较适宜。于是这一行四人就向红海公园进发了。

公园里游人如织，跳舞的中年人舞姿轻盈，放风筝的小朋友活泼可爱，打太极的老年人童颜鹤发，这真是一个欢乐的世界。公园里花团锦簇，牡丹园的牡丹朵朵绚烂，海棠角的海棠瓣瓣如烟，樱花廊的樱花串串飘香，这真是一个美丽的世界。

此情此景感染着熏陶着四颗年轻的心。

林小溪与她的白马王子徐志已相处了三四年，两人的关系早已通过了时间的考验。二人很是默契，在公园里经常借故离开，给杜雨淅与张红留下独处的机会。

杜雨淅第一次与男生单独相处，不安与忐忑渐渐取代了刚才一进公园时的开心与愉悦。

"雨淅，林小溪跟你讲过了吧？"张红突如其来的问话打破了这尴尬的气氛。

"讲什么？"杜雨淅一时没有反应过来。

"就是我们俩的事。"

"只是……稍微说了一下，我以为你开玩笑呢。"杜雨淅停顿了半天，故作镇静地说着。

"我怎么会拿这种事开玩笑！"张红急得面红耳赤。

看杜雨淅不作声了，张红继续说道："雨淅，你是一个非常完美的女孩子，朴实而善良，超凡而脱俗，我喜欢你很久了，只是没有勇气向你表白。你可以考虑，但千万不要一下子就拒绝我。"

"不用考虑了，我已经考虑好了，我同意与你相处。"杜雨淅一改往日的优柔寡断。

"真的？！"杜雨淅的态度倒是让张红始料未及，他情不自禁地紧紧拉起了杜雨淅的双手。

"真是精彩。"林小溪与徐志不知什么时候藏在了树后，二人一边说着一边鼓着掌从树后走了出来。

张红赶紧松开了杜雨淅的手，不好意思地问道："你们什么时候过来的，怎么一点动静也没有？"

"这不是怕打搅你们二位嘛！再说了，你们眼中只有对方，怎么会看到别人呢？"

林小溪大大咧咧的话，把刚才严肃的气氛一下子冲散了。

四人又一起坐了摩天飞轮，一起划了船，一起吃了饭。杜雨淅回到家的时候天已经麻麻黑了。

　　人生中最重要的确立恋爱关系的时刻就这么度过了，平常到不能再平常了，就好像上天早已安排好了，自己只是顺应了上天的安排而已，杜雨淅想，那些早先印在自己脑海中的轰轰烈烈的求爱方式大约只会出现在文学作品中。

　　连杜雨淅自己也没有想到，自己会这么轻易地就答应了张红。高中时有关张红的各种画面在杜雨淅的脑海中闪现着，爬山时活泼的张红、逗大家时调皮的张红、黄老师口中善良的张红，杜雨淅高中时从来没有关注过张红，怎么现在回想起来那些过往能够那么清晰？莫非冥冥之中自有定数？！杜雨淅心中多了几分坦然与淡定。

四

一九九二年秋季开学的时候，杜雨淅已是一名怀孕两个多月的孕妇了，好多处了四五年对象的同学、朋友还没有结婚，林小溪虽然比杜雨淅结婚早，但还没有怀孕；所以她天天说杜雨淅效率高，要杜雨淅给她传授经验。其实哪有什么经验，杜雨淅想，一切顺其自然而已。

杜雨淅所在的西州一中语文教研组年轻女教师偏多，同时怀孕的就有三人，杜雨淅、张海涛、乔爱仙，大家既在同一个人生阶段，自然就多了些关于怀孕的话题。在这个执行独生子女政策的时代，生男生女就成了大家关注的一个焦点；特别是张海涛，她丈夫家三代单传——三代都是上面有三四个姐姐，最后才在千呼万唤中生出了儿子。

张海涛的婆婆也不知从哪里找来了一个老中医，说是通过把脉就可以确定孕妇怀的是男是女。

这天中午，杜雨淅刚刚吃完午饭回到教研室，就被张海涛叫住了，旁边还有乔爱仙，问她们要不要一起去她婆婆家让老中医把脉。杜雨淅本是不相信这些的，出于好奇，她和乔爱仙也就跟着张海涛去了她婆婆家。

老中医面红发白，颇有些仙风道骨样。他一边为三人把脉，一边嘴里还念念有词，最后还让这三人在观音菩萨的画像前焚香祷告："一定要生儿子，一定要生儿子，一定要生儿子。"每人要把这句话默念三遍。

三人祷告完毕，老中医终于在大家关切的眼神下点了点头，说是三人怀的都是男孩。临走时他还吩咐大家，要在家里的墙壁上挂上男孩子的画像，心里也要经常想着男孩子的模样。

　　张海涛的婆婆自然是高兴得眉飞色舞，把老中医千谢万谢后，赶紧就出门去买男孩子的画像，临走还嘱咐杜雨淅和乔爱仙也要去买来男孩子的画像挂起来，说是大家一起做效果才好。

　　对于老中医的这一套说辞，杜雨淅很是生疑。生男生女在怀孕的那一刻就已经注定了，怎么可能会和个人的主观愿望有关系呢？况且老中医说三人都怀的是男孩子，这也太巧了吧？！

　　杜雨淅心里虽然这么想，可行动上已经按照老中医的那一套去做了——家里也挂上了男孩子的画像，对于路边碰到的漂亮男孩子也会多看两眼，心里也常常想想这个男孩子，想想那个男孩子。

　　开始的时候，杜雨淅还能分清心中想的是哪个男孩子，到后来，这些形象混在一起，她已分不清哪个是哪个了。特别是当她一个人坐在黄昏的灯下，躺在黑漆漆的夜里时，脑子里就会浮现出一个模模糊糊的男孩子形象，这个形象好像是综合了众多男孩子形象而成的，但到底是个什么样子的形象，杜雨淅自己也弄不清。

　　转眼就到了第二年春天，张海涛与乔爱仙果真都生了儿子。杜雨淅想，这可真是个人定胜天的好范例。

　　杜雨淅到张海涛婆婆家去看望生了儿子的张海涛时，张海涛给她讲了一个离奇的故事。

　　张海涛说她生孩子的前几天，做了一个奇怪的梦，梦到一位女神仙端着一盘切开的西瓜让她吃。她看到盘里的西瓜有红瓤黑子的，并且黑子很饱满；有粉瓤白子的，白子很扁，像没有熟的那种瓜子，她就挑了一块红瓤黑子的吃了。她婆婆把她这个梦说与那个把脉的老中医听，老中医说她怀的这个孩子将来一定是大富大贵的命，把她婆婆高兴得立马就给老中医磕头致谢、挂匾送钱。

从张海涛婆婆家回来，杜雨淅想，老中医终究是赚了钱了，其实他赚钱的概率还是蛮大的，有百分之五十呢！

眼看离预产期越来越近了，杜雨淅也没有做什么象征孩子命运的梦。三月十五日晚上，天空格外地晴，目力所及之处连一片云都没有，一轮明月清冽冽挂在半空，周边隐约还能看到有星星，这在灯光如昼的城市是很难看到的。

杜雨淅凝视着天空，细数着神话故事中的各路神仙，仿佛自己也列入了仙班。

终于做梦了。三月十六日早上，杜雨淅醒来的时候，梦里的情景真真切切地浮现在她的眼前，比白天发生的事情还要真切。

梦里有一位披着长头发的中年女子，手里拉着一个七八岁的小男孩，径直朝她家走去，她当时正坐在餐桌前吃饭，隔着门窗，那个女人与孩子直接就进到家里了，也不说话，坐到餐桌前就开始吃饭。梦中，杜雨淅清楚地知道，这个孩子就是自己的儿子。她努力想看清楚孩子的长相，只见孩子长得眉清目秀、皮肤白皙，仿佛是缩小版的高翔，自己一直以来在头脑中浮现的模糊影子一瞬间清晰了。

杜雨淅被梦中的情景吓到了，她不敢声张。一来，那个女人披头散发，令人心生恐惧；二来，自己早已将高翔筑墙隔离，心中不再有高翔的影子，即便是白天，高翔也从来没有出现在自己的思绪中，怎么会在梦中，幻化成一个小孩子，以自己儿子的形象出现呢？杜雨淅头皮发麻，心中的恐惧又加一层。

马上就到预产期了，杜雨淅待在家里，慢慢平复着内心的恐惧与不安。

三月二十日上午十时，一个小生命终于在杜雨淅就要精疲力尽时降生了。当杜雨淅听到孩子的第一声啼哭声时，头脑中清晰地出现两个需要确认的问题：一、孩子是男是女？二、孩子长得怎么样？当护士把孩子抱给杜雨浙看的时候，杜雨浙不知哪来的那么大的力气，竟一下子从产床上坐了起来，想要看清孩子的长相：孩子是男孩子没错，但这长相哪里是什么眉清目秀、皮肤白皙！

这是一个皮肤发红，双目紧闭，额头上刻有皱纹的小老头子。

一切尘埃落定。自己半年多以来设想的孩子的形象就这样被一个小老头子取代了。不再需要想象，没有了悬念，杜雨浙的心终于踏实了。

当杜雨浙休完半年产假，秋季开学再到学校上课的时候，她的儿子已经退去了皮肤的红色，退去了额头的皱纹，双眼皮、大眼睛，比任何一个她所看过的男孩子的眼睛都要漂亮。

林小溪也在杜雨浙休产假的时候怀孕了，没事时她就去杜雨浙家，看着杜雨浙儿子那漂亮的眼睛。林小溪说，希望自己的儿子也能有一双漂亮的大眼睛。

林小溪后来果然也生了一个儿子。一个教研室的四位女教师，生的孩子竟是同一个年龄段的，而且还都是男孩子，这样的现象恐怕只有在人口爆炸的中国才能看到。

为了解决女职工的喂奶问题，学校专门开辟了一间育婴室。于是，这四个男孩子是同吃同睡，四位妈妈是同辛苦同幸福，时间就在这种忙乱与温馨中飞快地流逝了……

孩子们上小学的时候，西州一中附小也还算是比较不错的学校。为了方便，大家都选择在一中附小入学。等到孩子们即将小学毕业要上初中的时候，只要你收入水平能支撑，那选择的余地就很大了。

张海涛家在孩子身上那是不惜一切代价。天津地方好，升学率高，并且有买房子带户口的政策。为了能让孩子去天津上学，张海涛家就在天津买了一套房子，她婆婆独自一人带着孩子住到了天津，专门负责照料孩子的饮食起居。

少数民族地区，国家有照顾政策，大学入学分数线较低。乔爱仙家在广西有一个亲戚，就把孩子的户口转到了广西，孩子初中还在西州读书，等到读高中的时候，就得去广西读了，这样才能在广西参加高考，享受到优惠政策。

杜雨渐与林小溪也深陷选择旋涡。一来她们俩的儿子学习不错，二来觉得折腾一番也不一定效果好，她们思来想去，最后为两个孩子选择了西州一所不错的公参民学校。

进入初中后的孩子们正处于长知识、长身体的重要阶段。杜雨渐对儿子身高的担忧超越了对学习的担忧——自己因为身高的缺陷，埋在内心深处的自卑到现在也没有完全消失，所以她整天把儿子长个子的事挂在嘴上。看到谁家的孩子长得高，她就赶紧询问秘诀，并且为孩子定了三个目标：第一目标，初二前达到一米七；第二目标，高二前达到一米七五；第三目标，上大学前达到一米七八。

林小溪与杜雨渐生活轨迹基本相同，与杜雨渐待在一起的时间也最长，每天听杜雨渐叨叨关于孩子身高的话题，觉得杜雨渐思维出了问题。

一天，杜雨渐又听同事说，孩子打篮球有助于发育身高，便与林小溪商量，想让林小溪家的儿子与自己的儿子每天下学后一起打篮球。林小溪不觉得孩子的身高问题有多么重要，也不觉得打篮球就能有助于身高的发育。

"雨渐，你为什么对孩子的身高这么重视？"林小溪终于忍不住问出了口。

"因为我低嘛。"

"咱们不是一样低嘛！况且低有什么不好，不是什么也没有影响嘛。"

"是没什么影响，但……个子高的人看起来好看呀！"杜雨渐可不是那么容易被说服的。

"再说了，你为什么给你儿子身高定个一米七八的目标？孩子能长多高算多高吧！定那么个目标，你累不累呀！况且身高也不是主观意志能够左右的。"林小溪还在理智地给杜雨淅分析着。

话不投机半句多。杜雨淅见自己与林小溪观点相悖，便不再与林小溪继续讨论关于身高的话题了。

从此以后，只要一有时间，杜雨淅便会陪着儿子一起打篮球。

功夫不负有心人。杜雨淅儿子在初中一年级的时候，身高得到了空前的发展，居然由小学阶段的小个子变成了一个大个子；初二开学的时候，身高达一米七四，早已超过了杜雨淅给他划定的身高目标；初中毕业时，已是身高一米七八的大小伙子了。望着达到理想身高的儿子，杜雨淅担忧了十几年的心终于放下了。

只有杜雨淅自己明白，为什么希望儿子的身高能够达到一米七八。虽然多年来，杜雨淅再也没有听到过关于高翔的任何消息，但根植于内心深处的记忆，特别是儿子出生前自己做的那个奇怪的梦，都让杜雨淅不由自主地将儿子与高翔联系在一起。

高翔的身高就是一米七八，所以杜雨淅觉得，一米七八的身高就是一个男孩子最理想的身高。

现在儿子已经长到一米七八了，杜雨淅害怕儿子长不高的担忧消除了；但那梦境中的情景仍常常令她困惑。

有时她仔细审视儿子，竟在儿子的身上看到了高翔的影子。杜雨淅知道儿子与高翔虽然个子一样高了，但五官与肤色还是有很大不同的，可自己怎么就会觉得两个人相像呢？杜雨淅想不明白。

二〇〇八年秋季，杜雨淅的儿子要升高中了。

进入高中，孩子们拼的不仅仅是个人的学习成绩，还要拼家长的社会资源、经济能力以及眼界高低。

张海涛家的儿子直接在天津上了一所不错的高中，乔爱仙家的儿子也转到广西去上高中了，林小溪家的儿子在西州就读一所外国语学校，准备上完高二就出国读大学。众多的选择摆在了杜雨淅面前，让杜雨淅好不心烦。

想想自己读高中时，只要一心一意好好学习，考上个大学，毕业了就会有不错的工作；现在为了给孩子一个好的前途，家长与孩子都这么拼命，杜雨淅真不想参与到这股竞争的大潮流中。

有"国际视野"的林小溪，决定要把孩子送去发达国家上学，这更是杜雨淅不愿意接受的。

尽管现下的中国在很多方面与发达国家相比还是有一定差距的，但这不正是中华儿女奋斗的动力吗？！

当我们白天看到天空的太阳，脑海中会想起夸父追日、后羿射日等神话故事；当我们晚上看到天空中的月亮，脑海中更是会闪现历代文人墨客对于月亮的描述——床前明月光、明月来相照、江清月近人、月是故乡明、月有阴晴圆缺；当我们登上泰山，能体会到杜甫"会当凌绝顶，一览众山小"的豪迈；当我们来到沙漠，能看到王维为我们描绘的画面"大漠孤烟直，长河落日圆"……

祖国的每一寸土地，都有祖先的足迹，都有文人墨客的歌咏，离开这片熟悉的土地，去到遥远的国外，看到的月亮可还是那个被祖先无数诗词所描述的月亮？脚下的土地可还有一丝一毫的亲切感？杜雨淅想到这里心中十分酸楚。

不做选择也许就是最好的选择。杜雨淅的儿子直升了那所公参民学校的高中；尽管这在很多人看来是对孩子的不负责任。

三年的时光，对于处于高中阶段的学生及其家长来说，用一晃而过来形容是再恰当不过了。

高考过后，杜雨淅终于结束了六年的租房生活。她将房子中东拼西凑的那些家具以一百八十元的价格处理给了几个民工。一个写字台与书柜合体的家具是孩子用得最多的家具，书柜边上还贴着孩子自绘的"人生哲理"：在一张纸条上画着一个斜坡，斜坡上放着一个圆球——这是在讲不进则退的人生道理。当时这件家具被搬到了楼下，在外面放了好几个小时。杜雨淅下楼时看到这张在风中飘荡的纸条，心中满是感慨。它曾经激励孩子努力学习，它在孩子心中是有力量的；而今，它却被风吹得飘来荡去。

一种若有所失的感觉爬上了杜雨淅的心头——随风飘逝的不仅仅是一张纸，也不仅仅是一段时光。

这代表一种生活方式的结束，也代表另一种生活方式的开启。

那种若有所失的感觉只在杜雨淅内心淡淡存在了几天，随着高考成绩公布时间的临近，渐渐膨胀起来的紧张感已占据了她的内心。

林小溪的儿子已于去年去了美国，也就是说，她没有焦急等待高考成绩的经历了。看着日渐紧张的杜雨淅，她平静地安慰道："雨淅，你儿子平时成绩那么好，你没必要这么紧张吧！"

杜雨淅嘴上说着："我不紧张，一切顺其自然。"但到了高考成绩公布的那天，杜雨淅甚至连上网查阅孩子成绩的勇气都没有。

林小溪向来把杜雨淅的事当成自己的事，一大早就守在电脑旁帮杜雨淅查孩子的成绩——六百五十分！这是足够上北京大学的分数啊！林小溪第一时间把孩子的成绩告知了杜雨淅。杜雨淅那边先是沉默，后是低泣，最后是狂笑，整个一个情绪失控。

杜雨淅用了一整个暑假调整情绪，等到儿子顺利踏进北大的校门后，杜雨淅的心中便只剩下愿望实现以后的轻松。

她终于可以自如地去了解别人家孩子的情况了。林小溪的儿子在美国也上了一所不错的大学；张海涛的儿子也考上了天津大学；乔爱仙的儿子今年高考成绩不理想，又回到西州外国语学校专读英语，准备明年去美国上大学。

国庆期间，杜雨淅的儿子放假回家，与杜雨淅闲聊时，说在北大同乡中，有一名叫高翔的同乡，一九八六年从西州一中考到北大，一九九三年去了美国，询问杜雨淅可认识此人。

杜雨淅当然认识了。虽然只是短短两年的同学时光，杜雨淅却对高翔有过朦胧的向往。二十多年来，高翔几乎一直存在于杜雨淅的记忆中。高翔对于杜雨淅而言，是一种向往、一个符号、一段被高墙禁锢在内心深处的记忆。杜雨淅觉得，他是和她生活在同一片蓝天下、同一脉文化中，有着共同信念的一类人。

可原来高翔已在美国生活了近二十年的时间了！美国不仅在地缘上与中国相隔万水千山，更在文化上与中国有着巨大差异。远在美国的高翔可还是杜雨淅所认识的那个高翔吗？

一种与高翔的陌生感与距离感在杜雨淅的内心滋长。

五

人生苦短，仅仅只有几十年光阴。前二十几年忙于自己成长，中间二十几年忙于孩子成长，过的都是紧张的、充满目的性的生活，完全没有自我。再过几年，又要带下一代了；等到下一代也长大了，自己能够手脚灵活、思维清晰地活着就算是上天庇佑了。因此，大家有一个共识，那就是孩子上大学期间是家长过得最轻松、最自我的一个阶段。

十月十二日一早，天上就细细地飘着雨。看样子，雨是昨天晚上就下起来的，地上低洼的地方亮闪闪地出现了水坑。细小的雨滴落在水坑里，溅起小小的水花。这虽是动态的，却给人一种静静的感觉。

杜雨淅坐在阳台上，呼吸着雨天湿润的空气，感受着窗外静谧的世界，想着这神奇的地球啊，何以能孕育出如此迷人的气候现象？在没有人类以前，地球上就应该有雨了吧？那时，这美丽的景色可有谁观赏，有谁感怀？又想着，在若干万年之后，地球可能就不适宜人类生存了吧？到那时，不知这美丽的、清新的雨滴是否还会从天空落下？

整整一上午，杜雨淅坐在阳台上，脑海中思绪万千，身体却动都未动，乍一看就像一个垂暮老者。

下午，雨停了，天并没有转晴，仍然是黑沉沉的。空气中的水汽也没有散尽，像是随时准备化作雨滴，落向大地似的。雨后的树显得格外绿，这种绿，带着一丝凉意、一分静默。

杜雨淅依旧坐在阳台上，思绪万千。绿是多么舒服的一种色彩啊，无边无际地连在一起。把地球上所有的绿加起来，那会是多少啊？绿在地球上已经存在了多少年？还会继续存在多少年？真是没有人能够说得清楚。可对于这随时随地都能够看到的绿，每个人都觉得司空见惯，没有人去珍惜它。

下午五点多钟，空气中的水汽不知何时被吹散了，天空渐渐泛晴了，太阳也斜斜地把它的光线照在了大地上。树叶向着太阳的一面看起来白花花的有些刺眼，绿的浓度好似被稀释掉了百分之五十。杜雨淅觉得绿也没有那么诱人了。

夏想秋风冬想春，神仙还想做凡人。

满以为孩子上了大学，自己就能够过轻松、自我的生活，可孩子走后，经常坐在阳台上胡思乱想的杜雨淅却感到了无限的空虚与寂寞。回忆起与孩子共同成长的日日夜夜，回忆起租房子时紧张而忙碌的生活，她觉得那才是她度过的最幸福的时光。

深秋又一次降临北方的大地，西州又迎来了它一年中最美的季节。

西州一中文科五班的同学们，在相隔近三十年之后，又组织了一次规模宏大的登山活动。

张红对于集体活动还是那么有热情，提早一个月就开始联络同学们了，除了在西州的十几名同学外，本省的、外省的，能联系到的都联系上了。能来参加活动的同学大约有三十名左右。

十月三十日，正如大家所愿，天空格外晴朗。阳光明媚，没有风尘，没有白云，只有太阳，只有蓝天。

集合时间还是上午八点，集合地点还是西州一中校门口，只是交通工具变了，现在几乎每家每户都有了小汽车，不用再费事地去租旅游大巴了。

张红开车拉着杜雨淅早早就到了学校门口。林小溪来晚了，当她停好车的时候，大家差不多都到齐了。于是大家一起打趣林小溪贪睡，林小溪直接把矛头引向杜雨淅："我是没人关心，不像人家雨淅，什么事都有张红安排。"

　　杜雨淅望了一眼张红，赶紧申辩道："你们不要被他的表象迷惑，他也就只关心外面的事。"

　　张红见状急忙转移话题："我看看还有谁不认识我。大家还是相互再认识一下吧！这位是李小林，这位是刘红，他们俩为了参加这次活动，昨天就从北京回来了。"

　　"他们俩我们倒是都认识，你还是介绍一下自己吧。"林小溪带着一贯的神秘笑容说道。

　　"我有什么好介绍的，大家都认识我。"

　　张红一边说着，一边摊开双手。

　　"张红，刚提拔了西州市公安局局长。"林小溪大声说着，生怕有人听不见。

　　"我那算什么呀，人家李小林早就是北京商业大学的校长了，韩雪也是省财政局资金处的处长，还有唐文燕，在省电视台也做到了编辑部主任。"

　　即便是完全没有功利目的的同学聚会，互相介绍时也免不了把职位作为优先介绍的内容。

　　"你是不是不准备爬山了？"杜雨淅生怕张红的介绍让那些没有职位的同学觉得不自在，便小声地对张红说道。

　　"时间不早了，咱们还是在路上再相互了解吧。"张红也醒悟过来，急忙转移了话题。

　　按照预先安排好的，三十名同学分坐在八辆小车中，车队浩浩荡荡地向天芽山出发了。

　　随着城市建设的不断扩大，天芽山几乎与西州市连接在一起了。山脚下有零零星星的别墅，一处大型游乐场所占据了天芽山最大的一个山谷，以前一进山就能听到的哗哗的流水声，现在被大型游乐设施的轰隆声所代替，清清的、凉凉的，在山涧漫流的溪水变成了一条窄窄的自来水水渠。

失望与不满爬到了每个人的脸上。

"现在的山路比以前好走多了，全部都是青石铺的台阶，也不用绕路了，差不多一个半小时就能爬到山顶。"张红为了缓解大家失望的心情没话找话。

杜雨淅与韩雪一路都走在一起，那个压在杜雨淅心头近三十年的疑问终于有机会问了。

"韩雪，我有个疑问，一直没有机会向你求证。"

"什么疑问？不用这么严肃吧！"

"就是当年，咱们俩调换座位的事，到底是不是高翔要求的？"

"啊？这事，高翔倒是没有直接说。"

"那你怎么说是高翔说的？"

"不瞒你说，就是咱们那次爬山回来后，高翔当着我的面表扬过你好几次，说咱们班的女生，数你文学素养高。我当时有些不舒服，就想了个办法，让你们俩坐到一起了。你怎么现在想起来问这个事呢？"

"没什么，我只是随便问问。"

"你没有高翔的消息吧？听说他很早就去了美国。"

"没有消息，高中毕业后就没有联系过了。"杜雨淅依然镇静地与韩雪交流着。

陆陆续续，大家都爬到了山顶，坐在了上次坐过的草地上。

观天芽山美景，在此山顶。

这里是看不到山的。远看只见一波波起伏的彩色波浪，又像是用五颜六色树叶堆起来的一个个小丘，不见树干，不见山石，没有边际；近看只见一片平坦的绿色草甸，像是用绿色绒线编织而成的一块地毯；上看只见一穹极蓝的天空，像一顶硕大的帽子笼罩着彩色的小丘、绿色的草甸。没有风，没有云，只有过滤了杂质的空气顺畅地出入每个人的呼吸系统。

记忆中美如仙境的天芽山又回来了。

"谁还作诗？"张红出人意料的提问把大家的注意力集中了起来。

"我现在满脑子都是锅碗瓢盆、婆婆妈妈，基本上与书籍绝缘了，哪里还会作诗？"韩雪看大家把目光都集中在自己身上，赶紧打退堂鼓，"你们在学校工作的，应该比我们在外边工作的更有时间提升自己的文学素养。大家说，是不是呀？"韩雪顺利地把矛头引到了在学校工作的几名同学身上。

"刘红学历最高，刘红作一首。"林小溪也是转移矛盾的好手。

刘红被大家缠得无法脱身，只好站了起来："我今天一时也作不出诗来，临走之前，在北京倒是作了一首，诗名就叫《再聚首》。"

再聚首

阔别二十六年久，天芽山上再聚首。
执手相看人依旧，无语凝噎泪先流。
年少从来不知愁，几多梦想在西州。
喜逢国泰人康寿，携手共度把志酬。

刘红的声音有些哽咽，还没等刘红把诗念完，大家已爆发出了热烈的掌声。

杜雨淅被那诗境所感染，眼泪已悄然夺眶而出。

"刘红早就准备上这首诗了，哭过好几回了。"在一旁一直盯着刘红看的李小林，终于忍不住说出了这首诗背后的故事。

"要么今天咱们诗就作到这儿？如果大家还有愿意作的，可以在咱们班级的群里发布。我们外地的，回来一趟不容易，想早点下山，去看望一下黄老师，不知大家有什么意见？"李小林讲话温文尔雅，衣着得体大方，完全没有了高中时桀骜不驯的样子。

"我是不敢去，怕黄老师查问读书的事。"韩雪赶紧表态。

"什么读书的事？"李小林有些丈二和尚摸不着头脑。

"就是咱们高考完，填报高考志愿的时候，大家不是请黄老师做指导嘛，当时黄老师要求大家每年至少读一本书，说他还要检查呢。好像你俩那次没去。"韩雪询问地把头转向了刘红。

"那我肯定没去。老实说，我当时还真有点怕黄老师呢，不敢去见黄老师。至于检查读书的事嘛，我倒是不怕，谁一年还读不完一本书。"

看刘红把读书说得轻而易举，韩雪有些不相信地把头转向大家："我不信只我一人不读书。在座的，你们一年能读一本书吗？"

"早就不读书了，十年也没读过一本书。"

"少儿书算不算？孩子小的时候，陪孩子倒是读了不少少儿书。"

大家你一言我一语，看来不读书的人还真不少。

张红见大家因为看望黄老师的事产生了分歧，便带着几分沉痛的心情说道："大家不用担心黄老师检查读书的事了，黄老师检查不了大家了。"

"怎么了？"好几个人同时发问。

"今年四月份，西州不是下了一场雪嘛！黄老师身体一直硬朗，坚持晨跑。那天早上，黄老师照旧去跑步，看雪也下得不大，只薄薄地在地上盖了一层，就没有在意，结果摔了一跤。后来就行走不便了，接着手也不灵活了，再后来脑子也不清楚了，现在连人也不认识了。你们现在去看他，对照顾他的家人而言，其实也多有不便之处。"张红仔细地做着介绍。

"那当时怎么不去医院呢？"李小林关切地问道。

"去了，市里、省里的医院都去过了，说黄老师脑子里有血肿，出血位置不好，不能手术，保守治疗兴许还能多坚持几年，做手术的话恐怕下不了手术台。"张红对黄老师的事，就像对自家事那样清楚。

"那也应该采取积极的治疗手段，不能保守治疗。"李小林说。

"黄老师已经是八十多岁的人了，医生与家人都同意保守治疗，我也觉得不应该冒险去做手术。"张红像黄老师的代言人一样。

"已经八十多岁了？我怎么觉得黄老师还是五十多岁的人呢！早知道黄老师老得这么快，我就应该早点回来看望一下黄老师，向黄老师道个歉。"刘红一脸的愧疚。

"道歉！道什么歉呢？"林小溪似有不解。

"就是我和李小林早恋的事，我心里一直觉得对不起黄老师，怕黄老师生我的气。现在看来我连道歉的机会也没有了。"刘红小声说着，说到最后竟哽咽了起来。

"黄老师早就原谅你了，一直以你和李小林为荣，我和杜雨渐有次去黄老师家，黄老师亲口说的。"林小溪安慰着刘红。

"我们对黄老师的关心太少了，他是那么好的一个老师。"李小林也有些伤感。

"有张红呢! 张红对黄老师非常关心, 黄老师家的大小事务都由张红安排, 比他儿子还顶用。"林小溪说话总是那么爽快, 嗓门也比别人高八度。

"夸张了, 夸张了! 不能这么说。我只是尽了绵薄之力。"听到林小溪的表扬, 张红不好意思地摆着手说道。

"看来黄老师没有看错你, 你真是一个善良的、能为别人着想的人。当时在咱们班, 黄老师最看得起的人就是你和高翔。听说高翔去了美国, 也不知道和黄老师有没有联系。"韩雪也加入了表扬张红的行列中。

"刚毕业的时候还有点消息, 后来就没有了音信。据说很早就去了美国, 这么多年了, 高翔在美国一定发展得很好。"张红总是把别人往好处想。

"我倒是有高翔的消息。我大学的一个同学, 叫张奋军, 也是一九九几年去的美国, 在美国与高翔经常联系, 前两年回了北京。他很后悔, 说是错过了中国发展的黄金时期。据张奋军说, 高翔在美国事业干得也还可以, 收入很可观, 只是婚姻生活不怎么幸福, 可能在美国也待不长了。"李小林也能像普通人一样聊起别人的闲事。

既然决定不去看望黄老师了, 大家也就不着急下山了, 热热闹闹地交流个没完。

只有杜雨淅坐在那儿没发一言。

天下没有不散的筵席。这个在西州一中文科五班同学心中具有重要意义的爬山活动终究迎来了结束的时候。当天晚上, 大部分外地同学踏上了返程的旅途。

虽然大家口中说着再见、以后再联系之类的话语, 但杜雨淅心中明白, 再组织这样大规模的聚会恐怕是没有机会了。没了黄老师的参与, 这集体就没了凝聚力, 很多人从外地回来就是为了看望一下黄老师，现在大家连这个念想也没有了，自然就缺少了再聚会的动力了。

影响杜雨淅心情的，不仅是对再组织大规模聚会的无望，还有韩雪所披露的高中时调换座位的真相，更有李小林所讲的高翔不幸的婚姻。

当杜雨淅知道当年调换座位一事并非高翔主动提出要与自己同桌，而只是韩雪同自己开的一个玩笑后，她的心情很是复杂。一种以前不曾有过的巨大失落感完全占据了她的内心，原来她自以为感到的那份来自高翔的好感完全是自己想象出来的。

杜雨淅甚至连这种失落感带给自己的巨大冲击都没来得及细细品味，就又被另一个信息的冲击波冲击了。

当李小林讲到高翔在美国婚姻不幸时，杜雨淅内心受到的冲击不可谓不大。尽管在这之前，杜雨淅早已觉得，自己对高翔的了解是肤浅的，甚至是完全不了解的。什么范仲淹的爱国情怀，什么杜拾遗的忧民意识，这些都是自己想象出来附加在高翔身上的，真正的高翔也许与自己想象中的完全不同。但杜雨淅内心始终愿意相信，高翔的能力很强，强到她自己永远也无法企及。如今，高翔连婚姻生活都没有经营好，那他的能力到底对他的人生有什么用处呢？

高翔的形象在杜雨淅的心目中没有那么完美了。一直以来竖立在杜雨淅内心的那堵墙开始坍塌了。

六

二〇一六年六月四日下午，林小溪打电话给杜雨淅，说同学们晚上要聚会。

杜雨淅是不怎么爱去参加这种聚会的——总是那么几个人，在一起无非是吃吃喝喝，或者是互相吹捧一番，要么是说谁谁当了什么领导，要么是说谁谁长得年轻漂亮，虚得很。张红前两年也被提拔到省公安厅工作了，参加同学聚会自然也就没有那么方便了。

第二天下午，天闷热得很。杜雨淅无精打采地坐在阳台上，一副似睡非睡的状态。

林小溪带着大新闻对杜雨淅的突然造访彻底打破了杜雨淅的这种状态——在美国生活了二十多年的高翔回来了。

一个把自己的聪明才智全部贡献给了美国的高翔，一个每天讲着英语的高翔，一个没有伴随着祖国一起成长的高翔，一个从思维方式到行为处世都与自己完全不同的高翔，杜雨淅有点接受不了。

要说高翔在杜雨淅的内心还留有什么印记的话，那一定就是长相了。当杜雨淅第一次见到高翔的时候，就被高翔的长相吸引住了——无论是身高、身材、皮肤，还是脸型、眼神，杜雨淅都为其打上完美的标签，甚至做梦都想让自己的儿子长成高翔的模样。

但当林小溪把手机里的那张高翔的照片调出来给杜雨淅看时，杜雨淅内心有关高翔的印记便彻底消失了。

多年来她在心中自建的横亘在自己与高翔之间的那堵墙终于因着一张看似陌生的照片而彻底坍塌了。

各自安好

一

伴随着"哇"的一声啼哭，彭听雨在经历了一天一夜的阵痛后，终于诞下一名健康的男婴。男婴的父亲彭家良悬了几十年的心终于落地了，他也因欣喜而显得有些不知所措。

"爸爸，赶快给弟弟起名、留根。"彭家良的大女儿彭如月看着发呆的父亲，在一旁小声地提醒着。

彭家良如梦方醒，望着精疲力竭的妻子，把心中那个酝酿了许久的名字说了出来："就叫'彭如愿'吧！"

"如愿好，如愿好。"彭听雨仿佛卸下了千斤重担，满脸都是因疼痛与激动而来的汗水与泪水。

彭家良领着三个女儿，如月、如花、如男，拿着铁锹、镢头，提着水桶、农家肥，一起向村边的那片树林走去。

这是一片胡杨林，有两千多亩。此时正值阳春四月，胡杨正在抽条。彭家良在自己出生时爸爸给自己种的那棵胡杨树上挑了一枝最有生命力的枝条，将其砍下来，栽在了一旁。如月、如花从树林边上的小河中抬来了水，给新栽的"小苗"浇上了水，如男给"小苗"施上了肥，这便算是"留根"了。

属于彭如愿的"小苗"栽好了，在彭家人看来，这棵小树苗是彭如愿肉与灵的另一个载体。

二

彭家良家所在的村庄叫彭家庄，地处亚欧大陆的最深处，这里干旱少雨，遍布戈壁荒漠，自然条件非常恶劣，但有一条小河——头道河从村中流过，有两千多亩胡杨林在村边站岗防沙；因而这里也孕育出了适宜人类生存的小气候，有了沃野十里、牛羊成群。

然而恶劣的自然环境还是阻碍了工业文明的脚步。尽管时间已进入二十世纪九十年代，但生活在这里的人们仍然过着与几千年前差不多的农耕生活。

彭家庄有两千多人，百分之九十以上都姓彭，他们自称是彭祖的后代。而彭家良作为彭祖第二百代嫡系传人，在彭家庄的地位自然是不一样的。

彭家良的爷爷彭兴荣在世的时候，由于子嗣单薄，且村中祭祀祖先等相关事宜日益繁多，便将族长的位置让给了本家哥哥彭兴盛，由彭兴盛负责本族族人之间的大小事宜，彭兴荣只负责祭祀祖先等相关事宜。彭兴荣的俗事没那么多了，地位也就没那么重要了。到了彭家良的父亲彭怀玉辈上，还是单传，且彭怀玉比较喜欢吟诗作赋，无心管理族中的大小事宜，便没有承袭族长一职。到了彭家良这一代，族长的职位在彭兴盛家已传了三代，彭家良仍然只负责祭祖等事宜。

彭如愿的出生是向彭家庄人宣告，彭祖有了第二百零一代嫡系传人。作为三代单传的彭家良终于完成了自己的历史使命——很长一段时间以来他抬不起的头终于抬了起来。他全身上下仿佛被注入了新的活力，就连说话的声音也比以前大了。

彭家庄要在彭如愿满月的时候，举行一场声势浩大的祭祖活动，像这样规模的活动，许多人都没有经历过。上次举行这样规模的活动还是在四十年前彭家良过满月时，庄上年龄大一些的人都对那次的活动记忆犹新。

彭如愿一出生，祭祖活动的准备工作就在族长彭家辉的安排下有条不紊地开始了。

就在彭家良给彭如愿"留根"的同时，已有两位德高望重的娘娘来家里给彭如愿沐浴了。

沐浴用的是"净水"。将普通水烧开后，在锅里架上一个大的容器，在容器上再盖一个大的半圆形锅盖，这样就可以把水蒸气变成水，收集在容器里了。这样收集到的水被称为"净水"。收集到足够多的"净水"后，两位娘娘一人托着彭如愿，一人撩水给彭如愿清洗。用"净水"从头到脚清洗一遍，意味着已为彭如愿洗去了凡夫俗子的一切污垢，他正式成为一个肉体与灵魂都干净的嫡系传人。

留根、沐浴应该说只是祭祀活动的第一步，紧接着还要为彭如意准备祭祀时戴的虎头帽、穿的虎头鞋、套的虎纹衣。这些都是要从庄上挑选符合条件的女人来做——针线活儿要做得好，品德、修养要佳，父母、公婆、子女都全乎。总共要挑选四个人，一个人做帽子，一个人做鞋子，一个人做褂子，一个人做裤子。被挑选出来的四个人，每天都要去庄上的礼堂里洗干净手脸才可以开始为传人做穿戴。

礼堂是全庄人活动的中心，它前面是一个大厅，一般用于开会议事或集体活动等；后面是一间一间的房屋，现用作学堂，孩子们在这里学习。

像这种为嫡系传人缝制穿戴用品的工作，自然是最重要的工作，所以要在礼堂的大厅里按照先例进行缝制。

所有的穿戴用品都以红、黄两色为主色。帽子、鞋子是用黄色丝绒做底，用红色丝线绣出老虎的形状；褂子、裤子是用红色棉布做底，用黄色丝线绣出虎纹绲边。

在女人们精心制作穿戴用品的同时，男人们也没有闲着，他们一边要从族人家中挑选出外形俊美、正值青春年华的公牛、公羊、公鸡各一只，一边还要去胡杨林布置祭祀现场。

这片在荒漠中存在了几千年的胡杨林，它的每一棵树都代表着一位彭祖后人——每一位彭祖后人逝去后都会被埋葬在属于自己的那棵胡杨树下。他们用自己的肉身去滋养胡杨树的树根，企望将自己的精神嫁接给不死、不倒、不腐的胡杨树，企望人与树合二为一，让树成为拥有人之精神的"传树"。

长在胡杨林中间的那棵最粗大的、有点向南倾斜的、从枯枝中仍顽强地吐露绿意的胡杨树就是彭家庄的先祖彭祖的"传树"。离彭祖"传树"稍远些的是彭祖儿子辈的"传树"，其长子的"传树"在彭祖"传树"的正南位置。孙子辈的"传树"又围绕在儿子辈的"传树"边。

属于彭如愿的胡杨树位于这片胡杨林最外圈的正南位置，在这个方向上的胡杨树都是彭如愿直系祖先的"传树"，在祭祀活动开始前，这些"传树"都会被"布置"一下。

首先要"布置"的自然是彭祖的"传树"了——要在彭祖的"传树"上挂两百零一条红丝带，每一条红丝带下边系一个铜铃。位于正南方的彭祖长子的"传树"上要挂两百条红丝带，系两百个铜铃。以此类推，到最后那棵属于彭如愿的小树苗时，就只挂一条红丝带，系一个铜铃了。

彭祖"传树"周边有一片很大的空地，这空地便成为彭家庄举行祭祀活动的场所。如今要在这里进行有了嫡系传人的告慰祖先的大规模祭祀活动，场地的布置自然也非平时可比拟。

首先要将场地全部用宽幅红布围起来，还要在彭祖"传树"正南方搭建摆放祭祀用品的祭台。祭台足有二十米长，由族人家中平时用的规格差不多的方桌拼成。谁家有什么规格的桌子，族长彭家辉了如指掌，他要征用谁家的桌子，没人不依，大家都以能为族里出点力而自豪。到了定好的日子，各家各户就把自家的桌子抬来，再把所有桌子用铁丝绑到一起，祭台就算是搭起来了，再给祭台铺上红布。

那几日，彭家辉一边指挥着庄内的准备工作，一边安排人缘好、有一定声望的人去知会上下邻庄。头道河延绵近一百公里，河水两岸有着相同的自然环境，自然也孕育出相同的风俗人情，哪村遇有大型的祭祀活动，别村都是要派人员参加的。

郭家庄、杜家庄与彭家庄世代交好，按照规矩，这次他们会选派本族有声望的十个人，由本族传人带领，去参加彭家庄的传人出生祭祀活动。当然，自愿参加活动的人员也可自行前往。

距离稍微远一些的李家庄、白家庄也要安排人员参加活动。

五月二十日，一切准备工作就绪。彭如愿满月这天，大型的祭祀活动终于在人们的翘首期盼中开始了。

半夜十二点刚过，彭家良、彭家辉二人便趁着夜色来到胡杨林中，祈求祖先神灵保佑今天是个好天气，保佑祭祀活动顺利进行。

清早，果然天遂人愿，蔚蓝的天空白云朵朵，苍茫的大地微风习习。装扮好的胡杨林丝带飘飘，庄严的祭祀场铃声阵阵。

彭如愿早已戴上虎头帽，穿上虎头鞋，套上虎纹衣，由妈妈彭听雨抱着，坐在由一头壮实的棕毛大马拉着的大车里，在一大群人的簇拥下，浩浩荡荡地来到了胡杨林中。

胡杨林中早已挤满了前来参加祭祀活动的人。彭家庄上至尚能行走的老人，下至能抱出门的婴儿都来了，再加上郭家庄、杜家庄、李家庄、白家庄等地来的人，足足有三千人来参加这场声势浩大的祭祖活动。

祭祀场上，摆着两米高、一米宽的香炉，香炉里插着满满的高香，香雾缭绕，香气弥漫在整个祭祀场上，所有在场的人都能感受到那种神圣的氛围。

祭台上摆满了各家各户供上的祭品，有大馍馍、花馍馍以及各式水果罐头、时兴糕点。

上午十点整，祭祀仪式开始。首先由第二百代嫡系传人彭家良来告慰祖先，第二百零一代嫡系传人彭如愿诞生了；接着，彭家良、彭听雨站在祭台前，两人伸手将彭如愿高高举起，站在台下的人们全都跪下，感谢祖先庇佑并赐予彭家庄新的嫡系传人。

跪拜结束后，由彭家良牵头，领着十二名手举铜铃的人绕着全场一边跳舞一边唱歌："天灵灵，地灵灵，保佑传人快长成；天灵灵，地灵灵，消灾免难救众生。"

在场的人都跟着一起跳了起来。一时间，整个场地淹没在歌声与铃声、香气与尘土中。

快到中午十二点了，牺牲献祭活动开始了。

早就准备好的牺牲已经到位。公鸡领头，公羊、公牛依次排列，它们都被绑着吊在彭祖"传树"的树干上，牛羊下边还放着两口接血的大锅，旁边站着三位手持钢刀的彪形大汉，只等着正午十二点的钟声响起。

预先挂在树枝上的那口大钟，正滴滴答答迈着四平八稳的步伐一步步向十二点迈进。领着孩子的家长赶忙用手把孩子的眼睛捂起来，现场一片紧张。

十二点一到，先是公鸡引路，再是公羊、公牛，不到五秒钟的时间，三个牺牲已向祖先"报到"。鲜血汩汩地从牛羊脖子的刀口处流出，流进了下边接着的大锅里。

人们又开始躁动起来，向牺牲靠拢。

牺牲的头颅供奉在了祭台正中的位置，牺牲的身体被抬到祭场外边早已备好的两口大鼎旁边，将由厨师进行蒸煮。牺牲的热血由彭家良牵头，用勺子舀上浇到彭祖的"传树"上。按照辈分的高低，人们一个接一个地舀血浇树。大部分人把血浇在了彭祖的"传树"上，也有人把血浇在了自己近辈先祖的"传树"上，更有人把血浇在了自己的"传树"上。

一时间，整个胡杨林红血四溅，祭祀活动进入了高潮。

浇树活动在下午三点左右结束。大鼎里的牺牲也煮好了，将其盛至木桶里，抬到祭场中间，由厨师分成若干小份，在场的人每人一份，大家就着祭台上的馍馍、点心，享受着与祖先共进午餐的快乐时光。

胡杨林的五月是绿色的，那扭曲交错的千年枝干吐露着片片绿叶，那盘根错节的裸露根系泛出点点绿意。胡杨林的五月是神圣的，那种人神交融的千年盛典寄托着彭家庄人的精神诉求，那种轰轰烈烈的祭祀活动连接着彭家庄人的古往今来。

三

距祭祀活动已经过去一年多了，可人们仍常常饶有兴致地谈论着当时的热闹场面。

彭如愿在全家人的精心养护下长大了。浓密的眉毛黑黑的，稠而卷曲的睫毛下是两只拥有蓝黑色眼球的大眼睛、高挺的鼻梁、红润的嘴唇、白皙的皮肤，他有着作为美男子的所有特质。

等到胡杨树的树叶渐渐泛红、泛黄，变得红黄相间的时候，彭如愿不再吃妈妈的奶了，他可以吃饭了，可以吃百家饭了。

为了传人能够健康快乐地长大，彭家庄沿袭着传人吃百家饭的传统。

按照亲疏远近顺序，彭如愿每天由大姐彭如月领着到本族人家吃饭，一天吃一家，而家家户户都尽自己所能给彭如愿做好吃的。吃完饭后，彭如月再把彭如愿领回家。

彭家庄有两千多人，四百多户人家，一天一户地轮，除去风沙天气、严寒天气、酷暑天气以及节庆、祭祀时节，一轮下来，两年过去了。

当彭如愿可以自己去吃百家饭时，他整天不是在爷爷家，就是在伯伯、叔叔家，要么就是在哥哥家，他穿着为传人特制的衣服，走在朝阳下，犹如从远古时代走来。

时间过得真快，就像是一眨眼的工夫，彭如愿已到了上学的年纪。彭家庄那看似一成不变的生活，也于悄然中掺入一些新的元素。

自从两年前，有一对从上海来的小夫妻，拍了一些胡杨树的照片发在自媒体上后，便隔三差五的有人来彭家庄拍照。

随着来旅游、拍照人数的增多，庄上有人家办起了"农家乐"，专门接待这些从外地来的客人。

彭家良家院子大，屋舍多，他又有三个女儿可以帮忙操持，便也开辟出四五间房屋用于接待游客。

拥有嫡系传人光环的彭家良家成为最受游客青睐的"农家乐"。

北京来的、上海来的，美国来的、英国来的，这些游客开着汽车，拿着相机，带着笔墨，一住三五天，有的甚至住上十天半个月，他们每天白天去胡杨林拍照、画画，晚上回来后还要写感想、心得。

有一位从上海来的帅哥，叫刘沪生，已经在彭家良家住了二十多天了，他每天都让彭如愿给他带路去胡杨林。彭如愿实在不知道那些树干粗壮、东倒西歪的胡杨树有什么好看的，但他却知道大姐彭如月每次见到刘沪生都笑盈盈的。有时家里明明只有刘沪生一个客人，大姐也要做好几道菜。

爸爸彭家良也发现彭如月对刘沪生有着不同的态度。

一天晚上，彭家良叫住了正要出去的彭如月："月儿，这么晚了，你要去哪儿呀？"

彭如月是家里的长女，从小便懂事、听话，又长得俊秀典雅，就像是从古典时代走来的欧洲美女，爸爸与她说话从来都是和颜悦色的；所以当她听到爸爸今天说话的语气有点生硬时，心里便慌乱了起来。

"我……我出去看看月亮。"彭如月强装镇静地说道。

"今天初一，哪来的月亮？"爸爸的语气真是硬邦邦的。

"那我去看看星星，没有月亮的晚上星星才好看呀。"彭如月还想搪塞。

"刘沪生什么时候走呢？他好像不准备走了。"彭家良没有顺着彭如月的话往下说，而是直指问题的要害。

彭如月知道今天是无法搪塞过去了。她一紧张脸上就一片飞红，说话也有点战战兢兢，声音也小了："人家的事儿，我怎么知道呢？"

"你们俩每天晚上见面聊天，你会不知道他的事儿？你可不要告诉我说你们只是谈胡杨树。"彭家良见彭如月紧张成那个样子，便稍微缓和了一点语气。

彭如月感觉到了，便大着胆子与爸爸交流了起来。

"爸，我承认，我是与刘沪生见面聊天呢，但不聊不知道，一聊才知道，我们生活在怎样一个落后的地方。什么'传人''传树''祭场''祭台'，都是骗人的……"

彭如月越说越兴奋，还想继续往下说，但看到全家人那变色的脸、那睁大的眼，便不敢往下说了。

妈妈彭听雨首先反应过来："月儿，你在胡说什么呢？"

彭家庄地处偏僻，经济落后，这个大家都知道，也都承认，但说"传人""传树""祭场""祭台"都是骗人的，这个大家可就不能接受了。

爸爸彭家良已是火冒三丈，一边站起来往外走，一边骂着："刘沪生，什么东西，敢来这里胡说八道！"

彭如月见势不妙，生怕爸爸与刘沪生起冲突，赶紧跟着跑了出去。

彭听雨怕双方闹僵不好收场，也跟了出去。

如花、如男、如愿也满怀好奇地来到刘沪生的屋门口。

刘沪生正在门口走来走去，焦急地等着彭如月，谁知却等来了气势汹汹的彭家良。

彭家良虽然很生气，但作为一个传人，最起码的素养还是有的。他见了衣着整齐、相貌英俊又不失文雅的刘沪生，压了压怒气，但言辞依旧犀利：

"刘沪生，你来旅游、照相，我们欢迎你，但你要是对我们的传统大放厥词，可别怪我们对你不客气。"

刘沪生丈二和尚摸不着头脑，不知彭家良所言何事，一边疑惑地望向彭如月，一边问彭家良："叔叔，您慢慢说，不知我哪里惹您生气了？"

彭家良见刘沪生礼貌有加，怒气已是消了一半，语气也由责备变成了探讨："刘沪生，你和月儿说，我们这里的'传人''传树''祭场''祭台'都是骗人的，你说这话可有依据？"

刘沪生一听彭家良的问话，心里长舒了一口气。他还以为是自己与彭如月交往的事被彭家良知道了，彭家良误以为自己在欺骗彭如月。现在一听不是因为这件事，他便轻松地说道："叔叔，我不是那个意思，我没有说那些是骗人的，我只是说那些是不存在的——唉，也不是不存在的，是存在于人的主观意念中，不是存在于客观世界中的。"

彭如月用钦佩与赞赏的眼神望着刘沪生，刘沪生则是小心翼翼地观察着彭家良的反应。

可没想到彭听雨的反应比彭家良来得还快："你这什么乱七八糟的，什么主观客观，我们这里的人与祖先就是一个整体，'传人''传树''祭场''祭台'都是真的，我们可以与祖先沟通。"

刘沪生把头转向彭听雨，声音柔和地说："阿姨，您先别激动。您信奉祖先是可以的，但那只存在于人的主观意念中，它毕竟不是生活必需品。"

彭听雨还在思考着信仰与必需品的关系，彭家良却似有所悟："不对，你说得不对！我们这里遇到大灾大难，祖先的灵魂就会与我们一起去战胜困难。你怎么能说那是不存在的，只是一种信仰呢？"

刘沪生见彭家良说到了问题的关键，便顺着彭家良的思路问道："叔叔，您说遇到大灾大难的时候，祖先的灵魂就会与你们一起战斗，那您可曾见过祖先的灵魂？"

彭家良作为传人，每逢庄上遇到大事情，他都要在香烟缭绕中寻求与祖先的灵魂进行沟通，但他确实没有见过祖先的灵魂。他所传达的那些所谓祖先的意志也是从父亲教给他的遇到各种困难时的应对策略中提炼出来的，与自己"交流"的祖先其实只有自己的父亲。当然，父亲传授给自己的策略也是他的父亲传授给他的。难道说真的没有祖先灵魂吗？不对，父亲说过，祖先的灵魂显现过。想到这里，彭家良不再犹豫，斩钉截铁地说道："我是没见过祖先的灵魂，但那是因为我没有遇到过关系族群生死存亡的大事，祖先的灵魂只有在遇到大事的时候才会显现。"

彭家良的话音刚落，在场的人无不面面相觑。原来那高高在上的、不容置疑的信仰竟禁不住一个毛头小伙的三问两问。

"叔叔，那什么是大事呢？历史上可有过什么大事让您的祖先显现出灵魂呢？"刘沪生就像一位已经掌握了战场主动权的将军，轻松地吹响了胜利的号角。

为了维护自己的尊严，更为了整个族群的荣誉，彭家良决定把那些一代代守护的传说或者说是故事，讲给刘沪生与孩子们听；以前不给孩子们讲是因为觉得根本没那个必要，祖先的灵魂时刻与大家在一起，这是一件自然而然的事。现在，这个信仰受到了挑战，孩子们心中产生了怀疑，特别是自己的儿子彭如愿，作为嫡系传人，他不能对这信仰有丝毫的怀疑。

想到这里，彭家良就像一位历经世事的老者，脸上呈现出凝重与沧桑之色，声音里也掺杂了萧瑟与悲凉之情。

"我们的族群多灾多难。"彭家良平静地环视一周，示意大家坐下来，"不仅要与各种势力进行斗争，还要与恶劣的自然环境进行斗争。我们的祖先彭祖，传说他老人家活了八百多岁。其实人怎么能活八百多岁呢？那时，他老人家为了躲避商纣王的迫害，带领本族一百多人，长途跋涉来到了这片无人之地。这里周边都是沙漠与戈壁，只因有一条河穿流而过，彭祖便决定留在这里了。当时，河流周边只有低矮的沙棘树与稀疏的胡杨树，彭祖就教大家采集沙棘以供食用，还让大家在沙棘树的周边种植谷物。后来彭祖发现，这里的沙尘暴太过频繁与猛烈，如果不治理沙尘暴，谷物就没法长大。于是，彭祖就想到了用胡杨树阻击沙尘暴的办法。为了让胡杨树长得高大一些、粗壮一些，彭祖让大家用动物的血浇灌胡杨树，并且嘱咐大家，他死后要把他的尸体埋在胡杨树下，以滋养胡杨树。彭祖死后，他的子孙们按照他生前的愿望，将他的尸体埋在了一棵比较粗大的胡杨树下——就是咱们祭场中间的那棵。"

彭家良歇了一口气，看着孩子们热切的眼神，继续说道："彭祖死的时候，这里的自然环境还是非常恶劣的，可每当沙尘暴袭来时，人们就会看到彭祖模糊的身影浮现在胡杨树周边，帮助胡杨树抵抗风沙。直到八百多年后，彭祖的子子孙孙也都有了自己的传树，这里有了一片足以抵御沙尘暴的胡杨林——可以护佑后代子孙过上比较安定的生活了，人们才没再见过彭祖那模糊的身影。于是，就有了彭祖活了八百多岁的传说。其实，不是彭祖活了八百多岁，而是他的灵魂保佑了子孙八百多年。"

彭家良的话刚告一段落，反应敏捷的刘沪生立刻发问："叔叔，这也不对呀！彭祖既然是有灵魂的，就不应该只出现八百多年，而应该是永在的；还有，也不应该只有彭祖有灵魂而别人没有吧？"

彭家良见刘沪生的思路追随着自己，便用肯定的语气继续说道："你说的没有错，彭祖的灵魂护佑这里八百多年后，这里进入了一个风调雨顺的黄金时期，并且这里远离政权中心，没有了权势的染指，人们过着自给自足的生活，就像陶渊明描绘的那样，这里成了一片世外桃源，彭祖的灵魂便有很长时间没有出现过。"

"那彭祖的灵魂在后来可曾又出现过？"刘沪生立即抓住了问题的核心。

"是的，又出现过。那是在开通西域都护府后，这里自给自足的生活被打破了，沉重的赋税压得人们喘不过气来；并且这里的农业基础很薄弱，根本没有办法承受过度的开发。官府为了扩大土地供应，要求人们砍伐胡杨树。胡杨树对于我们来说，那是比生命还要珍贵的，可以说没有胡杨树就没有我们——我们的祖先誓死也不砍伐一棵胡杨树。官府的人没办法了，就下令放火烧胡杨林。当时，全庄只有四百多人，大家拼了命地提水扬沙，但仍不能扑灭胡杨林的大火，眼见正北方向的胡杨林被烧掉了一大片，有人甚至被大火烧伤了，情急之下，第四十五代嫡系传人彭跃升在大火现场割腕放血以祈求祖先护佑。在这生死攸关的时刻，人们真的又看到了一大群模糊的身影，裹着风沙呼啸而来，在其中一位的带领下，向着大火抛撒沙石。在一波波沙石的攻击下，大火终于被渐渐扑灭了。激动的人们对着模糊的身影叩头跪拜，模糊的身影在人们的头顶温柔盘旋。片刻后，风停沙住，身影随之消失。"

彭家良讲述的祖先挽救胡杨林的奇迹，是那样的生动与翔实，就如发生在昨天般。

在场的人，包括刘沪生在内，都沉浸在悲愤与激动的情绪之中，久久没有言语。

"后来，祖先之英灵扬沙扑火的事沸沸扬扬地传开了。"彭家良沉默了一会儿后又开始讲了，"官府的人听闻此事后非常恐惧，再加上这里也实在压榨不出多少油水，便开始对这里放任不管了。"

听到这里，在场的所有人都有一种如释重负的感觉。

时间已经很晚了，讲完故事的彭家良领着全家人离开了刘沪生的房间。

这晚之后，刘沪生在彭如月家又住了两三天，便回上海去了。彭如月心中刚刚萌发的爱情的小嫩芽也在现实面前变得没了生机。

四

在刘沪生走后的半年时间里，彭如月每天都是忧心忡忡的，经常一个人坐着发呆，说话明显减少了，脸上很少再绽放属于二十岁女孩子的那种纯真灿烂的笑容。

妈妈彭听雨一遍遍劝着："月儿，你就死了这条心吧！我早就和你说过，你们是不可能的，你们的文化信仰、生活习惯都有着很大的差异。"

"那是可以克服的，他走之前就和我说过，他尊重我们的生活习惯，尊重我们的文化信仰。"彭如月倔强地反驳着妈妈。

"尊重是尊重，但那并不代表认同；再说了，你们隔着这么远，怎么交往呢？"

彭听雨虽然是家庭妇女，但彭家庄有一个很好的传统，就是不论男女，只要愿意学习，都可以去礼堂学习文化。以前，大家学些传统文化；解放后，有了专职老师，便学得多了。但女孩子学习的时间短，一般学习二三年，能够识点字，会算个加减法就可以了，回到家里也能帮忙操持家务了。

彭听雨从小受父亲的影响，非常热爱学习，一直读到初中毕业，在彭家庄属于有知识的女性。因此，对于彭如月与刘沪生交往的事，彭听雨并不是简单地反对，而是把问题摆出来，让彭如月自己认识到问题的复杂性。

"可以写信呀！现在通信这么方便，一个礼拜就能寄到。"彭如月可不是那么容易被说服的。虽然她半年都没有收到刘沪生的一封信，对刘沪生的承诺难免有些疑心，但嘴上还是不愿意承认。

彭听雨怜惜地望着彭如月，不再言语。

在一个冰雪消融的中午，彭如愿从礼堂回到了家里，家里只有妈妈、大姐、二姐在，但三人见了他很吃惊。一般来说，上了学的孩子中午是不回家的，庄上免费给孩子们提供午餐。彭如愿今天中午回来了，一定是有什么事发生了。

"愿儿，你怎么回来了？"彭听雨正在切菜，她放下手中的菜刀高声地问。

"你们猜。"只有十一岁的彭如愿已经很懂大人的心事了，知道全家人都在为大姐与刘沪生的事烦心，所以在礼堂里见到刘沪生寄给大姐的信后就急忙拿了信跑了回来。但出于男孩子的调皮，他想看看大姐那吃惊的神情，便没有将信直接拿出来。

"把课本落家了？"妈妈见彭如愿神态自如，知道也没有什么大事情，便轻松地问道。

"课本落家还猜什么！是重要的事情，是你们都关心的事情。"彭如愿毕竟是小孩子，故弄玄虚的能力还是有限的——大家都关心的事情不就是彭如月与刘沪生的事嘛。

"刘沪生来信了？"从彭如愿进门时彭如月就往这上面猜——不对，她是每天都往这上面猜。她忽闪着眼睛，脸上有点小兴奋地叫道。

"猜对了！"彭如愿看大姐这么高兴，便也痛快地将信拿了出来。

彭如月拿到信后，就跑到别的屋子去看了，留下的三人互相对望着，眼神中难掩笑意。

刘沪生的来信，就像一颗炸弹，在彭家庄这块封闭又古老的土地上炸响了。从古至今，这里人的嫁娶对象除了本庄的，就是邻庄的，最远也不超出县城。像刘沪生这样的，不仅与彭如月相隔万水千山，而且有不同的文化背景，这种情况还是十分罕见的。

庄上那些平日里亲切地叫彭如月"月儿"的大爷大娘、叔叔婶子们，可不像彭如月的家人那样，更关注彭如月的意愿，他们只会一味地强调老传统，指责便不可避免了。

"平日里看着挺文静的，原来这么不懂规矩。"一天，彭如愿放学后，在回家的路上听到家辉大爷这样说。

"月儿真的与那个上海人开始交往了？"家辉大娘问道。

"可不是嘛！最近他们经常有书信往来，不是交往还能是啥?！"家辉大爷作为族长，确有掌握全庄人各种信息的便利条件。

围在彭家辉周围的一大圈人，看到彭如愿过来了，都不吱声了。

彭如愿把大家的议论告诉了家里人，彭家良也觉得是该面对这个问题了——以前只是觉得彭如月对刘沪生有点好感，但还不至于发展到谈恋爱的程度。后来，刘沪生回了上海，半年的时间里杳无音信，彭家良便觉得这事"就这么结束啦"。虽然看到彭如月那逐渐消沉的样子时有点担心，但作为父亲，他理性地觉得就这么结束是最好的。现在，看到刘沪生与彭如月书信往来逐渐频繁，彭如月的情绪一天比一天高昂，他就明白了，两人已经正式交往了，这个问题不能再回避了。

这天晚上，当着全家人的面，彭家良用略带责备的口气问道："月儿，你和刘沪生是怎么回事儿？"

"什么怎么回事儿？"彭如月对爸爸突如其来的问话有点猝不及防。

"就是问你们现在是什么关系，只是普通朋友之间联系联系，还是像处对象那样正式交往啦？"彭家良对女儿的反应有点不满意，就加重了说话的语气。

"我们只是像普通朋友那样联系联系，只是互相介绍各自的生活习惯和风俗文化之类的，并没有说别的。"彭如月被爸爸问得有点心虚，声音越来越低。

"你知不知道，一个女孩子是不能随便与一个男性紧密联系的？你就不怕别人说闲话吗？"彭家良见彭如月显出胆怯的样子，语气便又缓和了。

"爸爸、妈妈，刘沪生比我见过的任何一个人都有文化，他又特别尊重我，我们之间的友谊是纯洁的。为了这份友谊，我不在乎别人怎么说。也请你们相信我，我并不是一个随便的女孩子，我会慎重地考虑我与刘沪生之间的关系的。"彭如月表现出了冷静与理智的一面，她用自信的眼神望着全家人。

"爸爸、妈妈，你们不知道，我们这里有多么落后。刘沪生来信说，上海人做饭都是用煤气。煤气管道连通千家万户，一打开煤气管道开关就能点火做饭，根本不用生火。人与人之间的联系也不用写信，每人一部手机，一拨手机号码就能说话了。出门就坐地铁，二十几里的路十几分钟就到了。还有很多很多先进的东西，我一下也给你们说不完。"彭如月滔滔不绝地介绍着刘沪生给她描绘的外面世界，她不再是从前那个胆怯的小姑娘了。

自从彭家良与彭如月在那天晚上正式谈过话后，彭家良对彭如月有了一个全新的认识，他觉得彭如月已经长大了，长成了一个有独立思想的人，一个能够把握自己、懂得分寸的人；自己对刘沪生也是有一些了解的，刘沪生是一个有知识、有见解的人，应该还不至于让彭如月误入歧途。

彭听雨对彭如月与刘沪生的事，以前只是单纯地怕彭如月剃头挑子一头热，到头来白白伤心一场；现在看彭如月如此理智，也就不再为彭如月操心了。

彭如花、彭如男还没有过大姐这样的感情经历，但她们看到大姐最近笑容灿烂，心情很好，便觉得这一定是一件好事。

彭如愿作为一名"信使"，看到大姐的脸上每天都洋溢着幸福的笑容，听着大姐讲的那些新鲜事物，他也开始每天都盼着能收到刘沪生的来信，这些信也为他打开了一扇了解外面世界的窗口。

时间在这来来回回的信件传递中飞快地流逝着，彭如愿已长成一个十六岁的少年。初中毕业的他，考上了县城的高中。

彭如花于年初嫁给了本村的彭新宇。彭新宇按辈分排比彭如花小一辈，但他们之间早已出了二十服，不存在什么婚嫁禁忌，便在全庄人的祝福声中顺利地完婚了。

然而庄上人最关心的并不是彭如花，而是彭如月。因为在大家的心目中，彭如花的婚姻是合规合矩的，自然也必定会是幸福的；而彭如月不遵守规矩，活该得不到幸福——已是一个二十五岁的老姑娘了，还没有嫁出去。

妹妹结婚后，彭如月不怎么抛头露面了，她倒不是与刘沪生之间有了隔阂，而是不愿被那些人在背后指指点点。

等到胡杨树又一次变得五彩缤纷的时候，彭如月家门口出现了一辆黑色的奥迪小轿车，从车上走出来两个年轻人，正是刘沪生与他的一个朋友。

彭如月同以往一样，正在家里和妈妈一起打扫客房，忽见刘沪生出现在家门口，激动的心情难以言表，千言万语只化作一句话："你怎么来了？"

"怎么，不欢迎啊？"刘沪生大大咧咧地说道。

"不是……是你怎么突然来了，也没告诉我一声……"彭如月有些羞涩地说道。

"我不是说要给你一个惊喜嘛！这突然造访算不算惊喜？"刘沪生眼角含笑，边说边与朋友一起从轿车的后备厢里往外搬东西。

刘沪生这次是来与彭如月订婚的。他们俩经过五年的飞鸽传情，终于从一开始的互生好感，到互相了解，再到下定决心冲破来自各自家庭的阻碍，决定要走到一起了。这是一个漫长的过程，漫长到令人生疑，漫长到令人精神几近崩溃，但两人都坚持了下来。

　　彭如月家早已有了思想准备，也没有提什么要求，一切随刘沪生安排。只是按照规矩，远嫁的姑娘，父母是不能参加她的婚礼的。

　　刘沪生与他的朋友在彭家庄只待了三天，就要彭如月跟他到上海去结婚。彭如愿跟着去了，算是娘家人的代表。

　　尽管彭如月、彭如愿通过刘沪生的书信描述，对上海的繁华程度已经有了一定的了解；但那只存在于想象中，并且只是那种基于他们认知范围内的想象。

　　他们在县城见过四层高的楼房，他们知道四十层高的楼房是四层高的楼房的十倍那么高；但他们想象不到一座四十层高的楼房可以通体发光，它的实体与黄浦江中的倒影形成的那个画面有那么美。他们在县城见过大型商场，想象中上海的大型商场肯定是更大一些；但他们想象不到商场能够大到这个程度——从日常用品、衣服鞋帽到儿童乐园，就餐、娱乐无所不含，转一天也转不完——大就不说了，还哪里都是那样明亮整洁。他们也见过小汽车，想象中上海的小汽车会有很多；但他们想象不到，夜晚的道路上，小汽车的尾灯能汇成一条舞动的红色的火龙。他们自然是见过花草的，想象中上海的花草会更多一些；但他们想象不到花草会被修剪、摆放成各种图案，大气大方，美得已不像花草。

　　真是落后限制了人的想象力。彭如月、彭如愿初到上海，堪比刘姥姥进了大观园，哪儿哪儿都是他们无法想象的，他们跟着刘沪生转了三天，犹如穿梭在梦幻世界中。

婚礼倒是比彭家庄的简单多了，刘家人只在晚上请了四五桌饭，婚礼就算结束了。

仪式结束后，彭如愿一个人坐火车回去了。

家乡与上海之间的巨大差距让彭如愿一下子就成长起来了，他不再是那个顶着传人光环沾沾自喜的少年，他开始思考，上海并没有"传人""传树""祭场""祭台"，为什么人们可以生活得那么好？家乡既然有祖先的护佑，为什么还经常忍受沙尘暴的侵袭？这里的人们为什么还过着这么落后的生活？看到父亲郑重其事地为祭祀忙活时，他心中不再有以前那种神圣的感觉了，有时甚至会觉得父亲的行为有些可笑。

见过世面的彭如愿，有了更强的了解外面世界的愿望。这个愿望也成为他努力学习的动力。

经过三年的努力，彭如愿考上了西部大学，他选择了少数民族语言文学专业，他是彭家庄有史以来第一个考上大学的人。

五

进入大学的彭如愿开启了人生的新篇章。

学语言文学的大部分都是女同学，像彭如愿这种身材伟岸、五官精致的男同学，实属稀缺资源，刚入学就引起了众多女同学的关注。

西部大学的女同学自然也有很多是美若天仙的，可彭如愿从小生活在三个美貌姐姐的身边，对美貌有一种审美疲劳；再加上他从小生活在偏远落后的地区，思想比较保守，对那种外向性格的女同学有一种天然的抵触感。时间久了，彭如愿的冷漠终于起了效果，那些围在他身边的女同学渐渐散去了。

班上仅有的几个男同学早已被女同学"瓜分"完毕，趣味相投的他们上课都成群结队，一占座位一大片。彭如愿总是独来独往，便只能坐在没人坐的最后一排。

坐在最后一排的还有一个女同学，她也总是孤零零的没个伴。这个女同学性格很古怪，从来不与别的同学说话，总是坐在最后一排的角落里。上课也没有规律，想来就来，想不来就不来。彭如愿想，整个班上可能没人注意到她的存在，甚至恐怕连老师也把她遗忘了。

这个女同学虽然长得也是肤白貌美，但她的白似乎与别的女同学的白不一样。西部女孩子们的白是透着红润的，可她似乎只是单纯的白。

莫非她不是来自西部？彭如愿对这个女同学越来越好奇，就在他下定决心要结识这个女同学的时候，这个女同学却好多天没有来上课。

人的好奇心就是这么被吊起来的。从那以后，每次走进教室，彭如愿做的第一件事，就是向那个角落望去。不过，失望太久的彭如愿已不指望真的能看到她，好像她不在才是一种常态。半个多月后，彭如愿在心里已经做好了再也见不到她的准备。

可事情就是这么奇妙。

下午第一节课，彭如愿带着些许睡意踩着点进入教室，只一瞥，他便睡意全无，仿佛有一个炽热的太阳，一下子就照亮了他的眼球——他看到她了。

他不再有一丝的瞌睡，径直走到了最后一排，走到了她的身边。他在她身边站定，才发现自己对她一无所知。他不知道她是谁，也不知道她来自哪里，更不知道她为什么来上课，又为什么不来上课。那么，自己每天渴望见到她的冲动竟没有一点合理性。想到这儿，他呆住了。

见他举止奇怪，她抬头看了他一眼，没有说话。时间在一分一秒地过去，老师也走进了教室。

"彭如愿，你有什么问题吗？"哈尼老师亲切地问道。

"老师，她……她好长时间没来上课。"彭如愿真是昏了头，这举报别人的事竟也做得出来。

"你是说爱丽丝吧？她不是咱们班的，她只是来旁听的。"哈尼老师语气轻松地说道。

教室里传出了一片笑声，就好像大家刚看了一出滑稽表演。

彭如愿也窘得红了脸，赶紧坐在了座位上——大家好像都了解爱丽丝的情况，只有他一个人不了解。

下课后，坐在彭如愿前排的塔吉古丽与韩小红私语道："怪不得不理我们呢，原来是喜欢洋妞。"

彭如愿本来是对别人的事毫不关心的，更不会留意别人的私语；但他今天却是格外敏感，塔吉古丽与韩小红的私语他听得清清楚楚，他赶紧看向爱丽丝，希望爱丽丝没有听到。

但很明显，爱丽丝听到了，这从他看向爱丽丝时她也向他看过来就可以判断出来。

"你好！她们说的可是真的？"爱丽丝操着一口还算流利的普通话问彭如愿。

彭如愿遇到了有生以来最难回答的一个问题，因为连他自己也搞不清楚他这是怎么回事——怎么就成了自己喜欢爱丽丝了？慌乱之中，彭如愿只说出了四个字："我不知道。"

这算什么回答！不仅爱丽丝不满意，估计连彭如愿自己也不满意。

爱丽丝以前听完哈尼老师的课就走，今天却破天荒地又听了下一节英语课。

彭如愿整节课都大气不敢出，只是不时地看着手表，希望快点下课，自己好逃脱爱丽丝那充满疑问却又有些炽热的眼神。

这哪像那个自己关注的冷冰冰的、从来不与人说话的、只躲在角落里听课的爱丽丝呢？彭如愿从没有想过自己会喜欢这样一个爱丽丝，他觉得他对爱丽丝的种种自始至终都只是出于好奇。

彭如愿曾是那么热切地希望爱丽丝能来上课，但现在热望变成了恐慌。

回到宿舍的彭如愿想，他现在最希望的就是爱丽丝不要再来上课了。

可彭如愿没能如愿。

第二天，爱丽丝早早就到了教室，比大多数人去得都早。

彭如愿为了避免尴尬，也早早地去了教室，但他一眼就看到了爱丽丝。爱丽丝也看到了他，彭如愿无法逃避，只得硬着头皮走进了教室。

"你在逃避我吗？"爱丽丝看着彭如愿躲闪的眼神发问。

"没有……没有……这从何说起呢！"彭如愿装出一副若无其事的样子。

"那你还没有回答我的问题呢。"爱丽丝双眼紧紧地盯着彭如愿。

"爱丽丝，你误会了，我对你没有丝毫的了解，这喜欢二字根本就无从谈起。"彭如愿还真是慌不择言，连这样不礼貌的话都说得出口。

"可我对你已经有了一定程度的了解。"爱丽丝还真是一个特别的人，搞得彭如愿都没有招架之力了。

"今天晚上八点，在图书馆门口见。"就在哈尼老师走进教室之际，爱丽丝向彭如愿发出了不容拒绝的邀请。

下课铃声响起，爱丽丝看向彭如愿，用眼神告诉彭如愿要守约，然后她就走出教室，速度之快，让彭如愿连反应的时间都没有。

从下午一直到晚上，彭如愿都在反思，自己究竟做了什么事让爱丽丝产生了误会。昨天之前，自己都没有和爱丽丝说过一句话，只是出于好奇看过她几眼，莫非就是因为自己看她的那几眼？

彭如愿为晚上的约会找到了一个很正式的理由，他也很想知道，自己是怎么让爱丽丝产生误会的。

刚刚入冬，校园里树木上的叶子已经落得差不多了，只有松柏与松柏下的小草还在努力地将生命的绿色呈给大地。有风吹过，将树枝上挂着的最后的枯叶吹落下来，枯叶飘飘荡荡地游弋在低处。

彭如愿如约来到了图书馆门前，见来来往往的同学那么多，便在心中埋怨起爱丽丝来：怎么把约会地点定在了这里？这里进进出出的同学这么多。

　　爱丽丝就像听到了彭如愿的心声般，悄无声息地出现在彭如愿的面前，说："怎么，还怕找不到我？"

　　"不是……我只是觉得这里人这么多，我怕……"彭如愿想了半天，也没有说出个怕什么来。

　　"你是怕找不到我呢，还是怕别人看到你在和我约会呢？"爱丽丝说起话来没有一丝一毫的含糊与闪烁，这让不善言辞的彭如愿很为难。

　　"什么也不是，我只是觉得，你对我可能有什么误会吧。"面对爱丽丝的坦率与直言，彭如愿只能直来直往了。

　　图书馆门口虽然人来人往的，但大家都是静悄悄地来去，并没有高声喧哗的情况，彭如愿与爱丽丝说话的声音虽然不是很大，却已然引起同学们的观望了。

　　"我们还是换个地方吧，这里不太合适。"彭如愿环顾四周，唯恐周围有熟识的人。

　　两人一前一后来到位于学校西北角的一片小树林里，这里的树木以杨树为主，树木中间的小路铺满了红黄的落叶，走在上面，唰唰作响，更显出这里的静谧氛围。

　　"爱丽丝，我是昨天才知道你的名字的，并且这也是我对你唯一的了解。"彭如愿见爱丽丝正用探寻的眼光看着他。

　　"那又怎么样呢？所谓爱情，是没有任何附加条件的。我一直觉得，爱情只产生于一见钟情的两人之间。"爱丽丝的中文水平还真不错，将复杂的情感问题准确地表达了出来。

　　"你是说……你对我一见钟情？"彭如愿终于理清了爱丽丝讲话的核心内容了。

　　"不是，是我们两人一见钟情。我对你一见钟情，你对我也一见钟情。"爱丽丝纠正着彭如愿的表述。

"爱丽丝，非常抱歉，我对你只是有点好奇。"彭如愿如实地说着自己的感受。

"好奇就是一见钟情的表现啊！"爱丽丝用肯定的眼神望着彭如愿。

彭如愿有点无话可说，只觉得自己与爱丽丝的观念存在很大的差异。

爱丽丝见彭如愿眼神中带着不解，便进一步引导道："你对别的女同学可有过好奇？"

彭如愿没有吱声，仔细回顾一下，发现自己对别的女同学还真没有产生过好奇。

"我对她们是没有产生过好奇，但那是因为你与她们不同。"话刚说完，彭如愿就发现自己掉进了爱丽丝的思维逻辑中。

爱丽丝也敏锐地感知到了彭如愿真实思维中的爱情成分，她带着些许激动说道："人与人之间之所以产生爱情，就是因为对方在自己眼中是独一无二的，是可以使你产生好奇心的，这种好奇心驱使你勇敢地去了解他。"

爱丽丝就像一位爱情专家，滔滔不绝地阐述着她对爱情的理解。

彭如愿似乎也开始觉得爱丽丝的爱情观有一定的合理性。但他想起自己那独特的身份、传统的思想以及彭家庄那落后的环境，便赶紧打消了要去了解爱丽丝的想法。

"我不想了解你，你也不要了解我。"彭如愿被自卑情绪支配着。

"不好意思，我对你已经有了一定程度的了解。"爱丽丝见彭如愿又想将自己束缚住，便有了些许不满。

彭如愿张了张嘴，想说话又不知该说什么。

"你一定注意到了，我前一段时间没有来上课。"爱丽丝用平和的眼神看着彭如愿，直到彭如愿点头示意后，才又继续说道，"你可知道我去了哪里？"

彭如愿睁大了两只眼睛，他曾那么急切地想要知道爱丽丝为什么不来上课。

爱丽丝笑着看了看彭如愿，又继续说道："我去了彭家庄，还在你家住了几天。"

这下彭如愿可激动不起来了，他满眼都是震惊、惊愕。

"你怎么能这样？你怎么可以这样？"震惊之余的彭如愿只会说这两句话了。

"我怎么不可以，作为游客，在你家住几天，不是很正常嘛！"爱丽丝轻松地说道，完全没有理会彭如愿的惊愕。

"那你见到我家人了？"无可奈何的彭如愿只得面对现实了。

"除了你大姐，都见到了。"爱丽丝就像拉家常一样自如。

"我大姐去了上海。"彭如愿又像解释又像介绍地说着，一边还用余光小心地扫了一下爱丽丝，他想从中看出爱丽丝对他家，对他们那个地方，甚至对他们那近乎原始的信仰有什么反应。

很显然，彭如愿没达到目的，因为爱丽丝的表情根本就没有任何变化。爱丽丝就像一位对一切了然于心的访客，前去造访也只是走过场。

彭如愿不知是该喜还是该忧。夜深了，一阵风吹来，衣着单薄的爱丽丝打了个冷战。彭如愿本想上前抱住爱丽丝，给她一些温暖，但只向前走了一步就停了下来，他还是没有勇气，于是只轻轻说了句："我们该回去了。"

突如其来的约会就这么悄无声息地结束了，彭如愿不知道自己在其中扮演了什么角色，有了什么收获——好像是有收获的，知道了爱丽丝失踪的那半个月的去向，知道了爱丽丝对自己一见钟情，并且还知道了，按照爱丽丝的标准，自己对她也是一见钟情。

　　天底下怎么会有这么固执的人呢？回到宿舍后的彭如愿，想着约会时爱丽丝与自己说的每一句话，自己明明已经说了"不想了解她"，却还是被她扣上了对她"一见钟情"的帽子。彭如愿越想越觉得自己不应该这么被误会，他决定明天一定要找爱丽丝说清楚，说自己对她并没有一见钟情，并且也不想了解她。

　　第二天并没有哈尼老师的课，彭如愿无法联系到爱丽丝，他既没有爱丽丝的手机号码，又不知道爱丽丝是哪个班的，更不知道爱丽丝住在哪个宿舍，有些什么朋友。

　　晚饭过后，彭如愿像被什么指引着，径直走到了他们昨天约会的小树林。没了树叶的杨树少了几分妩媚，灰白色的树干单调而乏味，没了兴致的彭如愿刚要转身，一抹红色跳入他的眼帘，那正是爱丽丝昨天穿的红色风衣呀！彭如愿心跳加速，莫非心有灵犀这样的事也发生在自己身上了？

　　"你怎么知道我要来这儿呢？"爱丽丝远远地就与彭如愿打起了招呼。

　　"我不知道你要来这儿，我只是随便走走。"刚才还热切地想要见到爱丽丝，并要与她说清楚自己对她并没有一见钟情的彭如愿，现在见了爱丽丝反而又不知道该说什么了。

　　"看来我们不仅一见钟情，还心有灵犀呢！我就是来这儿等你的。"爱丽丝见彭如愿走了过来，就打趣道。

　　彭如愿四下里看了看，唯恐爱丽丝说的话被别人听了去，好在周围一个人也没有。

　　"爱丽丝，你能不能不要这样，我对你没有一见钟情。"彭如愿非常严肃地说道，脸上似乎有些不满。

　　"是我不漂亮吗？"爱丽丝似乎也认真了起来。

　　"不是，你很漂亮，你很好，只是我不能接受你。"彭如愿下定了决心，一定要让爱丽丝明白他的心意。

"那是为什么呢？"爱丽丝的脸上有了一丝忧郁。

"是我的出身不允许我接受你。"彭如愿怕爱丽丝伤心，只得用缓和的语气说道，"我只能与我们那里的姑娘结婚，其他地方的不行；你是外国人，更不行了。你是哪个国家的人呢？"

"我是美国人。"爱丽丝也觉得到了该与彭如愿好好谈谈的时候了，"我们没有婚姻禁忌。"

"我知道，第一次听说美国，还是从我姐夫那里。美国是个很发达的国家。"彭如愿不自觉地与爱丽丝交流了起来。

"发达是发达，但它没有历史。它就像一个加入发酵粉而快速膨胀的面包，又像一个用肥皂水吹起来的气泡，虽然看起来庞大、美丽，但禁不起时间的考验。"爱丽丝一边说着一边打着手势，唯恐彭如愿不能理解。

"不是吧，爱丽丝？在很多中国人眼中，美国的科技很先进，教育体系很完善，我特别羡慕那些能去美国学习的学生。"彭如愿很少讲这么真心的话。

"是的，正如你所说，很多学生都想去美国学习。美国汇集了很多高科技人才。但你知道是什么把他们吸引过去的吗？"爱丽丝的两只大眼睛闪着理性而睿智的光芒。

"不是因为那里先进吗？！"彭如愿不假思索地说。

"那只是表象，其实吸引他们的是资本。美国的资本非常庞大，它把全世界的人、财、物都吸引到了它的周围。"爱丽丝说起来滔滔不绝。

彭如愿也从他大姐寄来的信中了解到一些关于美国的事情——昂贵的苹果手机、先进的别克汽车、花园别墅、夏威夷海滩、哈佛大学、麻省理工学院，一切好似都是更高级、更先进的代名词。不过，他从来没有想过这些"更高级、更先进"是怎么形成的。

"那很好啊。"彭如愿不解地看着爱丽丝。

"短时间内可以很繁荣。但你知道，资本都是逐利的，是追求利益最大化的，靠资本吸引过来的人也是些逐利的人。当人的思维体系中只剩下了利益，人与人之间的关系也就只有利益关系了。所以，一些美国人高傲而冷漠，虚伪而自私。如果任由这种情况发展下去，那美国就离衰退不远了。"爱丽丝俨然一个社会学家，能够透过事物的表面现象看到事物的本质。

彭如愿第一次听到这么不可思议的观点，他无法判断这些观点正确与否，只能避重就轻地说道："我不明白你说的这些观点，但我觉得你可能是一个有批判精神的人。"

"可能是吧。我爸也说过，我们要做美国的鲁迅。"爱丽丝一边轻松地说着，一边慢慢向前走去。

"你爸也持有你这种观点？"彭如愿追随在爱丽丝的身后。

"准确地说，是我持有我爸的这种观点。"爱丽丝停住了脚步，回过头来郑重地对彭如愿说。

"你爸是干什么工作的？"彭如愿对爱丽丝的爸爸也产生了兴趣。

"同你们国家的鲁迅一样，也是大学教授。"爱丽丝边说边又走动起来，红色风衣掀起了小小的气流，带起了身后的落叶。夕阳西下，小树林披了一层暖光，爱丽丝就像童话故事中的公主，走在树林中，超凡而脱俗。

与爱丽丝交流越多，彭如愿越感觉爱丽丝就像天边的云朵，就像雨后的彩虹，美丽而遥远，可他已是心向往之。

没有再说什么，两人默默地在树林中走着，直到夜深了，彭如愿早已忘了今天来小树林之前的目的是什么了。

在随后的日子里，这片小树林成了彭如愿与爱丽丝心灵的港湾。每天晚饭过后，二人都自觉地前往这片甜蜜的港湾。不需要事前约定，不需要语言告知，只要一个眼神、一个动作，他们就能了解对方的心意。凛冽的寒风与皑皑的白雪都无法阻止两个年轻人前去约会的脚步。

彭如愿那最难以言说的传人身份在爱丽丝眼中成了闪光点，彭如愿所描述的在祭场祭祀祖先的活动在爱丽丝那里成了增强凝聚力、体现人文关怀的有意义的行为。而美国却被爱丽丝评价为"虚假的繁荣"。

这是爱屋及乌吗？好像不是。爱丽丝说过，她是因为喜欢中国的传统文化才来中国学习的。爱丽丝认为越古老、越传统的文化才越有它存在的合理性，越能为世界未来的发展指明方向。

难道是"爱乌及屋"了？彭如愿计划着要让爱丽丝亲眼看一看他心中认定的那些"乌"。

转眼就到了学校放寒假的时间，国际学生的圣诞假期还没有结束，爱丽丝为了能够多与彭如愿相处，圣诞假期也没有回美国。现在，国内、国际的学生都在放假，学校几乎没有什么人，彭如愿便决定让爱丽丝以游客的身份跟随他回到彭家庄。

六

现在的彭家庄与二十年前彭如愿出生时的彭家庄相比，可是有了翻天覆地的变化。从彭如愿离开彭家庄到县城上高中开始，彭家庄的变化可以用日新月异来形容。

从县城到彭家庄开通了旅游线路，来彭家庄看胡杨的游客大增，村民的收入有了很大程度的提高，家境好一些的都买了私家小轿车。

彭如愿的二姐彭如花与二姐夫彭新宇开着自家新买的吉利汽车，到县城去接彭如愿。二人看到彭如愿身边跟着个爱丽丝，诧异之情写了满脸。

彭如愿赶忙解释道："她叫爱丽丝，是美国人……"

还没等彭如愿说完，彭如花就抢过了话头："我们知道，我们去年见过她。只是，她怎么会和你在一起呢？你是不是有什么事瞒着家里？"

"没有，没有，爱丽丝是我们学校的学生，她对咱们的信仰有着特别的兴趣，想去做深入的了解。"彭如愿将早已想好的说辞说了出来。

最近几年，旅游业快速发展，彭如花也见识了来自世界各地的游客的各种偏好，所以彭如愿的话并没有让她感到意外，只是觉得一般游客都是在五到十月间来旅游，现在是隆冬季节，天寒地冻的，旅游的感受可能有点差，便略带歉意地对爱丽丝说："我们这里冬天条件很差，怕你受不了。"

爱丽丝一边微笑着用手做了一个代表胜利的手势，一边信心满满地说道："我没问题的。"

一行四人驱车前行。路上的行人与车辆都很少，道路两旁的树木早已掉光了树叶，不时有被风吹断的细小枝干落在公路上，小车驶过，发出咯噔咯噔的响声。车速不敢太快，二百公里的路程要走四个多小时。

车开出县城没多久就渐渐没了村落的影子，透过公路两旁的护路林望去，远处只有一堆一堆的沙丘和背风处的枯黄的野草。

大家满以为这么恶劣的戈壁荒漠环境会让爱丽丝心生恐惧，谁知爱丽丝却异常兴奋，她让彭新宇停下车，她要去外面感受一下人类形成之前地球的原始风貌。

看爱丽丝如此兴奋，彭如愿便也陪她下了车。

车外的视野更开阔，那些低矮的、枯黄的草丛是筑路工人用铁丝网固定在沙土中的。走过草丛，脚下是沙粒与石块的世界，这个世界的颜色是单一的，是介于灰与黄两种色彩之间的那种颜色。

爱丽丝穿着红色羽绒服，跑向了那个颜色单一的世界。

"人类形成之前，地球上一定是这个样子的。"爱丽丝边走边说。

"你怎么知道？"彭如愿不敢与爱丽丝靠得太近，以免让彭如花看出破绽，只能远远地大声回应着。

"我在电视上看过火星表面的图片，和这里差不多。"爱丽丝也大声地说着。

"那你是说，火星也能诞生出生命？"彭如愿对爱丽丝广博的知识一向是很佩服的。

"那倒不一定，形成生命需要很多条件。"爱丽丝说话还算严谨——自己不确定的事是不敢妄下断言的。

车上的彭如花等得有点不耐烦了："你们还回不回家了？这荒

秃秃的，有什么好看的！"

车下的二人上车后，小车继续前行。公路两旁的景观在爱丽丝的描绘下仿佛焕发出新的意义，因为太过熟悉而从来没有仔细观察过这些景观的彭如愿一直透过小车的玻璃看向外面。

这是一个荒凉的世界，彭如愿正这样想着，一棵粗大的胡杨树突兀地出现在他的视野中，彭如愿心中竟蓦地涌起见到母亲般的喜悦。这棵胡杨树歪着树身，裸露着树根，不多的几枝枝丫扭曲着，向上着，它遗世独立般的矗立于此，应该已有上千年了。这是怎样顽强的生命力啊！这种力量似乎透过小车的玻璃传递到了彭如愿的身上，彭如愿感到心中有股热量在升腾。

渐渐地，地平线上出现了星星点点的胡杨树，小车进入了头道河流域。一转眼，成片的胡杨树从车窗外掠过，彭如愿又回到他熟悉的环境中了，每一棵胡杨树都好像在向他传递着温情，激动的泪水在他的眼中打转。

爱丽丝就像是这里的主人一般，她说："你们看，这里的自然环境多么神奇！我们就像刚从火星来到地球。所以我觉得火星与地球的差别只在一滴水。"

大家都不知道该如何回应爱丽丝的话题，便任由爱丽丝天马行空般的发挥："假如人类能把一定数量的水运到火星上，再制造一个封闭的空间，在这个空间里种上胡杨树，慢慢地就可以改变火星的气候了。"

爱丽丝的话还没有说完，小车已停在了彭如愿家门口。

彭听雨听到小车的声音，急忙跑了出来，拉着半年没有见面的儿子嘘寒问暖，竟没有注意到彭如愿身边站着的爱丽丝。

爱丽丝主动上前问候："阿姨好，我又来了。"

在爱丽丝面前，彭如愿不愿妈妈如对待小孩子般对待自己，他急忙挣脱妈妈的手，边从后备厢往外搬东西边介绍说："妈，爱丽丝是我们学校的学生，她要考察我们的文化，就和我一起回来了。"

彭听雨对待客人一向是非常友好的，况且爱丽丝还是彭如愿领回来的，便急忙满脸笑容地转向爱丽丝说："来了好，来了好！快进屋，你看外面这冷的。"

屋里的炉火烧得旺旺的，蓝色的火焰舔着锅底，锅里炖着新鲜的羊肉，羊肉的香味弥漫在屋里。

全家人都在忙碌地准备着晚饭，摆了一盘又一盘，简直比过年还要丰盛。

爱丽丝就像家庭成员一样，帮着干这干那。彭听雨为了让客人有宾至如归的感觉，一般是不拒绝客人参与到家庭事务中的。

彭如愿放假回来，在彭家庄也算是喜事一桩。晚饭过后，明月初上，陆续有亲朋好友来到彭如愿家。院子里的篝火已经生起来了，这篝火舞会是大家为彭如愿举办的最高级别的欢迎仪式。

大家都穿着鲜艳的服装，爱丽丝也穿上了一件彭如月以前最爱穿的红呢子长裙，站到了队伍中间。

彭家庄的舞会向来是不拘一格的，甭管是单人舞、双人舞还是团体舞，只要你跟着节奏跳就行。

彭如愿一改在学校里留给爱丽丝的拘泥、呆板印象，变得生动而活泼。同龄的女孩子都排着队邀请彭如愿跳舞，彭如愿也是来者不拒，他那鞋底钉有铁钉的长筒皮靴伴着音乐的节奏，把水泥地敲得喳喳作响。

彭新宇的爷爷彭改良是一个七十多岁的老头子，外号"彭照片"，是解放初期镇上唯一一个会照相的人。镇上人们所有值得纪念的时刻，结婚啦，孩子过百天、过周岁啦，家人团聚啦，老人大寿啦，都要找彭改良照相。彭改良天生一副吉祥喜庆的面孔，不管多么害怕照相的孩子，经彭改良三逗两逗，都会被逗笑的；不管平日多么严肃的中年人，在彭改良的指挥下，都能显出他温情的一面。彭改良逗人，不仅仅会说一些让人发笑的话语，更多的是会做出许多让人发笑的动作与表情。

彭改良六十岁退了休，这代表着"彭照片"时代的结束，但彭改良却没有退出人们的视线。彭改良把他喜庆的面孔、让人发笑的动作与表情带到了各种各样的舞会上。

彭如愿家今天的篝火舞会自然少不了彭改良的参与——舞会上最受欢迎的舞伴除了彭如愿外就是彭改良了。

彭改良七十多岁了，红润的脸上长着雪白的胡须，个子不高却身板挺拔，精神劲儿堪比年轻人。跳舞时他头戴一顶红色毡帽，帽子后边还用红绳系着两个绒球，绒球随着他的跳动上下左右摆动，他看起来就像马戏团里的小丑。

爱丽丝不太会跳彭家庄的舞，彭改良为了让爱丽丝尽快熟悉彭家庄舞步的精髓，总是围绕在爱丽丝的身边，帮助爱丽丝调整舞步，就像是爱丽丝慈祥的爷爷。

经过彭改良的悉心教导，没过多久，聪明的爱丽丝就能够跟上大家的舞步了。

皓月当空，篝火通红，望着舞会中一张张洋溢着幸福的笑脸，爱丽丝感到那种大家庭独有的温暖包围着自己，这种温暖驱散了严寒，驱散了孤独，让爱丽丝再一次确信，自己的选择没有错。

舞会结束后，爱丽丝住进了彭如愿隔壁的房间，两个房间的后墙是连通着的火墙。

火墙取暖是彭家庄最近几年才时兴起来的取暖方式。以前是用火炉取暖，每个房间里生一个铸铁火炉，每隔一段时间就往火炉里加煤炭，煤炭燃烧产生的煤烟通过薄铁皮卷成的烟筒排到户外。

这种取暖方式不仅很费人力，而且还容易把房间里的东西熏黑；最危险的是，煤烟里含有一氧化碳，烟道不顺畅时很容易让人中毒。现在的火墙取暖，是在房间的后墙边建一个专门的伙房，伙房里盘一个大的火炉，既可以用它做饭，又可以通过连接在房间后墙的管道将火炉中的热量输送到各个房间。这种取暖方式避免了在每个房间生一个小火炉取暖的弊端，但它仍没脱开一家一户烧煤取暖的模式，比城市里的集中供热差了很多；尤其半夜，大家都睡觉的时候，没有人往火炉里加煤，火墙的温度就会降下来，屋里的人就得加厚被子保暖。

彭如愿从小生活在这种环境中，自然是能够适应这种取暖方式的，但他考虑到爱丽丝从小生活在美国，那里不仅有集中供暖，每个房间还都装有空调，可以随时调节屋内的温度。现在让她住在这种冷热不均的房间里，她怎么能够适应呢？

彭如愿思虑再三，很想半夜起来往火炉里加些煤，但他还是忍住了，一是他不想让家人觉察出他对爱丽丝有特别的关爱，二是他这次领爱丽丝回来，本就是为了让爱丽丝看看他们这里真实的生活条件。

好容易熬到第二天天亮，彭如愿穿好衣服，走到爱丽丝房门口，想听听爱丽丝有没有在发牢骚，埋怨他们这里的取暖条件。可房间里静悄悄的，没有一点声音，彭如愿不便进去，径直走到了伙房。

彭家良与彭听雨已经在伙房里忙着准备早餐了，火炉里的炭火也烧得旺了起来。看到彭如愿走来，彭听雨关切地问道："愿儿，昨天晚上没有冷着你吧？"

"没有，我早就习惯了，就是不知道那个爱丽丝怎么样了？"彭如愿用一种很随意的口吻说着。

"你是说那个洋妞吧？他们洋人比咱们耐冻，人家早就起来了，她还让我告诉你，她要去看看冬天早晨胡杨树上的白霜。可现在哪有什么白霜呀……"还没等彭听雨说完，彭如愿就急急忙忙地往胡杨林那边去了。

"早点回来吃饭！"彭听雨的声音追了上来。

头道河的河面已冻得瓷瓷的了，彭如愿并不关心那河面，只一直向胡杨林的深处走去。虽然是在树林里，但那些树木的叶子已经掉光，树干也像脱了水一样，变得干瘪。因此，这树林是藏不住东西的。

没走多远，彭如愿就看到了那若隐若现的红色，心情竟有些小激动，小跑几步，就到了那红色的旁边。

彭如愿没有开口，他想先观察一下爱丽丝。

"你们这里的早晨，树上怎么没有白霜呢？"爱丽丝一见到彭如愿就急忙发问。

"我们这里可是戈壁荒漠地区，是世界上最缺水的地方之一，空气很干燥，哪有什么水分能凝结到树上。"彭如愿想看一下爱丽丝失望的表情，故意加重语气说道。

"没有白霜也行，你看这早晨的胡杨树是不是与白天的胡杨树不一样呢？"爱丽丝迟疑了一下，只为消化一下彭如愿所说的常识，并没有显出什么失望的表情。

这爱丽丝还真是一个乐观的人，彭如愿这样想着，越发觉得爱丽丝可爱，便也饶有兴趣地观察起了冬天早晨的胡杨树。

冬天的早晨，最大的特点是一个"冷"字，胡杨树树皮上的皱褶似乎更深了，那枝丫也显得更干更脆。

冬天的早晨，还有一个特点，那就是"静"，是那种万籁俱寂的静。整个树林里，没有一丝声音，好像连小动物都进入了冬眠状态。

太阳还没有升起来，在蓝靛靛的天色的加持下，胡杨树的灰褐色中好像增加了金属的成分，变得凝重了。这种凝重似乎能承载住那千年岁月的侵蚀，能承托起先辈那顽强拼搏的灵魂。

彭如愿望着爱丽丝那纯洁的双眼，一股感激之情涌上心头：是爱丽丝唤醒了他对家乡、对胡杨树深藏于心底的深刻爱恋。

爱丽丝看彭如愿不说话了，便又滔滔不绝地说开了："早晨的胡杨树看起来更有力量，更能体现出它顽强的生命力。你看，它的枝干好像变得像铁棍一样坚硬，它的根系也像浇筑在大地上的铁水，任何东西都不能撼动它。"

彭如愿也深有感触地说道："你说得对，越是寒冷，越能看出胡杨树顽强的生命力——就像我们人一样，只有克服了一个又一个的困难，才能成长为有担当的人。"

彭如愿忽然想到了什么，停顿了一下，继续说道："说起克服困难，昨天晚上没有冷着你吧？"

爱丽丝看着彭如愿关切的双眼，一股暖流流进心田，她有些娇羞地说道："是有些冷，加上被子后又太重了。你不会是专门跑来问我这个问题的吧？"

彭如愿担心的事情还是发生了。自从与爱丽丝认识以来，自己从来没有心无旁骛地、毫无顾虑地与爱丽丝相处过，并不是觉得爱丽丝有什么不好的地方，而是觉得爱丽丝太好了，太完美了，而自己的传人身份使自己不能离开故乡，况且故乡恶劣的自然环境与家族信仰都可能会给爱丽丝造成困惑。尽管爱丽丝一再强调，她不怕环境的恶劣，她认可他们的信仰，但彭如愿觉得那都是因为爱丽丝对困难认识不足，当爱丽丝亲身体验一下后，一定会被那些困难吓倒的。到那时候，爱丽丝一定会后悔的，而他不忍让爱丽丝后悔，哪怕她只是有一点点的后悔。

也许是彭如愿太执拗于这个问题了，现在爱丽丝只说了晚上

"有些冷"，被子"太重了"，彭如愿就觉得爱丽丝遇到了不可克服的困难。他赶紧伸手摸了摸爱丽丝的额头，又摸了摸自己的额头："幸好没有发烧，咱们吃完早饭后，就让我二姐夫送你去县城住吧……"

还没等彭如愿说完，爱丽丝就眉头紧蹙，脸上也布满愁云："怎么，我才来一天，你就要赶我走？"

彭如愿见爱丽丝有点生气了，急忙解释说："我不是赶你走，我是怕你住得时间长了，晚上冻感冒了怎么办？"

爱丽丝听彭如愿这么说，紧蹙的眉头才舒展开了，脸上的愁云马上被笑容取代，她淡定地说道："没事，晚上冷的话，加盖被子就可以了——你们不都是这样的嘛！"

彭如愿又说："被子盖多了会很重的，你不习惯，我们是习惯了的。"

爱丽丝觉得彭如愿实在有点小题大做，便郑重其事地说道："你实在没必要这么担心，被子重点儿，这么小的一个困难，根本就不会难倒我。我爸给我讲过，他小的时候，家里能有一个壁炉取暖就已经很好了。壁炉取暖和你们这里的火墙取暖原理差不多。我曾经非常向往我爸生活的那个时代，觉得家里有一个冒着红色火焰的壁炉是一件非常浪漫的事儿。现在，这件浪漫的事儿就在你们这里上演。"

爱丽丝一口气讲了这么多，彭如愿最担心的事在她这儿反而成了一件最浪漫的事儿。这爱丽丝的思维方式总是超出彭如愿的预想。

太阳照上了树梢，像铁棍般坚硬的枝干吸收到太阳的光与热，看起来没有之前那么坚硬了。

彭如愿的心情轻松了许多，拉起爱丽丝的手往家走去。已冻瓷实的头道河冰面承载了彭如愿多少美好的回忆。彭如愿一边拉着爱丽丝的手在冰面上滑行，一边给爱丽丝讲述那些发生在冰面上的童年的故事。

七

彭如愿与爱丽丝回到家的时候，已过了饭点，家里静悄悄的，彭如愿没听到意料中的彭听雨那虚张声势的责骂声。伙房里只有三姐彭如男在等着他们。

"妈呢？"彭如愿一见到三姐就问。

"姥爷病了，爸爸、妈妈去了姥爷家。锅里给你们留着饭菜，你吃完饭后也去看一下吧，我先去了。"彭如男一边交代着，一边就往门口走去。

三姐神色慌张的样子让彭如愿有了一种不祥的预感。

姥爷名叫彭春涛，是庄上有名的文化人，虽已八十五岁高龄，但身体一直硬朗。解放前，彭春涛在家族的扶持下，去省城读了两年师范学校，回到家乡后，一直从事教育工作。除教书育人外，他还是彭家庄，甚至整个头道河流域民族文化的坚守者与传承人。婚丧嫁娶的习俗、穿衣吃饭的规矩、走亲访友的程序、盖房起屋的时辰，等等，没有彭春涛不知道的，或者可以这样说，如果彭春涛不知道，那就没有人知道了。

彭春涛一生中的大部分时间都是在庄上的礼堂里度过的：小时候在礼堂里学习，长大后在礼堂里教学，退休后又在礼堂里从事整理、编撰相关民族文化习俗书籍的工作，顺便负责解答庄上人咨询的各种问题。

彭春涛有两个孩子，一个儿子彭听风，一个女儿彭听雨。彭春涛对儿子的教育是很用心的，本想把儿子培养成自己的接班人，无奈彭听风对学习不感兴趣，对传统文化习俗更是没有丝毫热情，这让彭春涛很是失望；倒是女儿彭听雨很爱学习，对传统文化也很是感兴趣。但是在那个年代，很多事情是不方便让女性去干的。

彭春涛后来又把希望寄托在了下一代人身上，可彭听风的两个儿子彭大强、彭小强也让彭春涛失望了。彭听雨又是接二连三地生女儿，虽然彭如月在文学上有一定天赋，多少弥补了彭春涛的一些失落感，但女孩子能做的事毕竟有限，彭春涛心中总还是觉得有缺憾。

就在老人家对第二代也不再抱希望的时候，彭如愿出生了。彭如愿从小就聪明伶俐、乖巧懂事，深得彭春涛的喜爱。彭春涛经常把他带在身边，悉心教导。果然，彭如愿没有辜负姥爷的期望，学习成绩一直非常优秀。

彭如愿与彭春涛之间不仅有祖孙之情，还有师生之谊。听说彭春涛病了，彭如愿哪里还有心情吃饭，紧跟着三姐就去了姥爷家。

姥爷家和彭如愿家只隔两条街，走路用不了十分钟。当彭如愿他们匆匆赶到的时候，院子里已站了很多人。

彭听雨撕心裂肺般的哭声从主屋传了出来："爸爸，你这是怎么了，你醒醒呀！"

彭如愿三步并作两步冲了进去，一下跪在姥爷的床头，一股巨大的悲痛从心底直涌上头顶，眼泪扑簌簌地流了下来。

彭听雨继续哭诉着："爸爸，你睁开眼看一下，愿儿回来了，愿儿看你来了。"

谁也没想到，奇迹真的发生了，彭春涛紧闭的双眼突然睁开了。他挣扎着坐了起来，拉住彭如愿的手，清晰地说道："愿儿，一定要把我们的传统文化传承下去。"

彭如愿忍着悲痛，一时说不出话来，只一个劲儿地点着头。

交代完后事的彭春涛慢慢地闭上了双眼，他看起来是那样的从容与安详，没有与死神做斗争的挣扎，没有对世间不如意之事的怨恨，他就像油尽灯灭般自然地走了。

彭家良领着几个人张罗着给彭春涛准备葬礼用具。先要用白纸剪一个引魂幡，再将其糊在一根木棍上。彭改良急忙从家里抱来一只大公鸡。案桌、高香、香炉等器物也都准备就绪了。

彭听风举着引魂幡，彭大强抱着大公鸡，彭小强、彭如愿、彭家辉、彭改良、彭新宇等十几位男士拿着准备好的东西向祭场走去。

留在家里的彭家良和四个僧人，穿上黑色的袍子，戴上黑色的帽子，在彭春涛尸体前念起了超度灵魂的经文。

来到祭场的彭听风把引魂幡挂在了彭春涛出生时为他栽种的传树上，彭大强将公鸡杀了，把鸡血洒在彭春涛的传树上。

一切都在快速地、有条不紊地进行着。家里与祭场都有高香在燃烧，人们期盼彭春涛的灵魂驾着香烟找到自己的传树，并且永远附着在自己的传树上。

超度结束后，家里这边要给彭春涛净身，祭场那边要给彭春涛挖墓。

负责净身的还是刚才给彭春涛念经文的四个僧人，净身时屋内除这四个僧人外不能有别人。僧人用白毛巾蘸上放在铜盆里的热水，将已故之人从头到脚擦拭一遍。擦拭结束后，要用白布把尸体从脖子以下都裹起来，裹得严严实实的、紧紧的，最后再用一块大的白布把尸体从头到脚都盖起来。

负责挖墓的是彭家辉。彭春涛在世时德高望重，庄上身强力壮的人都愿意为彭春涛出一分力。大家都自觉地从家里拿上铁锹、镢头，来到祭场，在彭家辉的指挥下开始挖墓。

墓穴就挖在彭春涛传树旁两三米的地方，具体位置要根据传树树根的方向、大小、深浅等情况决定。

此时正值最冷的时节，地冻已非三尺，直接用铁锹与镢头凿挖肯定是不行的。大家就把烧开的水装在木桶里，运到祭场来，一边往选定的地方浇热水，一边用镢头刨地。墓穴不用太大，够装一人就行。

人多力量大，墓穴很快就挖好了。

在男人们做超度、净身、挖墓这些事项的同时，女人们开始用白布做孝衣。用白布做孝衣是以前安葬下世老人的一种风俗。最近几年，老人去世后，有很多人家都不做白布孝衣了。孝子、孝孙们穿上黑衣服，头上裹一块白布就行了。

在要不要为彭春涛穿白孝的问题上，彭听风与彭听雨产生了分歧。彭听风觉得大家都有现成的黑衣服，不用麻烦地再去做白衣服了。彭听雨觉得还是按照以前的习俗比较好：首先，彭春涛这么高寿，庄上能活到八十五岁的男性很少；其次，彭春涛一直是传统习俗的坚守者，给他下葬，不按照传统习俗去办，有点对不住他老人家。但按照传统习俗办葬礼，麻烦不说，关键是费钱。

按照习俗，给父母办葬礼是儿子的事，这个钱该由儿子承担，但彭听风家境一般，他自己又不受父亲待见，因此不愿意为父亲多花那个钱。现在，既然是彭听雨想要厚葬父亲，那这个厚葬的钱自然就要由彭听雨来出。

由女儿出钱安葬父亲，在彭家庄还是很罕见的。彭听雨虽然希望给父亲办一个隆重的葬礼，但要出钱还是得和彭家良商量，毕竟这也不是一笔小数目。

彭家良一向敬重彭春涛，也愿意满足妻子的愿望，无奈彭春涛去世得太突然，家里根本没有充足的现金，大张旗鼓地到外面去借吧，又怕伤了彭听风的面子，彭家良一时觉得有点为难。

彭如愿作为一个学生，没有任何经济收入，虽然很想为姥爷的葬礼敬上自己的孝心，但也是有心无力。

爱丽丝跟在彭如愿旁边，看彭如愿一脸难受的样子，悄声问道："你是遇上什么难事了？"

彭如愿不想让爱丽丝知道，他们是在为钱的事情犯难，就含糊其词地说道："没有什么，大家只是意见不同。"

爱丽丝是何等聪慧之人，知道此时的"意见不同"，一定涉及花钱问题，就向彭如愿问道："是不是钱不够？"

彭如愿看此事也瞒不住爱丽丝了，就向爱丽丝详细说了一下他们这里的习俗："我们这里的人，家里一般是不放多少现金的，钱都是放在银行生利息的，若遇到像安葬老人这样的大事情，就要向亲朋好友去借。谁家的钱也不多，借钱的范围就很大。但安葬老人是儿子的事，儿子出面去借钱是很正常的；若要是女儿去借钱，就会伤了儿子的颜面……"

还没等彭如愿说完，爱丽丝就插话道："你们需要多少钱？"

彭如愿以前也参加过别人家的葬礼，对葬礼的花费还是比较了解的，就说："大概要两三万元吧。"

爱丽丝知道这里还比较落后，人们挣钱少，但具体少到什么程度并不知晓，现在听彭如愿说两三万还要找很多人去借，就觉得很是诧异："是两三万人民币吗？"

彭如愿马上接口道："当然是人民币啦！"

爱丽丝看了一下彭如愿，小声地说道："那可不可以由我出这个钱？"

彭如愿没有想到爱丽丝会这么慷慨。他给爱丽丝介绍情况，也只是为了满足爱丽丝那想要了解他们这里习俗的愿望，并没有让爱丽丝出钱的打算；但如果现在不从爱丽丝这里拿钱，又确实没有更好的办法。彭如愿不好意思地说："你要是方便的话，就先垫上，我很快会连本带息地还你。"

两三万人民币，对爱丽丝来说确实不算什么，本打算赞助给彭如愿，但刚才听彭如愿说他们为了维护他舅舅的面子才不敢向外人借钱，那自己要硬是不让彭如愿还钱的话，也可能会伤了彭如愿的面子。想到这儿，爱丽丝就故意摆出一副轻松自如的样子说道："随便你。"

　　彭如愿从爱丽丝那里拿了三万块钱，打了借条，约定了利息，钱的事算解决了。

　　要办一个隆重的葬礼，做白布孝衣只是其中一项。其他的诸如抬尸床的质量、宴请宾客的规模、酒席的档次都是有讲究的。好在这里一向比较俭朴，停尸时间又短，再厚葬也厚不到哪里去。

　　抬尸床是到郭家庄去租的。郭家庄的这块抬尸床是用十公分厚的榆木做的，前边还有高头与彩绘，是附近几个庄上最好的一块了。一般的抬尸床也就五六公分厚，有的还是用杨木做的，与郭家庄的这块没法比。当然，价格差距也是很大的，郭家庄的这块租用一次五百块钱，一般的也就二三百块钱。

　　按照习俗，人死后是不能见第二天的太阳的。也就是说，安葬彭春涛的准备工作只能在一天一夜之间完成，第二天早上太阳出来之前就要下葬。彭春涛是上午没的，比较而言时间还算充裕。别的准备工作都不太费时间，最费时间的就是做孝衣了。儿子、儿媳、孙子、孙媳、重孙子、重孙女、女儿、外孙、外孙女这些都是要穿重孝的，儿子这一方的是从头到脚都要穿白，女儿这一方的除了不穿白鞋外，也都要穿白。其余的亲戚，近点的穿个白大褂，头上裹个白布条，远点的就只头上裹个白布条。

　　孝衣一直到凌晨三点多才做完。大家顾不上休息，又开始安排抬尸的程序。

　　先要布置抬尸床。将一块大的白布铺在抬尸床上，再把彭春涛生前的衣服、被褥挑好的叠整齐了铺上，然后把彭春涛的尸体平放在上面，再用铺在最下面的白布将上面的一切都包起来，最后用绳子把尸体紧紧地固定在抬尸床上。

一切准备就绪，早晨六点，准时发丧。大家最后看了一眼彭春涛的遗容，抬尸床便由八名大汉抬了起来。

彭大强走在送葬队伍的最前边，双手抱着彭春涛的遗像；彭小强紧随其后，双手抱着准备给彭春涛贡献的食盒。他们后边跟着抬尸床，再后边就是彭听风、彭听雨等至亲，最后边是亲戚、朋友、帮忙的。队伍浩浩荡荡，足有四五百人。

彭春涛生前乐于助人，威信极高，发丧队伍走在街上，大家都想最后跟彭春涛道个别，这使得发丧队伍行进的速度很慢。彭家良唯恐错过时辰，一再给大家解释、道歉，发丧队伍终于在规定的时辰内到了祭场。

墓穴是一个近三米深的竖井，把尸体从抬尸床上抬下来直接放进去就可以了，然后再把刚挖出来的沙土填进去。沙土填好后，彭大强将遗像挂在彭春涛的传树上，彭小强将吃食摆放在墓头。

从将抬尸床抬到祭场，到将尸体埋进墓穴，前后不到半小时的时间。彭如愿想，从此往后，彭春涛的肉身将滋养这棵传树，彭春涛的灵魂将永远附在这棵传树上，保佑这里的后代子孙。

一切结束后，大家都回到了礼堂里，这里有专门的流水席。流水席也是最近几年在彭家庄时兴起来的一种宴席形式。以前的婚丧嫁娶都是主家自己准备饭菜，像办这种停尸一天就发丧的丧事，主人家的时间是很紧的。现在有了专门负责做饭的流水席，解决了大家时间紧的难题，自然很受大家的欢迎。只是流水席的价格比自己家做稍微贵一点，但家境差不多的也不会在意那一点钱。

彭春涛的丧宴足足办了五十桌，而且很丰盛，有酒有肉，有蔬菜有海鲜。蔬菜与海鲜都是连夜从县城买回来的。

宴席从上午十点一直吃到下午两点，这也是最近两天大家吃得最为丰盛的一顿饭。像彭听风、彭听雨、彭如愿等，这两天基本上没有怎么进食，大家被巨大的悲痛包围着，只知道麻木地做事，饥饿与瞌睡好像不能左右他们了。还有很多帮忙的人也是这样，大家都急于做事，吃饭也是随便啃一口馍，都没有怎么好好吃一顿饭。

现在，一切安置完毕，丰盛的饭菜就摆在面前，大家自然要好好享受一下。但刚一放松下来的彭如愿就被巨大的睡意攫住了，他已经三十多个小时没有睡觉了。他赶紧简单吃了几口，就回家睡觉去了。

这一觉足足睡了二十个小时，从中午十二点一直睡到第二天早晨八点。没有人敢去打扰他，大家都知道他与彭春涛的关系绝非普通的外祖孙关系，彭春涛在他内心的位置是其他人无可比拟的，彭春涛的去世对他来说到底意味着什么，大家也不得而知。

彭如愿醒来的第一件事就是去伙房找吃的东西。家里的其他人都已经吃完早饭干别的事去了，只有刚刚起床的爱丽丝正在伙房吃饭。彭如愿看到正在吃饭的爱丽丝，一股无名的怒火竟向爱丽丝喷去："你怎么还没走？你看够了没有？知道我们这里有多贫穷多落后了吧！"

爱丽丝被彭如愿突如其来的怒气弄得有点摸不着头脑，呆坐在那里不知该如何回答。

"你的条件让我望尘莫及，你的优越感快压得我喘不过来气了。"彭如愿还在那里咆哮着。

爱丽丝终于明白了，原来是自己条件太好了，让彭如愿产生了自卑的心理。可自己的条件不一直都是这样嘛，他怎么会在此时突然爆发呢？

爱丽丝猜测一定与彭春涛的去世有关。于是，爱丽丝小心地劝慰道："你不要这样，你们这里条件不好只是暂时的，我们可以改变这里的条件。"

"改变？你说得容易！我们能改变这里的气候吗？我们能改变这里的医疗条件吗？我们能改变这里的经济状况吗？你为什么一定要来看我们这贫穷、落后的生活？"彭如愿越说越不像话，简直变得不可理喻了。

"这里不是一直在改变吗？从你们的祖先彭祖时代开始，就在改变着这里的气候；特别是近几年来，这里各方面的变化更是突飞猛进——这不都是你告诉我的嘛！"爱丽丝也失去了耐心，提高嗓门与彭如愿争辩着。

人好像都有这样的时刻，你越是和他好好说话，他就越是蛮不讲理；你大声地和他争吵，他反而可以变得心平气和了。

现在的彭如愿就是这样。

"人的生命太短暂、太脆弱了。"彭如愿放低了声音，减慢了语速，"我姥爷活着的时候，我对一切都无所畏惧，心中总是充满力量，就好像那些祖先与我姥爷一起，一直在看着我，帮助我，指引我。现在，我姥爷去世了……"

彭如愿哽咽着说不下去了，爱丽丝也替彭如愿难过起来，没再说话。

过了一会儿，彭如愿克制住了自己的情绪，继续说道："爱丽丝，你不知道，当我姥爷拉着我的手向我交待后事的时候，我多么想这里能有一位神医，能够挽留住他老人家正在流逝的生命——在那个时刻，我痛恨这里落后的医疗条件。"

"人总是要去世的，再先进的医疗面对人类的自然死亡也是无能为力的。"爱丽丝也恢复了以往的理性与大度。

"这里还是那么贫穷，我们甚至连我姥爷发丧的钱都无法一下筹集起来，还得从你这里拿……"彭如愿说着说着嗓门又高了起来。

爱丽丝没有说话，只用眼睛盯着彭如愿看。

彭如愿克制了一下自己，继续说道："我姥爷去世了，我忽然没有了改变这里的信心。"

爱丽丝见彭如愿又陷入自责和伤心中，便赶忙劝慰道："其实，你姥爷即使活着，年龄也很大了，也帮不了你什么忙。"

"我不需要他帮什么忙，我只要他看着我。现在，我连这个念想都没有了。"彭如愿说着，声音又哽咽了起来。

爱丽丝走到彭如愿身边，将彭如愿的头拥入自己的怀抱，悄声在彭如愿的耳畔私语："你姥爷只是肉体离开了你，他的灵魂会永远陪伴着你、注视着你的。"

爱丽丝的私语好像化作了春天的惊雷，一下震醒了沉溺于悲痛之中不能自拔的彭如愿。彭如愿猛地叫一声："是的！"他将爱丽丝推开，声音高得好像要将屋顶掀翻。

彭如愿那作为传人的优越感又回来了，他激动地说道："我是传人，我是可以与祖先的灵魂沟通的。"

看到彭如愿高兴得像小孩子般，爱丽丝也欣慰地笑了。

八

　　彭如愿与爱丽丝吃过早饭，时间已近中午，两人不约而同地想到，他们应该到礼堂去，那里是离彭春涛最近的地方。

　　两人有说有笑地出现在礼堂的门口。礼堂里聚着许多闲人，当他们看到这二人的时候，脸上都露出了诧异的表情——这不是他们想象中的画面呀！大家都以为现在的彭如愿应该是悲痛欲绝、以泪洗面，可这高高兴兴的表情到底是个什么意思呢？

　　"看来亲谁也是假的，趁我们现在身体还硬朗，好好对待自己吧。"

　　"孙子可能就不一样了，这外孙子和孙子可没法比。"

　　"不能这样说，有的儿子也不行，关键是看有没有良心。"

　　大家你一言我一语，声音不是太高，但足以传入彭如愿的耳朵，他们好像就是专门说给彭如愿听的，完全忘却了应对彭如愿这个传人保持一种敬畏的态度。

　　爱丽丝怕彭如愿为难，走在了彭如愿的前头，径直向彭春涛生前待过的办公室走去。她其实根本不用这么护着彭如愿，因为此刻的彭如愿已经走出了狭隘的凡人思维，他已经不在乎那些凡夫俗子们的说教与指责了。他要与他姥爷，乃至他姥爷所代表的那些祖先留下来的传统文化进行全方位的接触，他要继承的是他们的遗志，他要完成的是他们的心愿——这才是人间最大的孝敬。

　　彭如愿以前从彭春涛那里学习到了很多传统文化，但那种学习就像他从父亲那里学习祭祀程序与仪式一样，只是一种被动地学习。

现在，彭如愿要做的不是旁观者，不是被推动者，他要以主人翁的精神、饱满的热情去全面地、系统地掌握彭春涛倾注毕生精力整理的传统文化，而这也是爱丽丝所热爱的。

就这样，两颗年轻的心因着共同的热爱靠得更近了。

经过几天的认真研读，他们首先发现，其实历史上当地的婚嫁并没有那么多禁忌，选择结婚对象是不考虑地域远近的，只要双方愿意就行。这也就意味着，他们二人将来如果条件成熟是可以很顺利地走在一起的，完全没必要顾虑族人的指责。但让他们担忧的是，这个发现大大超出了现在人们的认知范围，要让大家接受这个观点，还是有很大困难的；特别是这个观点由彭如愿这个第二百零一代嫡系传人提出来，就更不容易让人接受了。

正当二人陷入困惑、一筹莫展的时候，彭如月与刘沪生回来了。他们是赶着回来参加彭春涛的七日祭的。

彭家庄的下葬习俗是要让逝者尽快入土为安，所以住得远一些的亲属是赶不回来参加葬礼的。为了弥补这一缺憾，七日祭一般办得比较隆重。

这是彭如月与刘沪生结婚四年多来第一次回到家乡。彭如月顾不上旅途的劳累，一下车就直奔彭春涛的传树，在那里大哭了近两个小时，随行的亲人怎么劝都劝不住。

彭如月是彭春涛生前最喜欢的孩子之一，虽然她比不上彭如愿在彭春涛心中的位置，但懂事、听话又冰雪聪明的彭如月还是很受彭春涛待见的。

彭如月继承了母亲在文学上的天赋，这在彭春涛看来，是自己优良基因的延续。在彭如愿出生之前，彭春涛把重心放在了彭如月身上。在彭如月四五岁的时候，就教彭如月背古代诗词。彭如月上学后，他更是给彭如月提供了许多适宜的文学作品去读。彭如月虽然只有初中学历，但在文学上的造诣却是很多大学生也比不了的。

按照彭春涛的想法，彭如月应该嫁在彭家庄，帮助彭如愿守护这里的传统文化。但彭如月却嫁得那么远，完全出乎彭春涛的意料。虽然最后彭春涛没有阻止彭如月的远嫁，但彭如月知道，自己伤了彭春涛的心——四年前自己走的时候，甚至都没能和他好好道个别。现在自己回来了，却已天人永隔。彭如月心中的愧疚之情都化作点点泪水，洒在彭春涛的传树上。

终于哭不动了，再加上天气实在是寒冷，彭如月不忍这么多人陪她在这里受冻，便暂压悲痛，在大家的搀扶下回到了家中。

彭如月注意到了爱丽丝，因为她实在太特殊了，不仅长了一张外国人的脸，还时时刻刻与彭如愿在一起。

吃罢晚饭，一家人一起收拾伙房，彭如月自然就问起了爱丽丝的情况。尽管在这之前，大家对爱丽丝与彭如愿的关系都有过猜测，但来自发达国家的爱丽丝与来自这偏僻落后的戈壁荒漠地区的彭如愿之间的差距实在是太大了，大家不敢，也不愿把二人的关系理解成男女朋友关系。大家更愿意相信，他们就像他们自己所说的那样，爱丽丝是因为对这里的文化有特殊的偏好才来这里考察，而彭如愿只是充当了一个给爱丽丝介绍情况的角色。现在，面对彭如月直截了当地提问，大家都沉默了。

"不是你们想的那样。"视爱丽丝为精神伴侣的彭如愿，并不想现在就用婚姻问题为难全家人。于是，他说："爱丽丝远渡重洋，从美国来到中国，就是因为她对中国的传统文化充满了好奇与向往，她非常认同咱们的传统文化。"

"这怎么可能？你这不是故意转移我们的注意力吧？"一向善解人意、温柔贤惠的彭如月在经历了四年的上海生活后，好像变得不那么善解人意了。

"还真有可能。"目睹爱丽丝所有表现的彭听雨，这一次选择相信儿子，因为只有儿子的解释才让爱丽丝的行为变得合乎情理。

"你就信你儿子吧！别说是一个美国人了，就是咱们中国人，又有多少人相信灵魂那玩意。"彭如月用一种居高临下的口吻反驳着母亲。

且不论彭如月的观点是否正确，就她这与母亲说话的口气就大大出乎全家人的意料。大家一时都闭紧了嘴，气氛显得很是沉闷。

彭家良作为一名开明的家长，遇到孩子们与自己观点不同时，往往是选择与孩子们展开讨论，而不是以家长的身份强迫孩子们接受自己的观点。可现在，彭如月无论是观点还是表达观点的态度都让彭家良很是不满。考虑到彭如月离家这么多年，受外部环境的影响，改变了一些也是可以理解的，但她这说话的态度实在有点让彭家良生气。

"你什么观点咱们暂且不说，但你这是怎么和你母亲说话呢？我说你怎么去上海待了几年，就跟变了个人似的！"彭家良看着彭如月不满地说道。

"你不要生气，孩子刚回来，不大适应。"彭听雨拉了拉彭家良的衣袖，小声地说道。

"月儿，你说话确实有点过分了。"刘沪生也显得有点不好意思。

久别后的团聚，本应其乐融融，现在却搞得气氛紧张。正是尴尬时刻，爱丽丝走了进来。彭如男一向是缓和气氛的好手，她走到彭如月跟前，摸着彭如月的衣服说道："大姐，你这皮衣真好看，肯定不便宜吧？"

"算你有眼光，这件衣服可是法国进口的，是皮尔·卡丹的。"彭如月一说起衣服，刚才被彭家良打压下去的说话热情又被调动了起来。

"在上海，大家都买进口衣服吗？"彭如男带着一脸的羡慕问道。

"不只是衣服，还有吃的、用的，大到汽车，小到口红，大家都喜欢购买进口的，毕竟咱们中国产的东西与欧美发达国家的还是没法比的。"彭如月滔滔不绝地说着，就好像她是发达国家产品的代言人一样。

听彭如月与彭如男说得如此热闹，爱丽丝笑而不语。

彭如月也好像想到了这一点，转身向爱丽丝问道："爱丽丝，你们美国人喜欢买哪个国家的东西？"

经彭如月这么一问，大家把目光都集中在了爱丽丝身上。这个这么多天来一直跟在彭如愿身边，参与了彭春涛发丧的所有环节，还垫付了发丧费用，总是默默无语的爱丽丝，在大家心中那就是一个熟悉的陌生人。大家除了知道爱丽丝热爱中国的文化外，对爱丽丝的了解几乎为零。现在，有了一个了解爱丽丝乃至爱丽丝所代表的美国的机会，大家自然是兴致盎然。

"这个真不好说，因人而异。我周边的一些人，购物都比较随意，只要东西适合自己就行，不太注意品牌与产地。"爱丽丝就像她自己说的"比较随意"那样，随意地回答了彭如月的问题。

彭如月碰了一鼻子灰，显得有点尴尬。爱丽丝觉得是自己扫了彭如月的兴致，便想转移一下话题，想起自己与彭如愿最近探讨的民族迁徙问题，便说："不说这些了，咱们换个话题吧。大家都知道，我与如愿最近在研读他外公生前所整理的一些资料，其中记载你们彭家庄的人，是在三千多年前由彭祖领着从内地迁徙过来的，你们现在的一些信仰、习俗和三千年前的并不完全一样，应该是融进了当地的一些风俗习惯。"

爱丽丝话音刚落，在场的人无不面面相觑。一直以来，大家努力维护的传统，竟然不是真正的传统，而这还是彭春涛整理研究出的结论！刘沪生是极其聪明的一个人，见此情景，他走到大家中间，不紧不慢地说道："其实这个问题大家没必要太纠结。现在考古界有一个说法，就是现代人类起源于非洲，其他洲的人都是从非洲迁徙过去的。这些人去到不同的地方，依托各地的自然条件形成了不同的文化与信仰，并且各地的文化与信仰也是不断发展与变化的。假如人类再发展几十万年，那我们今天所认同与信仰的东西可能都面目全非了……"

还没等刘沪生说完，彭如月就抢过了话头："我就说嘛，大家没必要相信灵魂那东西，很多发达国家的人都不相信。"

彭如月说完，大家都不自觉地把目光再次转移到了爱丽丝身上，这个在场的唯一一个来自发达国家的人。

看着大家殷切的目光，爱丽丝知道自己不能逃避，她也不想逃避，她一定要把自己喜欢这里文化的原因告诉大家。

爱丽丝从容地站了起来，环顾了一下四周，语气深沉地说道："这是个亘古不变的话题，就像西方发达国家的人大都相信上帝一样——我认为，信不信的，关键是看信上帝对人类有好处，还是不信上帝对人类有好处。在人类相对弱小的时候，人类对死亡、病痛以及各种自然灾害束手无策，只有恐惧。为了寻求帮助，人类就把自己无法理解与解决的事情都归咎于某种神奇力量的使然，久而久之，就发展出了信仰。可以这样说，世界上所有的民族都有过自己的信仰：信仰太阳的，信仰风的，信仰雨的，信仰牛的，信仰蛇的，很多很多。随着人类认识世界、改造世界的能力逐步提高，人类的信仰也在悄然地发生着变化，由信仰某种特定的物体发展成了信仰某种抽象的概念。西方发达国家现在普遍信仰的上帝与你们这里信仰祖先灵魂都属于这种信仰抽象的概念。"

爱丽丝有板有眼地说着，在场的人屏息静气地听着。这里能跟上爱丽丝思维的除了彭如愿，恐怕就只有刘沪生了。彭如愿早就懂得爱丽丝的这种信仰理论，但此刻他也在认真聆听。刘沪生对源于尊敬祖先而发展起来的传人文化是认可并接纳的。他认为这种文化在规范人的行为方面，在加强人们的安定团结方面还是有很大贡献的。至于西方发达国家普遍信仰的上帝，在刘沪生看来，那就是他们为了确立自己高高在上的特权而精心设计的一套说辞，他们实际上是更彻底的无神论者。现在听到爱丽丝关于西方发达国家信仰上帝的说法，刘沪生也很想弄清楚他们是真的相信上帝还是假的相信上帝。

所以爱丽丝话音刚落，刘沪生就急忙发问："爱丽丝，我打断一下，你们西方发达国家的人真的信仰上帝吗？"

"我刚才不是说过了，这是个亘古不变的话题，这就像他们这里的人是否真信仰祖先的灵魂一样，是个没人能够准确回答你的问题。那些文化程度比较高的人，从他所掌握的知识来分析，他是不应该相信灵魂的，或者可以这样说，在一般情况下和大多数时间内，他是不相信灵魂的。但当他遇到某种无法理解的现象时，他又是愿意相信灵魂的，特别是当他面临死亡与重大灾难时，他深感自己的无助与渺小，他又非常希望有灵魂的存在。"

爱丽丝停了下来，看着彭如愿的眼睛，她知道彭如愿能够理解她所说的这种情况。

刘沪生接上爱丽丝的话头说道："这么说，发达国家的人相信上帝也是因为他们希望有上帝能在关键时刻伸手相助，与上帝存不存在没有关系……"

刘沪生这么直白、简单地概述着事关信仰的问题，爱丽丝觉得有点不妥，便打断了刘沪生的话："可能是我表述得不够准确，误导了你。但我觉得不能这么简单、笼统地说这个问题，这里的情况很复杂。在历史的不同时期，不同的个体对这个问题的认识是不一样的。比如，在基督教统治欧洲文化的一千六百多年间，广大的被统治的教徒大多是信奉上帝的；而那些代表上帝的教皇、教主们可能有很大一部分人反而不信奉上帝，他们只是把上帝当成他们的护身符，当成他们统治信徒的工具。"

刘沪生与爱丽丝的讨论让在场的人听得云里雾里，特别是彭家良，作为嫡系传人，他对他们俩刚才的说辞很不满意，此刻便生气地说道："你们这是在说什么，不要拿我们的信仰与你们所说的什么上帝相提并论。上帝管得着人类的事吗？而我们的祖先就在我们的身边，彭祖是我们彭家庄人的祖先，我爸是我的祖先，我们就这样一代代传下去，我们都互相信任，我相信我爸，如愿也相信我。是吧，愿儿？"

"我当然是相信你的，爸！但咱们现在说的是信仰的事。"彭如愿赶紧接应着他爸的话。

"我活着的时候，是我的肉身与你交流；我死了后，就由我的灵魂与你交流。"彭家良语气坚定。

爱丽丝看大家都不说话了，沉思了片刻后又继续说道："刚才叔叔说的这些，也正是我喜欢这里文化的原因。这里的每个人都互为关联，每个个体都关联在这个群体中。你既为别人的后代，又为别人的祖先，你的言行既要受到祖先的管束，又要为你的后代树立榜样。每个人都在为别人而活着，都生活在别人的眼中、口中、心中，所以光宗耀祖是你们最大的心愿。相反，我们那里却没有这样的凝聚力。每个人都是独自面对自己心中的上帝，做了好事，觉得上帝会嘉奖自己；做了坏事，觉得上帝会宽恕自己。每个人都是独自与上帝交流，人与人之间的关系反而很松散，谁也不太关注别人。"

"这样不是很好嘛，省了别人老是在背后说你的长短。"正处于舆论风口的彭如男赶紧插嘴道。

"好什么好！都二十好几的人了，不找对象不结婚，还总没个正形。就这还不想让别人说你？！"彭家良这次终于从爱丽丝的话中听到了自己愿意听的内容，所以他虽然出口批评彭如男，但口气没那么生硬，反而带着些许调侃意味。

彭家良一边说着彭如男，一边将目光转移到爱丽丝身上："我现在相信如愿的话了，爱丽丝对咱们这儿的信仰确实比咱们自己还要了解得深刻。"

"说了这么多，那我们正宗的文化传统到底是什么样呢？"坐在一旁一直没有说话的彭听雨，此刻才好像醒过神来般。

"刚才我不是说过了嘛，这个问题大家没必要太纠结。现代人既然都来自同一个地区，说到底大家应该是同一个族群。现在，分散在世界各地的人既已形成了各自不同的宗教文化，大家就应该遵从现在的情况，不应再纠结以前的事了。是吧，爱丽丝？"刘沪生既像是作答又像是提问。

爱丽丝此刻也正在思考彭听雨的问题，因为这也是她需要回答自己的一个问题，当听到刘沪生那么精辟的总结，自然是满口赞成："是的，当然是应该遵从现在的情况。彭家庄的文化传统应该是吸收了当地的一些传统后形成的。"

"那我们的文化还是很先进的吧？！"彭听雨既像是发问又像是感叹。

"当然是很先进的。"彭家良、彭如愿、爱丽丝三个人异口同声地说道。

"这样的讨论实在是太有意义了。"彭如愿趁着刚才的高兴劲儿兴奋地说道。

"你大姐、大姐夫长途跋涉，应该很累了，咱们都早点休息吧。"彭听雨看彭如愿那兴奋的劲头，唯恐他把刚才的讨论再继续个没完没了，便及时地给他泼了点冷水。

九

　　彭如月这次从上海回来，除了参加她外公的七日祭以外，还有一个很重要的任务，那就是走亲访友。她想起自己走的时候那灰溜溜的样子，甚至在那之前的好几年的时间内，因为与刘沪生交往的事，自己处处受到大家的指责与冷嘲热讽，心里就有很多的不甘。俗话说，对一个人最好的报复就是过得比他好。现在，自己好好地回来了，不仅生活过得比这里的人好很多，见识也甩这里的人好几条街。

　　第二天一吃过早饭，彭如月就去拜访族长彭家辉了。彭家辉家离彭如月家很近，前后三进院落，每进院落都是四面盖房，东西向的房子中间留有过厅，由过厅把三进院落连接起来，每进院落都有一处南向的主屋，主屋雕梁画栋，给人精致、大气的感觉，不枉他家是庄上的第一大户。

　　彭家辉两口子住在最里面的那一进院子的主屋里。当彭如月前去拜访的时候，彭家辉两口子刚刚吃完早饭，炕上的碗筷还没有收拾。见彭如月进来了，彭家辉赶忙下地，走起路来腿脚明显不太方便。

　　"月儿，快坐！你看我，坐的时间长了，腿就有点不听使唤了。"彭家辉一边让座，一边解释着。

　　"家辉大爷，您这身体算好的了，您看我爸，比您毛病还多。"彭如月一边说着，一边从包里往外拿东西，"这是我从上海给你买的法国红葡萄酒，请您尝一尝。"

"看你这孩子，还惦记着我。"彭家辉显出不好意思的神情。

"您是长辈，对我又那么关心，我怎么会忘记您呢！"彭如月一语双关的表达还真是恰到好处。

"月儿，以前啊，大爷不该那样说话。我们年纪大了，思想跟不上时代的步伐了。你看看现在，很多年轻人都离开咱们庄了。我真怕再过几十年，我们这些老人都去世后，庄上就没多少人了。"彭家辉看似轻松地说着，可声音中明显带有淡淡的隐忧。

作为族长，维护流传多年的族规也是可以理解的，彭如月设身处地地为他想了想，自己心中的那点不甘便渐渐散去了。本想与家辉大爷谈谈自己在上海的所见所闻，以显示自己的优越感，但又觉得自己的那点见闻可能并不是家辉大爷所关心的，便也没有了说下去的意愿。

"不会的，总会有人留下来的。"彭如月只能顺着彭家辉的话题说着没有底气的安慰话。

从彭家辉家出来，彭如月怅然若失，一回到家里便向彭听雨询问庄上人口流失的情况。

"妈妈，家辉大爷说，这几年咱们庄上的很多年轻人都离开了，这可是真的？"彭如月急切切地问道。

"那可不，自从你走后，庄上的年轻人就陆陆续续地走开了。没有走的，也都找机会在县城买个房子，最差也得在镇上买个房子。"彭听雨语气中带着一丝无奈。

"这是为啥呀，为啥都得在县城买房子？"彭如月好像星外来客，对这里的情况一概不知。

"现在大家都重视对孩子的教育，条件好一点的，在县城买了房子，孩子就去县城上学了。庄上的孩子少了，学堂办得不景气，前两年初中也停招了。虽说镇上有个初中，但教学质量不太好，况且人们在镇上也不好找工作，有条件的人家就一步到位，直接在县城买房子，举家迁往县城了。"彭听雨慢条斯理地说着，一副无可奈何的样子。

"那如花是不是也得在县城买房子？"彭如月说出了自己的担忧。彭如花，这个只比自己小两岁，陪伴自己一起成长的妹妹，在自己心中，那是除父母外与自己关系最近的人，也是自己只要一想到家乡就会想起来的人。或者可以这样说，因着彭如花的存在，让彭如月觉得家乡的亲情更浓了。

"考虑着呢！前一段时间她还说，不知道该让孩子们小学就去县城念呢，还是等到初中再去县城念。他们家的'农家乐'办得不错，他们也舍不得走。"彭听雨回答道。

"那他们走了以后，你们身边就没有孩子了。如愿上了大学，以后也不可能回来；如男性子更野，也不会安心在庄上生活。"彭如月倒是敢直面问题，直愣愣地说出了彭家良与彭听雨心中一直担忧却不愿说出口的事情。

"走一步说一步吧，不想那么多。"彭听雨挥着手臂，似乎想把那些不愉快的情绪赶得远远的。

与妈妈交流过后，彭如月又来到了彭改良家。彭改良家也是与彭如月家世代交好的，自从彭如花嫁给了彭改良的孙子彭新宇后，两家的关系就更近了。

彭改良家的院子不是很大。彭改良年轻时一直在镇上的照相馆工作，每月都有固定收入，家境还算殷实，退休后就在院子里盖起了二层小楼，开起了"农家乐"。"农家乐"刚起步的时候，是以彭改良为主，彭新宇帮忙打理。最近两年，彭改良年纪大了，彭新宇与彭如花也成长起来了，"农家乐"就交由彭新宇主要负责了。

彭改良利用自己会照相的优势，帮游客拍些效果不错的照片，再加上他天生喜庆的面孔、乐观的性格，很受游客的欢迎；因此"农家乐"干得红红火火的，收入也算丰厚。

冬季是旅游淡季，没什么游客，人们都比较闲。彭如花知道大姐、大姐夫要来，早早就准备上午饭了。

彭如月、刘沪生提着大包小包来到了彭改良家，包里有给两个小外甥买的羽绒服，有给二妹、二妹夫买的羊绒衫，有给彭改良买的法国红葡萄酒。彭如花见大姐拿来这么多东西，心里很是过意不去，嘴上不停地说着："大姐，你买这么多东西干啥，咱们县上什么东西也能买到。你这多破费呀！"

"我走了这么长时间，第一次回娘家，不能给你大姐夫丢脸。"彭如月边说边看向刘沪生。

刘沪生忙接过话头说道："你大姐在旅游公司当导游，挣的钱比我多，我家的事你姐说了算。"

屋里几人正客气着，彭改良推门进来了。彭如花拿起那两瓶法国红葡萄酒递到彭改良跟前，说："爷爷，这是我大姐给你买的法国红酒，这酒可贵着呢！"

"贵就对了，咱们今天中午就喝了它。花儿，把你弟弟、三妹，还有你弟弟领回来的那个女孩子，一起叫过来，中午在咱家热闹热闹。"彭改良是个喜欢热闹的人，他特别喜欢跟年轻人一起热闹。

该来的都来了，法国红酒也斟上了，大家举杯敬祝彭改良健康长寿。彭改良一口将红酒喝了下去，喜庆的面孔立即变得不那么喜庆了。只见他眉头紧蹙，双眼不停地眨巴着，嘴角也向上翘了起来，好似想把红酒吐出去，可当着这么多晚辈的面他又不好意思，只好勉为其难地咽了下去。

"月儿，你这是要让爷爷出丑呢！"腾空了嘴巴的彭改良终于能说话了。

"爷爷，不好意思，这是干红，是有点苦。要不给您加点糖？"彭如月略带歉意地说道。

彭如花已经把糖拿了过来，招呼大家怕苦的话就往红酒里加糖。

"真搞不懂这些外国人，他们难道就不嫌苦？"彭改良还在不满地说着。

一说外国人，大家自然就把目光集中在了爱丽丝身上。经过这一段时间的相处，爱丽丝与这一大家人也都熟识了，说话也随便了许多。

"这只是个习惯问题，习惯了就好了。就好比你们爱吃辣，很多外国人一开始也接受不了，时间长了反而变得无辣不欢了。"

大家热热闹闹地吃着饭，喝着酒，说着话。

"真希望这热闹的气氛能一直持续下去。"彭改良端着加了糖的红酒感叹道。

彭改良这么一说，大家都把情绪调整到了离情别绪上。

"花儿，听妈妈说，你们也准备在县城买房子呀？"彭如月终于有机会把这个问题问了出来。

"这不正为这件事发愁呢！不去买吧，怕耽误孩子们的学习；去买吧，这里的'农家乐'怎么办呀？姐，你见识多，你给我们出个主意。"

"咱们庄上的小学不是办得很好吗？咱们大家不都是在这里上的学吗？这才几年时间，咱们庄上的学就不能上了？"彭如月一口气提出三个疑问，不仅没有回答了彭如花的问题，反而又向大家提出了新的问题。

"也不是不能上，只是现在大家对子女的教育比咱们那个时候重视得多了。"彭如花见大家都不作声，只能自己回答了。

彭如花关心的是如何解决摆在眼前的困难，彭如月关心的是自己那无处安放的乡愁。

彭如愿与爱丽丝快速地交换着眼神，只有他们才能明白两位姐姐所讨论的话题在她们各自心中的重要性。

在大家都思考该如何给彭如花支招时，刘沪生说："我觉得，从发展的角度看，你们庄日后也未必不如县城，所以我不建议在县城买房子。如果只是为了孩子们上学，可以先在县城租个房子，由如花领上孩子们去县城上学，新宇与爷爷在家经营'农家乐'。"

"这个办法好，这个办法好。"彭如月满口赞成。不在县城买房子，意味着如花以后还会生活在彭家庄，而这是彭如月最希望的。

"这个办法倒是也还可以，只是旅游旺季的时候，他们俩忙不过来。"彭如花有些为难地说道。

"可以雇人啊！"彭如月不假思索地说。

"咱们这里可没有雇人的习惯。再说了，庄上年轻人走了不少，到哪里去雇人呢？"彭新宇也加入了讨论的行列。

"这倒不是个问题。年轻人少了，可以雇个年龄稍微大点的。你看爷爷，这么大年龄了，干起活来一点不比年轻人差。"刘沪生半开玩笑半认真地说着。

彭如花的困难好像有了解决的方案，彭如月的担心好像也顺带解决了。

就在大家的讨论告一段落时，一向不关心别人琐事的彭如男却又另辟了一个话题："大姐夫，我记得你说过咱们现代人都起源于非洲。"

"我是说过——我是说这是考古界的一个说法。"刘沪生说话一向比较严谨。

"那非洲一定是世界上最好的地方，我真想去那里生活。"彭如男不紧不慢地说着，而这话对在场的人而言无异于石破天惊。

"你在胡说什么！非洲是世界上最混乱、最落后的地方。"彭如月立刻说道。

"非洲不好，那里人的皮肤都是黑色的。"见过来这里旅游的非洲黑人的彭如花也提出了反对意见。

　　"那非洲不好，怎么会孕育出人类呢？"彭如男丝毫未被两个姐姐的话吓唬住。

　　凭着彭如月、彭如花对非洲的那点认识，肯定是说服不了彭如男的。大家又都把目光集中在了刘沪生身上。

　　刘沪生也不推辞，喝了一口红酒，指着杯中剩余的红酒说道："你们看，这法国红酒是用葡萄做的，可据考古学家考证，葡萄原产于西亚地区，后来，随着人口的流动，葡萄也被带到世界各地。世界上比西亚地区更适宜种植葡萄的地方有很多，比如地中海沿岸的法国、意大利、希腊等国。"

　　"那西亚怎么会是葡萄的原产地呢？"彭如男的这一质疑类同刚才她对人类"原产地"的疑问。

　　"这应该带有一定的偶然性。首先，西亚肯定是适宜葡萄生长的，所以孕育出了野生的葡萄；其次，野生葡萄被有心人发现了，然后大约经过像咱们中国神农氏尝百草那样的事后，葡萄的食用价值就被人们认可了；第三，人们在种植的过程中不断优化葡萄的品种；最后，葡萄被带到很多地方，有一些地方的风土条件对葡萄种植而言要优于原产地。"刘沪生像做学术报告一样，把这么不好回答的问题讲得通俗易懂。

　　"大姐夫，这人与葡萄不能相提并论，就像你说的，葡萄被人发现后可以优化，可人总不能自己优化自己吧？"平时说话没个正形的彭如男此刻脑袋倒是很灵光，一下子就找到了刘沪生逻辑中貌似不合理的地方。

　　"这二者确实是有差别的。我用葡萄做比较，只是想说，一种东西的原产地未必是它最适宜生长的地方。"刘沪生想了半天才接上了话头，差点被彭如男给绕了进去。

"那你还没说非洲为什么会孕育出人类呢？"彭如男倒是有一种锲而不舍的精神。

"这个真不好说，应该也是带有一定的偶然性。可能那里自然而然就进化出了现代人类；也可能是那里的古人发生了基因突变，这才有了现代人类；或者是有一个智商特别高的外来智慧生物帮助那里的人提高了智商。"刘沪生充分发挥自己的想象力，力图给彭如男一个满意的答复。

"说来说去，还是因为非洲适宜人类生存。"彭如男仍然坚持自己的观点。

刘沪生还想继续说服彭如男，却被爱丽丝制止了。爱丽丝笑着说道："你们中国人有句话是这么说的，'要想知道葡萄酸不酸，就要亲自去尝一尝'。你们与其在这里费尽心思地想要说服彭如男，不如让她自己去非洲，亲自感受一下，看看那里是不是如她所想。"

爱丽丝话音未落，在场的人已大惊失色。

"去非洲"，这是多么荒唐的想法，彭如男随便说话也就罢了，怎么连思想这么成熟、知识这么渊博的爱丽丝也会说出这么不负责任的话呢？

一直没有吭气，很享受这种热闹的家庭氛围的彭如愿也不得不发声了："爱丽丝，你不是在开玩笑吧？！就算咱们大家都支持她去非洲，她一个初中毕业生，去到那个语言不通的地方，你让她怎么生活？"

"她已经是一个成年人了，她就要为她自己的行为负责。去非洲怎么生活，那是她自己该考虑的事，不是你们该考虑的事。"爱丽丝说的话似乎很有道理，大家一时都不知该说什么了。

"这饭吃的，管它什么西亚呢，非洲呢，我只知道哪里的饭也不如咱们的好吃。花儿，给大家盛饭吧。"彭改良挥舞着手臂，打破了沉闷的气氛，他的脸颊上有着葡萄酒琥珀般的色调。

还真应了那句"说者无意，听者有心"，自从爱丽丝在彭改良家的饭桌上说出"让她自己去非洲，亲自感受一下"的话后，彭如男就仿佛黏在了爱丽丝的身上，一有机会就向爱丽丝打听非洲的情况。

一开始，大家都不太在意，认为彭如男要去非洲，首先必须得过语言关，就她那一点点英语基础，要达到能与人交流的程度恐怕不是一朝一夕的事；再者，对于经济不独立的彭如男来说，如果没有家里大人的支持，别说是去非洲了，哪怕是去省城待一段时间都是不可能的。可令大家没有想到的是，在有了爱丽丝这样一个强力外援后，彭如男的愿望有了实现的可能。

据爱丽丝介绍，西部大学国际学院有一个名叫卡西姆的在读研究生，他来自非洲的坦桑尼亚。卡西姆对中国的传统文化极为认同，在卡西姆看来，中国人对待祖先的态度与坦桑尼亚很类似，他觉得二者有着异曲同工之妙。

当爱丽丝把卡西姆、坦桑尼亚为全家人做了个介绍以后，不仅是彭如男，甚至是彭家良、彭听雨都对坦桑尼亚，甚至对整个非洲有了一种莫名其妙的亲切感，大家不再觉得非洲遥不可及。

十

　　彭如月与刘沪生都有工作要做，在彭家庄没待几天就返回上海了。

　　彭如愿与爱丽丝每天仍然去礼堂学习、研究彭春涛生前所整理的那些有关传统文化的资料。

　　学习归学习，研究归研究，只是二人的心态与彭如月回来之前又不同了。彭如月回来之前，他们的心是平静的，他们是从静止的角度去理解这里的传统文化，他们眼中的世界与彭春涛，乃至彭春涛之前的祖祖辈辈眼中的世界是一样的：一样的戈壁荒漠，一样的胡杨林，一样的耕地牛羊，一样的邻里乡亲。他们需要做的事，就是把这种文化与信仰继承过来并传递下去。

　　但彭如月的返乡却打破了他们心中的信念，彭如月用自身的经历提示他们，这种文化与信仰可能无法继续传承下去了，原因就是这里人口流失严重。

　　彭如愿以前也知道，庄上有人去了县城，有人去了省城，但他总觉得那只是个别现象，或者他们也像他一样，只是在个别时间段离开了这里。

　　但当彭如月把这种离开解释成永久离开的时候，彭如愿才意识到了问题的严重性——大家可能确实是永久地离开了，而且这还不是个别现象。

　　仔细想一下，大部分年轻人为了孩子都在县城买了房子，在孩子们的学习阶段，甚至更长的时间段里，他们一直居住在县城，那他们在县城肯定会有基本稳定的收入，那他们怎么还会回到这个居住条件与收入水平都不如县城的家乡呢？

当然，也有像彭如花这样的，在彭家庄有比较不错的旅游收入，去县城居住单纯是为了孩子们的学习，等孩子们完成学习任务后他们还会回来，但这部分人毕竟是少数。

多数人离开了，那基于家乡自然环境发展起来的传人文化还怎么传承？下一代的孩子们出生的时候不种传树，那他们死了以后埋在哪里？离开了胡杨林，那些在祭场设立祭台的大规模的祭祀活动还怎么举行？

彭如愿每天都被这些问题困扰着，甚至到了夜不能寐、食不知味的程度。

这天上午，已经好几天没有睡好觉的彭如愿觉得脑袋昏昏沉沉的，他强撑着精神与爱丽丝来到礼堂。爱丽丝多次劝他不要去了，在家好好休息一下，可彭如愿坚持要去，说在家也不能休息，还不如来礼堂，起码礼堂里有他姥爷留下的资料，他看到这些资料心里还能踏实些。

估计实在是困得坚持不了啦，彭如愿趴在桌子上睡着了。没多一会儿，爱丽丝就听到彭如愿在哭，肩膀也不停地抖动着，像是正在做噩梦。

"如愿，你怎么啦？赶紧醒一醒！"爱丽丝推着彭如愿的头，紧张地叫着。

彭如愿醒了，一双惊恐的眼睛盯着爱丽丝。

"我梦到自己被扔在茫茫太空了，周围黑黢黢的，没有一点光亮，我什么也找不到了，找不到我爸妈，找不到我姥爷，找不到你，找不到彭家庄，找不到胡杨林，我害怕极了，想哭又哭不出声，想跑又跑不了。"

看着彭如愿那心有余悸的神情，爱丽丝心中颇多不忍，她抱住彭如愿的头，小声地说道："不要怕，我在呢，你爸妈也在呢，你姥爷的灵魂也在呢，彭家庄与胡杨林都在呢。"

"你们能永远陪着我吗？"彭如愿像一个害怕离开妈妈奶头的小孩子。

"我们永远陪着你。"爱丽丝像母亲安慰自己的小孩子似的安慰着彭如愿。

得到安慰的彭如愿心里踏实了不少，又趴在桌子上睡着了。

这一觉睡了足有两个小时，当彭如愿再次醒来的时候，精神明显好多了。

"真搞不懂这些乡亲，他们怎么就这么轻易地离开了故土，他们的心难道就不痛吗？"彭如愿望着爱丽丝，愤愤地说道。

"故土难离。不是万不得已，谁愿意离开故土？且不说孩子们的教育问题，单就经济收入来讲，你们这里的土地能给乡亲们提供多少收入？"爱丽丝倒像是很了解这里的情况。

"那我们的祖祖辈辈不是一直这样过来的？"彭如愿好像忘了给他姥爷发丧时缺钱的窘境了。

"以前是没办法，农业社会，大家只能依附于土地。现在不同了。"爱丽丝好像什么也知道。

"是的。可我们付出的竟然是离开故土的代价。"彭如愿也恢复了理智。

"从农业文明转向工业文明，不止有得，肯定还有失。自从三百多年前欧洲人发明了工业蒸汽机以来，它推动了机械工业，甚至是整个社会的发展，推动了交通运输的空前进步，人们由此得以离开土地，离开家乡，来到城市，来到世界各地，不再被土地束缚……"

"爱丽丝，你怎么什么都懂？"彭如愿打断了正在侃侃而谈的爱丽丝，带着一脸的羡慕。

"这其实没什么，这就是发达国家走过的一条路。一个国家要想发展起来，就必须走工业化的道路。特别是你们这样一个人口大国，靠农业是发展不起来的。"

　　彭如愿呆坐在椅子上，脑子里不停地上演着一幅幅画面：远古时走出非洲东部大草原的古人，三千年前从中原地区率领族群来到这里的祖先，三百年前离开故乡奔赴世界各地的欧洲人，目下正在离开故土进入城市的乡亲们……

　　原来迁徙与流动才是人类永恒的主题，它一直伴随着人类的发展与进步。只是，一次次出发之前的单个个体又是怀着怎样的一种心情呢？他们的心里可有无奈与不舍？他们的灵魂能否追上他们那匆匆移动的脚步？

十一

　　彭如愿、爱丽丝就快开学了，彭如男也想跟着他们去西部大学见见卡西姆，甚至想去趟非洲。

　　尽管自从爱丽丝介绍了坦桑尼亚和卡西姆后，大家觉得非洲也没有那么的遥远与陌生，但真要让一个只有初中学历的女孩子孤身一人去非洲，大家还是很不放心。当然，爱丽丝除外。

　　爱丽丝就是孤身一人来到中国学习与生活的，所以她不觉得这是什么难题；再者，爱丽丝有优越的经济条件，她可以为彭如男提供去非洲的经济支持。

　　彭如男英语基础薄弱，爱丽丝想到的办法是，让彭如男住进自己一个人居住的公寓，她利用课余时间帮助彭如男提高英语水平；彭如男对非洲的生活习惯与社会问题一无所知，爱丽丝可以安排彭如男与卡西姆经常见面，让卡西姆把坦桑尼亚的详细情况介绍给彭如男，说不定卡西姆回国的时候还可以把彭如男一同带去，这样彭如男的非洲之行就有伴了——当然，这是后话；如果彭如男想留在非洲生活，爱丽丝可以提供一定的经济援助，直到彭如男在非洲安定下来。

　　当爱丽丝把大家能够想到的一切困难都给出解决方案后，大家也就没有阻止彭如男的理由了。

　　彭新宇与彭如花开上自己家的吉利小汽车，把彭如男、彭如愿、爱丽丝三人送往县上的火车站。

　　气温仍然很低，虽然从节气上来讲，现在已进入了春季，但放眼望去，丝毫看不到春天的影子。

汽车行驶的速度比来时快了许多，道路两旁的树木都被风沙吹得只剩下比较粗壮的枝干。

一路上大家都静悄悄的，要离开的三人都在思考着未来的人生，无暇顾及窗外的那些风景了。

在爱丽丝的安排下，彭如男住进了爱丽丝的单人小公寓。公寓里有暖气、卫生间、写字台，还有一个小衣柜，但只有一张床，所以还需再买一张活动床。被褥是他们临走的时候从家里带的。学校附近的小卖部就卖活动床，五十块钱一张，不是新的——学生们总是爱循环使用大件物品，用完后还可以以三十块钱的价格卖给小卖部，实际上等于用二十块钱租了一个活动床。

当彭如愿把活动床抬进爱丽丝的小公寓后，他被公寓的优越条件震惊了，想想自己住的那个放有四个上下床共计有八个床位的学生宿舍——七个床位上住人，空出一个床位放置七个人的行李，条件真是太差了。宿舍里的每个人都在床头安装了一个可以打开的小木板，在宿舍学习的时候就把这个小木板放下来。上厕所就更不方便了，每层楼有二十几个宿舍，一百多人，却只有一个公共厕所。大家半夜起床如厕还得轻手轻脚的，以免声音太大影响到别的同学。现在看到爱丽丝的居住条件这么好，埋藏在彭如愿心底的自卑情绪又一次泛滥了。

这是彭如愿第一次到爱丽丝的小公寓，实际上在放寒假前，他连自己与爱丽丝是什么关系都没有搞清楚，更别提去她公寓了。他后来被爱丽丝渊博的知识、睿智的思想、率真的性格、真诚的态度所吸引，渐渐地喜欢上了她，而在冷静后，又因看清自己与爱丽丝之间的巨大差距而倍感煎熬。他想起来了，那时他为了打消爱丽丝对自己产生的好感，也为了不辜负她的这份好感，他才决定把爱丽丝带回彭家庄。他本是要把那些属于他自己的以及他所处环境的所有的"乌"都呈现给爱丽丝看，以便让爱丽丝知难而退。

但经过一个月的朝夕相处，彭如愿的目的显然没有达到。或许因为同吃同住，共同经历了一些事情，彭如愿似乎已忘掉了二人的差距，能够以平等的心态面对爱丽丝了，所以二人之间的感情迅速升温，甚至达到了灵魂交融的程度。

现在回到了学校，他们二人之间居住条件的差距又一次提醒了彭如愿，使彭如愿不得不认真思考。

"不要再想这些差距了，爱丽丝不会在意这些差距的。"彭如愿在心里悄悄地劝慰自己。

小公寓毕竟还是比较小的，为了摆下给彭如男买的那张活动床，就要把原来放在爱丽丝床对面的那个小衣柜移到门口，这会稍微影响一点入户门的开合；但对于两个身材苗条的女孩子来说，那点影响根本算不了什么。

彭如男与爱丽丝很快就把各自的行李收拾好了。只过了仅仅一个多小时的时间，彭如男就对这间小公寓由开始的惊喜变成了现在的熟悉。既然已经熟悉了，就没必要一直待在公寓里了，彭如男还想了解些学校的情况。

善解人意的爱丽丝当然知道彭如男最想了解的情况是什么。

"我们国际学院的学生假期比较长，他们研究生的假期就更长了，想要见卡西姆，恐怕还得等一段时间。"爱丽丝直言不讳地说道。

"谁说我想见卡西姆了？我只是想到校园里转转。"爱丽丝说话很是直接，弄得一向不懂含蓄的彭如男都有点不好意思了。

"咱们现在到市里去买一些适合你学习的英语教材吧，还得买录音机、录音带、笔记本之类的。"爱丽丝做事很有计划性。

"那用不用叫我弟一起去？"彭如愿把活动床给彭如男摆好后

就回自己的宿舍收拾行李去了，此刻没和她们在一起。

"不用叫他了，他的宿舍离咱们这里还是挺远的。咱们去得晚了恐怕书店就要关门了。"爱丽丝虽然比彭如男还要小几岁，但说话办事都是很有章程的。

爱丽丝住的小公寓离主街很近，两个女孩子一出校门就打上了出租车，半个小时后就来到了市中心的新华书店。爱丽丝给彭如男挑选的英语教材是《美国语文》，还有一些配套的试卷、录音带，又选了一个三百块钱的录音机，结账的时候总共有五百多块钱。得知需要这么多钱，彭如男立即就傻了眼，长这么大，她还从来没有独自花过这么大金额的一笔钱，当下就决定不买了，她也不去非洲了。爱丽丝望着这个已经二十六岁却仍然像个小孩子似的彭如男，只觉得又好气又好笑。

"你可想好了，这次不买，以后就没有机会了，你可能这辈子也不能实现你的愿望了。"爱丽丝像长者一样的对彭如男说道。

"买书就这么多钱……我怕……以后还会花更多的钱……"彭如男好像变了性情，说话也吞吞吐吐起来。

"你们到底买不买？不买的话先站到边上去，不要影响别的顾客结账。"收银员在一旁催促起来。

"那麻烦你把东西先放到边上，我们再商量商量。"爱丽丝和颜悦色地与收银员说道。

彭如男与爱丽丝挪到了一旁人少的地方。

"这个钱我可以先给你付了，付这点钱对我来说其实不算什么。你以后在学习英语的过程中，还会碰到许多困难，即使你克服了那些困难，学好了英语，但真要去非洲生活肯定是会遇到更多意想不到的困难的。所以不要怕困难，要学会如何解决困难。"爱丽丝一板一眼地给彭如男讲着。

爱丽丝讲的是买完书以后还会遇到的困难，彭如男能够理解到的是，眼下买书就是个困难。

彭如男虽然没见过什么世面，没花过什么大钱，但要让别人替自己花这么多钱她还是很不好意思的。

"我有这个钱，但这才是第一步，我是怕以后要花更多的钱，我没有那么多钱。"彭如男低声低气地说道。

"你可以去打工呀！可以一边打工，一边学习。在学校附近找个三千块钱工资的工作是很容易的。"爱丽丝的办法总是比困难要多。

"真的？！那我可以干什么工作？"彭如男兴奋地叫了起来，引来周边众人的不满。

"你小点声，这里是书店，不允许大声喧哗。具体干什么工作，得等咱们回去以后慢慢找。"爱丽丝也被彭如男的过激反应吓了一跳。

"那我就先把那些东西买了，你得教我，不能嫌我笨。"彭如男又恢复了往日那活泼开朗的样子。

要给彭如男找一份收入不错，还有大把时间用来学习英语的工作着实费了爱丽丝不少精力，最后她选中了一份在幼儿园做生活阿姨的工作。能找到这份工作还得益于爱丽丝以前经常去这所幼儿园做公益活动。

去幼儿园做生活阿姨，不仅解决了彭如男一日三餐的问题，并且每天下午五点钟孩子们被家长接走后她就可以下班了，这个工作实在是太符合彭如男的要求了。

白天去幼儿园工作，晚上跟随爱丽丝学习英语，彭如男过上了有生以来对自己要求最严格的生活。她从《美国语文》一年级的课本开始学起。毕竟她有着以前初中学习的基础，所以只用了一个月的时间就学完了《美国语文》一年级的全部课程。

看来学英语也没有那么难。当彭如男轻松地做完了与一年级英语课本相配套的试卷后，心里产生了一种前所未有的自豪感。爱丽丝对彭如男这一阶段的学习也很满意。

不知不觉间，省城的春天已悄然来临，躲在背阴处的积雪不知什么时候已全部不见了。仔细观察，枯草下面已有了丝丝的绿意，站在道路两旁的树木看起来也没有那么僵硬了，好像有来自大地母亲的乳汁开始注入它们的躯体。

彭如男一领到她第一个月的工资，就拉着爱丽丝给她当参谋买下了一套绿色春装。穿上新衣服的彭如男更加显得青春靓丽，白皙的脸庞上泛着少女的红晕，乌黑的头发扎成一条粗粗的马尾辫高高地吊在脑后，一双又大又圆的眼睛端正地嵌在略有些宽的额头下方，与下面的嘴巴互相呼应，仿佛会说话的不是紧闭的嘴巴而是那双黑亮的眼睛。

最近一段时间倍受"冷落"的彭如愿，今天也穿戴整齐地出现在了爱丽丝的小公寓里，看到彭如男打扮得如此明丽动人，彭如愿立即想到了可能要发生的事情。他看向爱丽丝，爱丽丝只轻轻点了一下头。

等待的时光总是漫长的，彭如愿显得有点心神不宁，而蒙在鼓里的彭如男还是那样轻松自在。

彭如男见爱丽丝破天荒地把弟弟叫了来，以为今天是紧张学习后的一个放松日。她多次询问爱丽丝要去什么地方玩，爱丽丝只说"再想想"。

随着敲门声的响起，爱丽丝的小屋迎来了今天的第二位客人。

来人穿着一身白衣，身材瘦小，面部颜色较深，头发卷曲。

彭如男此时也不自觉地把来人与卡西姆联系在了一起，但来人与自己想象中的卡西姆形象出入太大。自己想象中的卡西姆，身材高大、皮肤黝黑，可眼前的这位青年既不高大又不黝黑。

容不得彭如男胡思乱想，来人已经做起了自我介绍："爱丽丝好！大家好！我叫卡西姆，很高兴与大家见面。"卡西姆还算流利的普通话瞬间拉近了他与室内所有人的距离。

爱丽丝一边邀请卡西姆在自己的床边坐下来，一边给卡西姆介绍道："这位是彭如愿，这位是彭如男，他们二人是姐弟。"

刚在床边坐下来的卡西姆站了起来，与彭如愿、彭如男一一握手。

短暂的寒暄过后，爱丽丝便直奔主题了："卡西姆，彭如男是我的姐姐，她有一个梦想，就是想去体验非洲的生活，我想劳驾你把你们国家各方面的情况给她做一个详细的介绍……"

还没等爱丽丝说完，卡西姆就爽快地说道："非常愿意为美女效劳。"

彭如男被卡西姆称为"美女"，脸上的表情立即有点不自在了，她严肃地说："我哪里美了？还是爱丽丝比较美。"

卡西姆对彭如男的态度有点不理解，为了调节气氛，他立即改口道："都美，都美！是吧，那个小伙子？"

彭如愿也勉为其难地参与了进来："是的，都还说得过去。"

仅仅一个夸赞别人美丽的词语，在一般人嘴里那是轻而易举就能说出口的，但在彭如男、彭如愿姐弟俩这里却显得那么为难。他们不习惯称赞别人，更不习惯被别人称赞，特别是关于外貌方面。

"他们姐弟俩是多么的纯洁呀！"爱丽丝心想。

"不知道大家今天都有什么安排？要不去户外活动活动。"爱丽丝看着卡西姆，明面上是向大家发问，其实是为了征求卡西姆的意见。

"我是没有别的安排，随便怎么都行。"卡西姆双手一摊，看起来很随意的样子。

四位年轻人出了门，爱丽丝穿着红色衣服，彭如男穿着绿色衣服，卡西姆穿着白色衣服，彭如愿穿着黑色衣服。本是无意之举，但这色彩搭配得实在是太明艳了，走在街上，他们俨然是一道靓丽的风景线。

此时的省城正是乍暖还凉的季节，代表春天的绿色才刚刚露头，对于衣着单薄的彭如男与卡西姆来说，这样的天气实在有点不适宜长时间在户外活动。

心思细腻的爱丽丝注意到了这个情况，向大家提出了新的建议："要不咱们去喝点咖啡？"

此建议正中卡西姆的下怀，立即附议道："这个建议好，咱们可以边喝边聊。"

彭如男、彭如愿姐弟俩还没有在咖啡厅喝过咖啡，一想到只在电视电影中看到过的浪漫事就要发生了，心中难掩兴奋与期待。

爱丽丝选了一家由俄罗斯人开的咖啡厅。当四位年轻人走进去的时候，咖啡厅的老板用英语热情地与爱丽丝、卡西姆打了招呼，很显然，他们二人是这里的常客。

爱丽丝与卡西姆不时用夹杂着汉语的英语交流着，不仅是彭如男，就连彭如愿也感觉自己被边缘化了。彭如愿从未想过，贫穷、落后的非洲竟也有如卡西姆一般会讲英语的学生，而自己学的英语一直是"闭口英语"，只是会做题，从来没有用英语与别人交流过，以至于他根本听不懂他们二人的谈话。

"知道我们在说什么吗？"爱丽丝面带微笑地盯着彭如男问道。

"不知道，只有个别词能听懂。"彭如男不好意思地说道。

"我专门与卡西姆用英语交流，只是想提醒你，你的英语学习之路还很漫长。"爱丽丝语重心长地说道。

"我知道，我会努力的。"彭如男小声嘟哝着，用眼角悄悄地瞟了一眼卡西姆，看卡西姆有没有因为自己那可怜的英语水平而流露出对自己轻蔑的神情。

卡西姆也注意到了彭如男的神情，那含着自卑、含着谦逊的神情。不知为何，那神情令卡西姆心中一动。

"你们是怎么学习英语的？"卡西姆想了一会儿问道。

"她的英语基础比较弱，我们是从美国小学一年级的语文课本开始学起。"见彭如男不回答，爱丽丝只得自己回答卡西姆的问题。

"我觉得这个办法学起来比较慢。她——叫彭如男，是吧？她并不需要学得多么专业，只要能掌握口语就行。"卡西姆一会儿望向爱丽丝，一会儿望向彭如男，希望自己的建议被她们采纳。

"那要学习哪本书呢？"一向做事严谨的爱丽丝明显没有这方面的思想准备。

"不需要书，你们两人不是住在一起嘛，你们日常交流用英语就可以啦。"卡西姆非常轻松地说道。

"那她也必须掌握一定数量的英语单词啊！"爱丽丝还停留在自己的思维逻辑中。

"你看两三岁的孩子，他们并没有任何单词的积累，只要跟着大人说就可以啦。"卡西姆把英语学习说得如此简单与轻松。

坐在一旁的彭如男认真地听着他们两人的对话，当她听到卡西姆用孩子举例说明学习英语是如此简单时，眼中立马一亮，可只一刹那，那道亮就消失了，取而代之的是疑惑，是初涉世事的人面对未知世界的不知所措。

彭如男看向爱丽丝，那个在她心目中无所不能、无所不知的爱丽丝。

爱丽丝是信任卡西姆的，她是了解卡西姆的，她知道卡西姆不是一个说话随便、不负责任的人。

"那就按你说的，我们试试看。"爱丽丝的声音中满是轻松的意味。

"这可太好了，那我多长时间就可以学会英语？"彭如男似乎有点忘乎所以。

爱丽丝看了一眼这个年龄已有二十六岁，心智却好像只有六岁的女孩子，又与卡西姆互望了一眼，交换了一下意见。

"这个是没有标准的，就看你对自己的要求有多高啦。"既要打消彭如男自卑的情绪，又不能让彭如男太放松而达不到在短期内提高口语水平的目的，卡西姆便说了一句模棱两可的话。

爱丽丝满意地点了点头。

"我就说一下我想到的学习方法。从早晨起床到洗脸、刷牙、吃早饭，再到上课、吃午饭，一直到晚上睡觉，把英语的学习与日常生活联系在一起，每天用英语将自己一天的活动说一遍。过几天，再增加一些内容，比如，星期天去逛街看到了什么东西。"卡西姆慢慢地说着，就像拉家常一样随意。

彭如男眼中早已光亮一片了。虽是头一天见到这个瘦小的非洲男人，但彭如男此时却觉得他是那样的高大与亲切。

"那我们现在就开始学吧。"在这种亲切与轻松的氛围中，彭如男那纯真与坦率的一面又展露了出来。

这亲切与轻松的气氛同样也影响到彭如愿，彭如愿也放下面子开了口："我的英语水平也不行，你们学习的时候能不能带上我？"

只顾考虑彭如男的问题了，大家竟忘了这里还有一位英语差的人。

"可以啊，你的问题是不敢开口，你只要在我们说的时候开口说就可以了。"爱丽丝对彭如愿还是很有信心的。

"好啊，我负责彭如愿，你负责彭如男，咱们来个比赛怎么样？"卡西姆望着爱丽丝热情地说道。

每个人都已喝过两杯咖啡了，可能是咖啡因起了作用，四个年轻人越说越兴奋。没用多久，彭如男已能把一天从早到晚的大致活动用英语说清楚了，彭如愿当然是只要敢说就没有问题。

"卡西姆的方法真好。"姐弟二人得出了一致的结论。

按照卡西姆的方法，彭如男也能够独立学英语了。走在路上，看到自行车、小汽车、公交车，以及花草、树木等，她就直接从手机里查出英语读音反复诵读，晚上回到家再与爱丽丝交流学习。彭如男充分发挥了自己的主观能动性，学习的热情甚是高涨，只一个星期的时间，就敢用英语与爱丽丝对话了，当然，只是简单的对话。

星期天的上午，彭如愿与爱丽丝上街去了，说是去新华书店买资料，彭如男很识相地说自己不想出去。

自从彭如男来了后，爱丽丝几乎将所有课余时间都用在陪彭如男上，与彭如愿相处的时间就很少了，彭如男就是再没有眼力见儿也能看出来他俩很想有一点私人空间。

彭如愿与爱丽丝走后，屋里空荡荡的，彭如男一个人站在小公寓的窗口，隐约间看到马路两旁的树梢已有绿意。那是一种很淡很淡的绿，当彭如男想去看仔细一些，使劲盯着树梢看时，那绿又不见了。

"今天的天气一定很好，要不要也去街上走一走呢？"彭如男看着窗外犹豫着。

"咚、咚、咚！"响起了敲门的声音。彭如男急忙打开门，原来是卡西姆来了。

"爱丽丝不在，她与我弟去书店了。"面对卡西姆的突然造访，彭如男显得有点不知所措。

"我知道，我和她通过电话了。"卡西姆说。

"那你怎么还……"彭如男不知该说些什么了。

"我不找她，我找你。"卡西姆直截了当地说道。

"找我？"彭如男用手指着自己的鼻子，瞪大了两只本来就很大的眼睛，不太相信地说道。

"你也可以和我一起说英语呀！"卡西姆没有理会彭如男的惊讶，继续说着。

"我的英语不行，还差得很远呢！"彭如男单独面对卡西姆的时候，自卑与胆怯又成了她性格的主旋律。

"爱丽丝说，你已经有很大进步了。你进步这么快，一定是个很聪明的人。"卡西姆真是上帝派来拯救彭如男自卑情绪的使者。

"她真是这么说的？"彭如男又瞪大了自己的两只大眼睛。

"你为什么要学英语呢？"卡西姆突然转移了话题。

"爱丽丝不是和你说过了嘛，我想去非洲体验一下生活。"彭如男也进入了平静的交流模式。

"那你为什么想去非洲体验生活呢？"卡西姆顺着彭如男的话题聊了起来。

"我听我大姐夫说，非洲是人类的发源地，我觉得那里一定是最适宜人类生存的地方。"彭如男也能心平气和地与卡西姆聊天了。

"从这一点就可以看出，你是一位非常勇敢的女孩子，对未知世界有着极大的好奇心，这正是人类发展与进步的原动力。"卡西姆把彭如男在别人眼中的不靠谱行为说成了人类发展与进步的原动力——这反差也太大了吧！连彭如男自己都不敢相信。

"你是说，我想去非洲生活是对的？"彭如男带着怀疑的口气问道。

"我是说，你对未知世界拥有极大的好奇心是对的。当然，这也包括你想去非洲生活的想法。"卡西姆觉得彭如男的关注点与自己的关注点总也不能重合。

"那非洲是不是最适宜人类生存的地方？"彭如男又想起了自己的那个从来没有得到正面回答的问题。

"这个问题真没有标准答案。在人类还很弱小的时候，生存能力是很差的，既没有衣服，又没有储存食物的能力，这就需要生活在炎热又随时可以采摘到食物的地方。当然，只满足这两个条件还是不够的，还需要有比较大的活动范围，才能孕育出庞大的人口基数。正好，非洲东部大草原满足了这些条件。在人口规模不断扩大的过程中，人类的智商也在不断地提高，人类学会了使用火，学会了使用工具，学会了种植植物，也学会了用动物的皮毛缝制衣服。人类在自然界中的生存能力得以提高，这时人类就可以走出非洲，去往世界各地了。"

卡西姆神采奕奕地讲着，彭如男聚精会神地听着。这是彭如男有生以来听别人讲话听得最认真的一次。或许是因为卡西姆讲的内容是她愿意听的；也或许是因为她离开了父母，离开了家，真正地成长起来了；更或许是因为卡西姆对她来说有着特别的意义。

看彭如男听得认真，卡西姆继续说道："你知道四大文明古国吗？"

"我学过，但现在记不全了。"彭如男小声说着。

"它们是位于非洲北部的古埃及、位于亚洲两河流域的古巴比伦、位于南亚印度次大陆的古印度以及位于黄河、长江流域的中国。你知道这说明什么吗？"卡西姆向彭如男问道。

"说明什么？"彭如男问。

"说明这些地方在当时是最适宜人类生存的地方。这四大文明古国，有三个是位于你们亚洲，特别是你们中国，是世界上仅存的文明古国。你知道这又说明什么吗？"卡西姆又向彭如男问道。

"说明什么？"彭如男又反问。

"说明亚洲，说明你们国家才是最适宜人类生存的地方，也说明中华文明才是人类最伟大的文明。"卡西姆由衷地认同中华文明。

"可是，我们家乡还很落后，我们连英语也不会说。"彭如男所理解的适宜人类生存的概念很显然与卡西姆说的不是一回事。

"为什么一定要会说英语呢？会说汉语不好吗？"卡西姆面带微笑地看向彭如男。

"世界上的人不都是要学英语吗？哪有外国人学汉语的？"彭如男大胆地说出了自己的想法。

"谁说的？你看我与爱丽丝不都在学习汉语嘛！英国是世界上最早完成工业化的国家，它在世界上建立了很多殖民地，这些殖民地人民被迫学会了说英语。现在，中国也完成了工业化，中国在世界上的影响力越来越大，以后说汉语的人会越来越多。"卡西姆提高了嗓门，显得有些兴奋，完全不像刚才那个心平气和的卡西姆了。

"汉语有什么好学的？"

这是什么问题？以汉语为母语的人，居然问一个学习汉语的人汉语有什么好学的。

看着彭如男天真的神情，卡西姆忽然想到了中国的一句古诗："不识庐山真面目，只缘身在此山中。"大概说的就是彭如男此时的状况吧。

卡西姆整理了一下自己的思绪，他要想想该怎么与彭如男说清这个问题。

"你知道唐诗宋词吧？"卡西姆决定从能与彭如男产生共鸣的地方开始说起。

"我当然知道了，我们从小都要背这些东西的。"彭如男说话的语气里带着明显的不屑一顾。

"你们从小背的那些唐诗宋词，在我们眼中是全世界最美的诗词。那韵律，那意境，是别的语言无法表达出来的。"卡西姆慢悠悠地说着，而他本人仿佛已经进入了某种令人神往的意境。

彭如男也不说话了，此刻的她好像能与卡西姆的思维同步了。她在竭力从自己的大脑中搜索那些儿时背诵的优美的诗词，可想来想去，也就只有"慈母手中线，游子身上衣""举头望明月，低头思故乡""锄禾日当午，汗滴禾下土"这么几句。小时候觉得背了那么多的诗词，怎么一时都想不起来了？！彭如男又一次感到自己的无知，人家一个非洲人都在学习唐诗宋词，自己竟全忘光了。

"你是在哪里学的唐诗宋词？"彭如男头脑中忽然闪过一个疑问。

"是在孔子学院。现在，世界上好多地方都在开办孔子学院，大家都在那里学习中国的语言、文字、书法、诗词等。"卡西姆平静地说着。

"那你在这个大学学什么呢？"彭如男继续提问。看来彭如男确实是成长了，她的思考范围扩展了。

"学习汉语言文学，当然，也包括诗词。"卡西姆微笑着与彭如男说道。

"现在还学诗词？！那你最喜欢哪首诗呢？"彭如男以前觉得学诗词是小孩子的事，长大了就不用学了。

"最喜欢哪首诗——这还真不好说。李白的诗豪迈，杜甫的诗深刻。要说我最喜欢的风格当属李商隐描写感情时的那种缠绵悱恻，那种朦胧隐讳。比如，他那首《无题·昨夜星辰昨夜风》中的'身无彩凤双飞翼，心有灵犀一点通'，还有《锦瑟》中的'锦瑟无端五十弦，一弦一柱思华年。庄生晓梦迷蝴蝶，望帝春心托杜鹃'，读来让人情思悠悠，词尽而意不断。"卡西姆望着彭如男，仿佛彭如男是从李商隐诗词中走出的唐代美女。

彭如男也感觉到了卡西姆不同寻常的目光，一种羞涩感涌上脸庞，她赶紧低下头，假装若无其事地给彭如愿打起了电话。

彭如愿说时间不早了，他与爱丽丝要在外面吃饭，中午就不回去了。

"明明知道卡西姆过来了他们还不回来，这不是成心让自己难堪嘛！或许是爱丽丝故意这么做的，彭如愿压根儿就不知道情况。"想到这儿，彭如男心中没有了主意，不知该如何是好。

卡西姆也看出了彭如男感情的变化，为了缓解这种尴尬的气氛，卡西姆邀请彭如男一起去外面吃点饭。

彭如男可真勤奋，除了学习英语外，她又开始背古诗了。卡西姆给彭如男提供了《唐诗三百首》《宋词三百首》，彭如男立志要将这六百首古诗词全部背会。

爱丽丝早就看出了彭如男的那点小心事，或者压根儿就不用看，因为彭如男的心事都写在脸上。

"爱丽丝，你背没背过中国的古诗词？"一天晚上，彭如男忽然向爱丽丝问道。

"我主要学习各民族的宗教文化，至于中国的古诗词，我也知道一点。卡西姆是学习汉语言文学的，他对中国的古诗词特别感兴趣，你可以与他多交流交流。"爱丽丝若无其事地说着，就好像她不知道彭如男的那点小心事似的。

"你觉得卡西姆这个人怎么样？"彭如男一边整理衣服，一边好像很随意地向爱丽丝问道。

"你是指哪方面？学识，性格，身高，体重？"爱丽丝突然童心大发，想逗一逗彭如男。

彭如男知道，自己在爱丽丝面前就是个玻璃人，什么也瞒不过爱丽丝，也就不再遮遮掩掩，开诚布公地向爱丽丝问道："我是说，我能不能和他相处——就像你与愿儿那样相处？"

爱丽丝当然知道卡西姆能不能相处。卡西姆今年暑假就研究生毕业了，出于对中国文化的热爱，他非常希望能找一位中国女孩子结婚。

"你总有自己的判断吧？你觉得他怎么样？"出于谨慎，爱丽丝还是想先了解一下彭如男对卡西姆的印象。

"虽然我与他相处的时间不长，但感觉他就像一位知心的大哥哥一样，从来没有看不起我，总是鼓励我，让我觉得我也能够继续学习，也能成为一个有用的人。"彭如男的眼睛在灯光下清澈如水。

不用再谨慎了，爱丽丝心中已经有了明确的答案。

"很显然，你对他已经产生了爱情。遵从你的本心吧！我觉得你们可以继续相处。"爱丽丝给出了肯定的答复。

彭如男还真把爱丽丝奉若神明，自从爱丽丝认可她与卡西姆的交往后，彭如男也就不再扭捏了，当卡西姆邀请她晚上去外面走走路或者去看个电影什么的，她也就痛快地答应了。

春光总是无限好，可惜太匆匆。

一转眼，省城就进入了炎热的夏季。卡西姆的研究生论文已经交上去了，就等着答辩呢。研究生毕业后，卡西姆想留在中国工作，但他想先确定一件事情，那就是彭如男愿不愿意与他结婚。

经过三四个月的相处，卡西姆与彭如男的感情迅速升温，双方都认为对方是满足自己条件的。卡西姆来自非洲，可以带彭如男去非洲生活一段时间，以满足她最近半年来为之不懈努力的那个愿望；并且，卡西姆学识渊博、为人谦逊，对彭如男来说他绝对是良配。卡西姆对彭如男也非常满意。卡西姆眼中的彭如男是美丽的、善良的，于谦卑中带着勇气，是有着中国文学作品所描绘的那种东方女性特质的美女。

卡西姆与彭如男结婚，卡西姆家是非常愿意的。卡西姆的父母在他来中国读书之前就表达了想让他找一个中国女孩子结婚的愿望，因为他们对中国的传统文化都非常向往，他们甚至还想在卡西姆结婚后跟随卡西姆一起来中国生活。这样一来，卡西姆与彭如男能不能顺利结婚，就看他们能不能通过彭如男父母这一关了。

彭如男离开家乡，来到省城，做着去非洲生活的准备，彭家良与彭听雨是不愿意她这样做的，只是"女大不由娘"，他们管不了她。现在，彭如男要嫁给非洲人，要与卡西姆去非洲结婚，这自然比彭如男一个人去非洲生活让他们放心些；但让他们最后同意彭如男与卡西姆结婚的原因还是卡西姆承诺会在他们婚后的大部分时间内都在中国生活。

因为卡西姆要准备毕业论文的答辩，不能长时间离开学校；而女儿又是父母的心头肉，为了即将远嫁的女儿，彭如男的父母只得在彭如花夫妇的陪同下，拿着户口本，来到了省城。他们总得看一下这个将要成为他们女婿的非洲人是怎样一个人吧！

一出火车站，他们就看到了前来接站的彭如愿。只彭如愿一个人来接站，倒不是其他几个人不愿意来，而是来的人太多，打一辆出租车也坐不下，大家就商量好由彭如愿来接站，彭如男与卡西姆负责找宾馆，爱丽丝负责找饭店。

接上父母和二姐、二姐夫后，彭如愿专门让出租车司机在市区繁华的地带开着车转了转。

彭家良与彭听雨已经有三十多年没有来过省城了，他们上次来还是在购买结婚用品的时候。现在，三十多年过去了，他们再次来到省城却是为女儿的婚事而来。在感叹岁月如梭的同时，他们更感叹省城这三十多年来发生的翻天覆地的变化。

一路上，高楼大厦林立，街道整齐干净，车辆川流不息，道路两旁绿树成荫、花团锦簇。彭听雨不时感叹变化之大远超他们的想象。彭如愿说现在顾不上仔细看，以后再让爱丽丝与彭如男陪他们好好逛吧。

出租车停在了一所高级宾馆门口，彭如男与卡西姆已站在门口等着他们了。若不是卡西姆与彭如男站在一起，刚接来的那四个人是不敢相信他就是那个非洲黑人。为了这次见面，卡西姆特地去了一趟美容院，现在的他看起来更像一位长得稍微有点黑的中国人。

大家都知道，第一印象很重要。可第一印象不外乎人的长相、举止、言谈，卡西姆的长相大家一下子就接受了；至于语言，当卡西姆用比较纯正的普通话说出"叔叔阿姨好！姐姐姐夫好！一路上辛苦了"的时候，彭家良与彭听雨就放心了。

放好行李，稍微休息了一会儿，爱丽丝就来叫大家去饭店吃饭。彭听雨他们见到爱丽丝就像见到亲人一般，完全没有陌生感，尽管此时他们还不完全清楚爱丽丝与彭如愿到底是什么关系。

酒席间，卡西姆为了打消彭如男父母的顾虑，一个劲儿地做介绍："叔叔、阿姨，我知道你们对我与如男的事儿不放心，毕竟咱们两个国家离得太远了，肯定有很多不一样的习俗。但请你们相信，坦桑尼亚也有着源远流长的文化，它与你们国家的文化在很多方面是相通的。比如尊敬长辈、崇拜祖先等。至于坦桑尼亚的一些陋习，比如一夫多妻制……"

"啊，还有一夫多妻制？"没等卡西姆说完，彭如男就惊讶地叫了起来。

"那只是比较偏远与落后的地方才有的习俗，或者是父母受教育程度较低才要求子女接受的习俗。"卡西姆赶紧解释着，心里一阵后悔，心想自己怎么没事找事说起这个事。

"那你父母是持什么态度？"彭家良也表现出了不安与焦虑。

"我父母受教育程度很高，他们都在国家图书馆工作，他们倡导一夫一妻制，反对一夫多妻制。"卡西姆耐心地解释着。

　　"请你们放心，我的父母特别尊重中国的传统文化，我与如男结婚，肯定按照你们中国的习俗办。"卡西姆继续补充着。

　　"只要不是一夫多妻制，只要你能对男儿好，我们也就放心了。"彭听雨听完卡西姆的话后，终于放心了。

　　"那是肯定的，我肯定会对如男好的，请你们放心。不知你们还有什么要求？"卡西姆边说边向彭如男望去，心里满是喜悦。

　　"听男儿说，你们结婚后，你要加入中国国籍？"彭听雨忽然想起彭如男给她电话里说的这个情况，她想再确认一下。

　　"是的，阿姨，如果你们同意了我与如男的婚事，我就想先把结婚证领了，这样我就能申请中国国籍了。"卡西姆答道。

　　"不知中国国籍多长时间能办下来？"彭听雨随口问了一句。

　　"这个我真不知道，阿姨。一般情况下，中国国籍是非常难办下来的；但像我这种与中国人结婚的，应该是比较好办。是吧，爱丽丝？"卡西姆向爱丽丝发出了求援信号。

　　"这我还真不知道。"爱丽丝对自己不了解的情况是不会信口开河的，尽管她很想替卡西姆说话。

　　"只要能办下来就行，这也不是个着急的事。"彭家良知道这事办理得快慢是由不得卡西姆的。

　　"叔叔、阿姨，那你们还有什么要求？"卡西姆看彭家良这么通情达理，心里放松了很多。

　　彭家良与彭听雨没有再提什么要求，他们心想，彭如男能嫁给这样一个"高知男"也很不错了。在彭家庄，彭如男已经被划在大龄剩女的行列了，再加上彭如男所思所想总是不靠谱，原先还真怕她嫁不出去，至于以前比较重视的必须找本地人结婚的观念，这两年早已被很多人打破，并且渐渐形成了一种新的潮流。现在，彭如男找了一个非洲人，彭家良与彭听雨虽没觉得有多光彩，但也没觉得有多么难以接受。

彭如男与卡西姆的婚事就这么轻松地定了下来，大家都举杯祝愿他们二人能够幸福美满。

这一顿饭，既是卡西姆迎接彭如男家人的接风宴，又是他二人的婚事得到彭如男父母认可的订婚宴。饭后第二天，卡西姆与彭如男就去民政局领了结婚证，拿上结婚证他们就去公安局办理卡西姆的入籍事宜了。速度之快，远超彭如男父母的想象。

"叔叔，这是我父母给如男的彩礼，请你们收下。"晚上回到宾馆，卡西姆把一张银行卡放在彭家良面前。

"你父母什么时候给的？"彭家良一脸疑惑，不敢相信地问道。

"刚给的，咱们昨天晚上吃完饭后，我就打电话把订婚的消息告诉我父母了，他们非常高兴，今天就把彩礼打过来了。"卡西姆微笑着说道。

"我们也没说要彩礼呀！这卡里有多少钱？"彭家良问道。

"也没多少，二十万元，这是我父母的一点心意。"卡西姆仍旧面带微笑地说着。

"多少？二十万元！这也太多了吧。"在一旁一直注意听他们说话的彭听雨也感到十分惊讶。

"不多，阿姨，我父母只有我一个儿子，他们的经济条件也还可以，这点彩礼对他们来说不算什么。"卡西姆转向彭听雨微笑着说道。

"二十万元还不算什么！"彭听雨心想，彭如花结婚的时候，彭新宇给了两万元；彭如月结婚的时候，刘沪生什么也没给；现在，这个让自己最不放心的彭如男，倒是找了一个这么有钱的人，真是世事难料啊！

"妈，你看我的戒指好看吗？"彭如男的声音将彭听雨的心思拉了回来。

"很好，很好。"彭听雨对彭如男的婚事越发满意了。

因为卡西姆一毕业，彭如男就要同他去非洲，所以彭如男辞去了幼儿园的工作，这两天专门陪父母与二姐、二姐夫在市里转转。他们特意去了友好商场，这里是彭家良与彭听雨当年购买结婚用品的地方，彭如男也在这里买了一些结婚穿的衣服、鞋子。

彭家良一行四人在省城待了四天就回彭家庄了。这次的省城之行，于他们来说意义非凡，不仅开阔了眼界，见识了省城的繁华，更让他们高兴的是，彭如男找到了一个好对象。卡西姆不仅文化程度高，待人热情礼貌，家境还好；最关键的是，他们都看出来了，卡西姆是真心对彭如男的。他们在省城的这几天，无论是吃还是住，都是由卡西姆负担，他还给他们每个人都准备了礼物，还给了二十万元彩礼。当然，这二十万元彩礼彭听雨是不准备要的，等卡西姆与彭如男在非洲举行完婚礼，回到省城买房子的时候，她会把这钱返给他们的。

彭家良他们走后没多久，卡西姆的毕业证就发下来了。按照计划，彭如男要跟随卡西姆去坦桑尼亚完婚。

十二

学校正放暑假，在卡西姆与彭如男的一再邀请下，爱丽丝与彭如愿也决定去坦桑尼亚参加他们的婚礼。

从省城乘飞机去北京用了将近四个小时，从北京乘飞机去坦桑尼亚的达累斯萨拉姆用了大概十一个小时，中间转机又等了四个小时。在经过漫长的旅途后，一行四人终于踏上了达累斯萨拉姆的土地。

达累斯萨拉姆虽然位于热带，但因地处印度洋西岸，受印度洋季风的影响，这里的气候既不炎热又不干燥。

走出机场，卡西姆的父母与两位姐姐早已等在了那里，他们热情地用不太流利的汉语与彭如男打着招呼，彭如男则用英语与他们打了招呼。在回家的路上，卡西姆简单地为大家互相介绍了一下情况。

卡西姆的父亲叫克里，是地道的坦桑尼亚人；母亲叫瓦瓦巴，有二分之一的白人血统。他们俩是大学同学，毕业后都在国家图书馆工作，现已退休。

卡西姆家离机场不是很远，开车半个小时就到了。

这是一座面积不太大的别墅，有院子，但没有围墙。房子分上中下三层，一层是公共活动区域，二层、三层是卧室。房子看起来建筑年代比较久远，装修不是很豪华，但收拾得整整齐齐、干干净净，特别是布置在各个角落的书柜，摆满了各种书籍，给整个房间增添了不少书卷气。

为了迎接彭如男的到来，卡西姆的父母特意请了两位中国厨师在家里准备晚饭。

　　饭菜属于粤系风格，做得非常精致。不仅是彭如男、彭如愿，就连爱丽丝也没有吃过这么精致的饭菜。

　　彭如男享受到了贵宾级的待遇，克里与瓦瓦巴轮番给她碗里盛菜，两位厨师也围在她身边征求她对饭菜的意见，弄得彭如男很是不好意思。对于从小到大都没有得到过别人重视的彭如男来说，这样的礼遇实在让她有点受宠若惊。

　　最后，还是卡西姆出面，让他的父母不要太热情，他希望大家都放松些，因为大家是一家人，彭如男这才减轻了一些心理负担。

　　卡西姆与彭如男的卧室在三层。彭如男惊讶地发现，从窗户望出去能看到海。她急忙把爱丽丝与彭如愿喊了过来，三个人坐在窗台边，看着一望无际的海洋，心胸顿时开阔起来。

　　"想什么呢，如男？"爱丽丝见彭如男一声不发地凝神远眺，便柔声问道。

　　"我在想，原先生活在这里的人类祖先是不是也能每天看到这片海洋。"彭如男思考问题的执着程度让她看起来像一位哲学家。

　　"这个应该不会。最初，人类大多生活在内陆，临近河流，不临近海洋。"爱丽丝运用自己掌握的知识做出了推理。

　　"这里真好。"彭如男小声嘟哝着。

　　第二天，克里安排他们去达累斯萨拉姆的华人生活区游玩。这里生活着好几万华人，彭如男看到随处可见的黄皮肤中国人，刚学会的那点英语也就顾不上使用了，直接用汉语向他们问这问那。

　　"来这里根本就不用学英语，都是你们吓唬我。"彭如男就像一个小孩子，说着不负责任的话。

　　这里遍地都是热带瓜果、海鲜水产，彭如男看见啥也想买，最后在卡西姆的劝说下，才只买了些热带水果。

然后他们又去了一个小型植物园。那里生长着许多热带植物，有棕榈树、橡胶树、瓶子树、光棍树、猴面包树等。卡西姆着重介绍了一下猴面包树："它是世界上寿命最长的树种之一，最长可活五千多年，被我们当地人称为'圣树'。"

　　"这不与彭家庄的胡杨树一样嘛！一样的长寿，一样的有灵性。"爱丽丝与彭如愿想到了同一个问题。

　　"猴面包树的树干很粗大，但木质却非常疏松，这种木质有利于储存水分。雨季时，它就利用自己粗大的身躯与松软的木质代替根系吸收水分。据说，一棵成年的猴面包树可以储存几千公斤的水。到了旱季，它就会迅速脱落身上所有的叶子以减少水分的蒸发。"卡西姆继续介绍着。

　　"那它有什么用呢？"彭如男问了一句。

　　"用处可大了，它的树叶可当蔬菜吃，果实可榨油，果肉可直接生吃，果壳晒干了还可当瓢用。最大的用处是，当你在野外又渴又饿的时候，只要找到一棵猴面包树，哪怕是没有果实的，你把树干挖开一个小口就可以吸到水，树叶也可以直接用来充饥。因此，猴面包树也被人们称为'生命树'。"卡西姆有声有色地介绍着，言语间满是对猴面包树的敬畏与热爱。

　　见大家都不说话，卡西姆继续介绍："在人类生存能力比较低下的时候，为了抵御其他野兽的袭击，人们将猴面包树的树干掏空，掏出一个一个的树洞，大点的树洞可用于居住，小点的树洞可用于储物，这样就形成了一个个特殊的'村庄'。"

　　"那有猴面包树的地方是不是就是人类起源的地方？远古时代这里是不是有很多猴面包树？"彭如男又把猴面包树与人类的起源联系在了一起。

　　"猴面包树其实生长在比较干旱的内陆地区。这个植物园里的树是人工特意栽培的，专门给人观赏用的。至于有猴面包树的地方是不是就是人类起源的地方，目前找不到证据，但我觉得二者应该是有联系的。当然，这只是我个人的看法。"卡西姆郑重其事地说着。

大家都没有再说话，都陷入了深度的思考中。

达累斯萨拉姆的面积不是很大，大家转了半天就回家了，家里有中国厨师做的美味饭菜在等着他们。

为了把卡西姆与彭如男的婚礼办得有意义一些，克里把婚礼现场安排在了他的老家——莫西小镇。

莫西小镇位于非洲最高峰——乞力马扎罗山的南坡。这里生活着坦桑尼亚的一个古老民族——查加族，克里就是查加族人。

莫西小镇有很多克里的亲属，有妈妈、哥哥、姐姐、弟弟、妹妹，当然还有很多本家亲戚。克里作为本族比较有出息的一个人，平时对本族亲属也多有照顾，这次他领着儿子、儿媳回家完婚，自然也受到了大家的热情接待。

彭如男一下子就见到那么多皮肤黝黑的人：这个是奶奶，那个是大姑，这个是大爷，那个是婶婶……这些人长得特别相像，彭如男一时很难辨认清，只是那一张张堆满笑容的脸，拉近了彭如男与他们的距离，让彭如男觉得自己好像真是他们中的一员了。

查加族仍沿袭酋长负责制的传统，因而举办婚礼这种大型活动是离不开酋长组织安排的。

卡西姆与彭如男的婚礼虽然不能完全按照当地的习俗办，但最具当地特色的抢婚习俗还是要办一办的。

婚礼头一天的下午，彭如男按计划来到了卡西姆的大姑家，由两个化妆师精心地给她化妆。这里的化妆是很费时间的。首先要把头发按照年龄的大小编成小辫。彭如男二十六岁，就要编二十六条小辫。第二步是给皮肤涂色。彭如男的皮肤比较白皙，在当地人看来属于不吉利的颜色，就要给她涂上当地人比较喜欢的黑咖色。考虑到彭如男的特殊情况，只涂了面部、颈部、手部等暴露在外处，眼圈周围额外涂了黑色。第三步就是着装。这里的穿衣风格基本上一个字可以囊括："裹"，从里到外要裹三层，里面裹红色，中间裹黄色，外面裹蓝色。把三层衣服裹好后，当天的任务就结束了，只等第二天卡西姆来抢了。

第二天一早，彭如男就被藏了起来。卡西姆按照当地的习俗化了妆，穿了一件一只胳膊暴露在外、腰部系着一条红色腰带的长袍，领着五个年轻的男士来抢新娘了。

卡西姆与抢亲队伍四处找新娘，经过一番波折后找到了。此时的彭如男又被告知要哭婚，意在表明她不愿意离开父母。彭如男象征性地哭了一下，就被抢亲队伍"抢"走了。

彭如男被"抢"到了卡西姆的奶奶家，还没有坐定，就见彭如愿领着五个男士来"营救"了。卡西姆领着的抢亲队伍与彭如愿领着的营救队伍要象征性地打斗一番。在双方打得不分胜负之际，酋长就出面了。经过酋长的调停，卡西姆把预先准备好的两头牛给彭如愿牵走，双方就此达成了协议，卡西姆也可以与彭如男结婚了。

结婚仪式也是在酋长的主持下进行：先宣布卡西姆与彭如男正式结为夫妻，再由卡西姆的父母把代表圣洁的鲜花与树枝交给彭如男，彭如男分别亲吻卡西姆的父母以表示自己对长辈的尊敬与爱戴，最后由卡西姆抱起彭如男进入洞房。

结婚仪式结束后，大型的宴席就开席了。宴席采用自助餐形式，宾客非常多，几乎全庄的人都来了，大家席地而坐，互相祝福，好一幅热闹的场景。

吃完午饭后，卡西姆与彭如男在亲人的陪同下，去往乞力马扎罗山的山脚向传说居住在雪峰的神灵祭拜，以祈求神灵庇佑自己。

乞力马扎罗山的雪峰已经看不到多少雪了，居住在雪峰的神灵可还安然无恙？

婚礼结束后的第三天，克里就领着全家人回到了达累斯萨拉姆，莫西小镇的生活条件还是差些，不适宜大家久住。本来克里还想安排他们去爬乞力马扎罗山，但对于居住在中国西部，常年可以看到雪峰美景的人而言，乞力马扎罗山的那点雪实在不足以引起他们的兴致。

回到达累斯萨拉姆，大家又过上了舒服的城市生活，那居住在乞力马扎罗山雪峰的神灵可还能庇佑卡西姆与彭如男？彭如愿一直在想这个问题。

经过一段时间的相处，彭如愿与克里一家已经熟识了，看着每天高高兴兴地做着去中国居住准备的克里，彭如愿心中产生了很多疑问。

一天下午，外面下着大雨，克里没有出去办事，大家坐在客厅，悠闲地喝着下午茶。

彭如愿在卡西姆与爱丽丝的帮助下，与克里交谈了起来："叔叔，您要离开家乡，心中就没有不舍吗？"

"当然有不舍，但我更多的是对在中国生活的向往。这种向往要远大于不舍。"克里用流利的英语说着。

"在您的心中，是觉得猴面包树神圣呢，还是觉得乞力马扎罗山雪峰的神灵神圣呢？"彭如愿终于问出了他最近一直思考的这个问题。

"这个没有可比性。大家之所以觉得猴面包树神圣，是因为在生活条件极其恶劣的时候，它给人们提供了几乎生活所需要的所有条件，人们热爱它就像热爱自己的父母一样，是一种基于感激而产生的热爱。乞力马扎罗山雪峰的神灵是人们心中的一种期盼，期盼着幼小的自己可以得到外界力量的帮助，它只存在于人的精神世界中。"克里望着大家那一双双充满求知欲的眼睛，字斟句酌地说。

"那乞力马扎罗山雪峰的神灵与基督教所宣扬的上帝岂不是一样的？它们都存在于人的精神世界中。"显然，作为彭祖的嫡系传人，彭如愿更愿意思考这样的问题。

"乞力马扎罗山雪峰神灵的认同范围很小，它只存在于雪峰周边人们的传统观念中。而基督教有一套完整的理论体系，它以耶稣这个人神合一的存在传递上帝的旨意，告诉人们该怎么做，不该怎么做，它对人们日常生活的方方面面都有涉及，特别是关于人类死亡以后灵魂的去向，它更是做了详尽的介绍，让害怕死亡的人类在面对死亡时可以不那么害怕，甚至可以从容赴死。如果说乞力马扎罗山雪峰的神灵可以抚慰人心，那么基督教却是在利用恐惧——利用人们做了坏事以后害怕受到惩罚的恐惧、面对自然界中无法克服的困难的恐惧，特别是面对疾病与死亡时无能为力的恐惧。"克里的眼睛里闪烁着智慧的光芒，他望向大家，等卡西姆把他的这段论述翻译完了以后，他继续说道，"人类就是这样，美好愿望实现后的喜悦远远抵不过害怕厄运来临时的恐惧。人们为了避免厄运，为了减轻恐惧，纷纷站在了相信上帝的行列，相信上帝可以帮助他们摆脱厄运、减轻恐惧。因此，相信上帝的人非常多。"

卡西姆把克里的最后一段话翻译完了，在场的人都仿佛受到了启迪。

彭如愿反复咀嚼着克里的这些话——乞力马扎罗山雪峰的神灵认同范围很小，这不正与自己家乡的传人文化影响范围很小一样嘛。

"叔叔，您刚才说，乞力马扎罗山雪峰的神灵认同范围很小，您作为受到雪峰神灵护佑的人，难道您就不担心将来有一天雪峰神灵的认同者越来越少，直至没有吗？"彭如愿终于将自己担心许久的问题问了出来。

"从主观上来讲，我当然不希望雪峰神灵的认同者消失；但从客观的角度来说，这种担心是没有意义的。无论是雪峰的神灵，还是猴面包树的神灵，或者是基督教所宣扬的上帝，都是人类寻找的一种自我安慰。就好比两个孩子吵架，一个说我有我爸，另一个说我有我哥，他们都是为了给自己壮胆，为了吓住对方，说到底，是希望自己能有一种力量上的加持。现在，人类发展得如此强大，我们不应该再期望用这些外在的力量来增强自己的力量，或者说，不应该继续在力量上进行较量了。在人类发展的历史长河中，宗教文化只是各民族文化中一个很小的部分，我们更应该着眼于各民族辉煌灿烂的其他文化。比如，中华文化中的书法、诗词，非常灿烂。"克里用低沉的声音讲着，不时有激动的情绪从他的心底涌起，涌到喉头，阻塞了声音的正常发出。

　　"那这样的话，各民族的宗教文化不就消失了吗？"爱丽丝看彭如愿还没有从激动的情绪中走出来，就代彭如愿提出了问题，她知道这个问题也是彭如愿想问的。

　　"人类有了文字，可以用文字记载下各自的宗教文化，由专门从事宗教文化的人员将它们传承下去，毕竟这也是文化范畴中的一部分。其实，在人类没有发明文字以前，各地都有自己的宗教文化，哪怕是只有二三十人的一个小部落，都有自己崇拜的神灵。我相信，到目前为止，人类消失的宗教文化要比保存下来的多得多。"克里轻松地说着，丝毫感觉不出他对那些消失了的宗教文化有惋惜之情。

　　卡西姆翻译完后，爱丽丝见彭如愿慢慢地平静了下来，她知道，彭如愿找到了自己的人生目标。

　　"爸爸，你们这里这么好，是人类的发源地，怎么就没有发展出辉煌灿烂的文明，像中国文明那样？"就在大家不再发声，各自思考着自己所关心的问题时，彭如男突然发声了。

卡西姆把彭如男的问题译给克里，克里微笑着用汉语说："我们这里好，你觉得？"

彭如男听见克里用汉语说话，情绪更加激动了："爸爸，你的汉语说得很好。"

克里听懂了彭如男的这句话，伸出一个小拇指比画了一下，说："一点点，会一点点。"

"其实地球上最好的地方在北温带，人类的文明古国都建立在北温带地区。"克里又郑重地说道。

卡西姆把克里的话译完后，彭如男看起来有点不赞成。

"这里这么好，比我们家乡好多了。"彭如男说。

"热带地区有很多传染病，即使是医学已经很发达的现在，热带地区人们的寿命仍然是全球最低的。我们这里现在的人均寿命只有六十六岁，而你们国家已经达到七十七岁了。"克里说完后，等着卡西姆翻译，他估计，等卡西姆译完后，彭如男应该就不会再觉得这里好了。

果然，彭如男不再提问了，持续了两个小时的讨论终于结束了。其实，也没有进行什么讨论，只是克里单方面回答大家的提问而已。

回中国的机票已经订好了，这里的房子由卡西姆的大姐负责照看，大家想回来随时可以回来。

彭如男想起自己当初想来非洲时大家给她提出的各种困难，怎么现在卡西姆父母要去中国生活好像就没有任何困难？想来想去，她觉得，最起码有语言障碍吧？！

一天吃晚饭的时候，彭如男犹豫了半天，她怕自己的问题会让克里与瓦瓦巴误会，觉得好像自己不想让他们去中国生活似的，但她的理性还是没能抗拒住她的好奇心："爸爸、妈妈，你们要去中国，不担心语言障碍吗？"

克里与瓦瓦巴知道彭如男在与他们说话，但又不能完全听懂，他们望向卡西姆。卡西姆很自然地说："如男担心你们不会说汉语。"

克里立马笑了起来，轻松地用汉语说道："学习，我可以。"

瓦瓦巴也用汉语说："我也可以。"

困难，在能力弱的人面前才叫困难；在能力强的人面前，任何困难都可以迎刃而解。

十三

处暑已过，天气应该凉快下来了，但天气有时也不完全按照节气走，就像任性的小孩子一样，家长希望他这样做，他偏要那样做。

一下飞机，彭如愿与彭如男作为当地人，很想让初来省城的卡西姆父母能够体会到北温带秋季的凉爽，但事与愿违，这里的天气好像比地处热带的达累斯萨拉姆还要热。

一出机场，一股热浪迅速包围了过来，连彭如男都有点不太适应了，一直在心中埋怨着那该死的太阳。她不时看向克里与瓦瓦巴，看他有没有变得心情烦躁——幸好没有，他们二人仍显得那样轻松与愉快，就好像这种炎热对他们而言不算什么。

天气虽然不争气，好歹街景还是比较争气的。这里的高楼比达累斯萨拉姆的高楼高很多，也多很多。此时正值人们下午上班的高峰期，人行道上行人如织，车行道上车流不息，给人一种生机勃勃、欣欣向荣的感觉。再次向克里与瓦瓦巴看去，彭如男惊喜地发现，二人的脸上满是欣慰与喜悦之色。

克里与瓦瓦巴也住进了彭如男父母来时住过的那个宾馆。二人刚简单洗漱毕，就有快递小哥送来快餐。

"现在时间不早了，大家先简单吃点，咱们晚上再吃大餐。"卡西姆一边用毛巾擦着手一边说着。

"这……你什么时候订的餐？"克里眼睛里满是疑惑。

"就在半小时前，咱们刚订好房间的时候。"卡西姆轻松地说着，全然忘了这个简单的事情在他父母眼里是全然的不简单。

"半小时就能送到？中国果然是世界上生活最方便的国家。"瓦瓦巴也对这件"简单的事情"给予了极高的评价。

半下午时吃了快餐，因而大家都不想早早地去吃晚饭。但总归是得吃，于是卡西姆就安排大家晚上九点去饭店吃饭，同样是安排在彭如男父母来时吃饭的那个饭店。

克里与瓦瓦巴又很疑惑："这么晚了还有饭店开门？路程远不远呢？路上安全不安全呢？"

"这个时间段正是去饭店吃饭的黄金时间；这里距饭店不远，步行就可以去的；路上绝对安全，在中国不用考虑安全的问题。"卡西姆一一回答了他父母的疑问。

"和你父母说什么呢？"彭如男看卡西姆与他父母终于交流完了，小声地问了一句。

"我父母担心安全问题呢。"卡西姆拣主要的与彭如男说了一下。

"还担心安全问题？"彭如男露出了诧异的表情，因为在她看来，这是根本不用考虑的问题。

晚上九点的时候，虽说太阳还没有落山，但气温已明显地降了下来，一行人心情愉快地步行去饭店吃饭。

吃完饭已经是晚上十一点了，爱丽丝与彭如愿回学校去了，其余四个人回到了宾馆。

卡西姆的中国国籍已经办下来了，现在他可以在中国购房、找工作了。为了方便，卡西姆和彭如男买了一套二手房，房内装修、家具、电器一应俱全，房子面积很大，是一套五居室，他们同克里、瓦瓦巴住在了一起。

当彭家良把卡西姆给的二十万元彩礼转给彭如男，让她用于买房子时，克里与瓦瓦巴早已支付了全部的房款。彭如男只得与他们商量，用二十万元买了一辆小轿车。

房子有了，车子也有了，卡西姆一家人的生活基本安定了下来。

彭如男又应聘回她当生活老师的那个幼儿园，不过，这次不是当生活老师了，她应聘上了英语教师的岗位。

卡西姆上学时成绩优异，现在又有了中国国籍，西部大学邀他回校任教，在国际学院教授他热爱的专业——汉语言文学。

新学年开学的时候，彭如愿申请调换了专业，他不想再学少数民族语言文学了，他要学世界民族宗教文化——与爱丽丝同一个专业。

从某种意义上来说，彭如愿还应该感谢彭如男，是她的那个看似荒谬、实则纯朴的想法让自己有了去非洲的机会，有了接触克里的机会。

去非洲之前，彭如愿先是经历了失去最亲之人的痛苦与迷茫，后又认识到在自己的故乡，人口大量流失，信仰恐无法传承的残酷现实。在这样的双重打击下，彭如愿的内心是煎熬的、灵魂是痛苦的。

当他来到非洲这块诞生现代人类的古老土地，见到了比胡杨树更长寿、对人类的生存更有价值的猴面包树时，彭如愿对胡杨树的神圣性有了重新的认识。他以前虽然也对灵魂附在胡杨树上的说法有过怀疑，但他对胡杨树的长寿与胡杨树在抗击风沙、护佑他们这一方水土上的贡献还是非常认可的。一直以来，他都这样想：作为彭家庄第二百零一代嫡系传人，他愿意坚守这一方土地，愿意继承祖先传下来的传人文化。

但当他见到猴面包树，知道猴面包树比胡杨树更长寿，比胡杨树更能为人类提供生存所需的各种资源，并且也被当地人称为"圣树"的时候，他才知道自己心中所坚守的那些在这地球上并不是唯一。那可能是人类在与大自然的相处中渐渐形成的一种具普遍性的现象。"普遍就普遍吧，不神圣就不神圣吧，可它终究是人类在与大自然相处过程中形成的，是人类为了慰藉自己而产生的，理应得到尊重与传承。"就在彭如愿对传人文化、圣树文化，以及在地球上仍然传承着的各种宗教文化有了新的思考时，这个思考结果又被克里的一番话颠覆了。

彭如愿永远也不会忘记，在达累斯萨拉姆的那个下着大雨的午后，在克里家的客厅里，克里对宗教文化的那段评述。

在克里的评述里，各种宗教都是人类的一种自我安慰，都源出人类期望能得到外部力量的加持。

这个来自现代人类发源地的克里，这个从小就接受乞力马扎罗山雪峰神灵思想的克里，怎么会对宗教文化有这样的深入理解呢？

彭如愿受克里影响，回到学校后果断地调换了专业，他要认真研读各民族的宗教文化，他要自己去寻找答案。

爱丽丝也是学习世界民族宗教文化的，在见到克里之前，爱丽丝对宗教的一些说法处于不信任状态，觉得宗教就是统治者愚化老百姓的一个工具。但她对基于尊重祖先所形成的文化还是比较欣赏的，觉得这种文化在增强凝聚力、稳定人心方面还是有很大作用的。但当她见到克里，听到克里对所有宗教文化的评述后，她的思想也起了轩然大波，她也希望用自己的方式去考证克里思想的正确性。

有着共同理想的年轻恋人，努力实践着，这个过程是艰辛的，同时也是甜蜜的。

五年后，彭如愿与爱丽丝不仅完成了大学与研究生的所有课业，而且他们还利用假期时间、实习时间去世界各地了解了各式各样的宗教。目前，地球上有两千多个民族，而宗教大约有八千多种。

无论信仰什么，在漫长的历史长河中，人类并没有因为信仰而减少战争。彭如愿与爱丽丝经过五年的考察终于从实践中了解到克里思想的正确性。

人类已经进入了工业化时代，人们利用先进的工业设备可以轻松地从地球上获取生活所需的所有物资，那为什么还要发动战争呢？皆因人类都在灵魂深处藏着一个"贪"字：对生活物资的贪，对权力地位的贪，对安全边际的贪，对灵魂寄托的贪。

有人说，欲望是人类发展与进步的原动力，每个人内心深处都是有欲望的。是的，人的思想无时无刻不在大脑中奔腾，每个人的思想都是无界的，但假如对这无界的思想不加以管控，任由其发展壮大，并且这个思想还是以压榨别人的生存空间、榨取别人的劳动成果，甚至牺牲别人的生命为代价来达成的，那这种思想就是一种可怕的贪欲。

如何避免人类生发出可怕的贪欲，这应该是人类意识觉醒以来一直面临的难题。彭如愿与爱丽丝也终于直面这个难题了。

十四

研究生毕业后，彭如愿与爱丽丝都成功申请到去西部社会科学院工作的机会。

彭如愿最终没有回到他的家乡生活，这是彭如愿走出狭隘的思想，朝着更高、更广、更深空间的一次跨越。

参加工作后，经过六年恋爱长跑的彭如愿与爱丽丝，终于修成了正果，结成了夫妻。结婚典礼并没有按照传统习俗在彭家庄的祭场举办，只在省城简单办了一下。爱丽丝的父亲戴维、母亲米波尔远渡重洋，从美国来到省城参加他们二人的结婚典礼。

彭如愿虽是第一次见爱丽丝的父母，但他们二人对他来说却没有一点陌生的感觉，因为他们一直鲜活地生活在爱丽丝的口中。

戴维与米波尔第一次来中国，在彭如愿和爱丽丝的陪同下，他们参观了中国的好多地方，北京、上海、苏州、杭州、大理、丽江，甚至是最偏远的彭家庄、郭家庄，他们亲眼看到了中国社会的发展与繁荣、和谐与安定。

耳听终究为虚，眼见才能为实。经过近两个月的实地走访，戴维与米波尔终于相信了爱丽丝的判断：中国文化中可能蕴含着人类未来思想走向的基因。

为了能够让大家更加广泛地进行交流，彭如愿与爱丽丝有意安排戴维与米波尔去卡西姆家做客。

戴维与米波尔同克里与瓦瓦巴其实已经见过面了，在彭如愿与爱丽丝的婚礼上；只不过当时他们只是互相打了个招呼，并没有进行深层次的交流。这次戴维与米波尔专程登门造访，可把克里与瓦瓦巴高兴坏了。他们已经在中国生活了五年之久，足迹更是踏遍了中国的城市、乡村，高山、大川，对中国文化的了解恐怕比很多土生土长的中国人都更加全面与细致。只可惜曲高和寡，再加上他们外国人的身份，纵然他们对中国文化有千般认知、万般高见，除了彭如愿与爱丽丝偶尔来与他们探讨一下外，并没有多少人愿意了解他们的看法。

为了招待好戴维与米波尔，克里与瓦瓦巴早早就起床做准备。饮品准备了红茶、绿茶、咖啡、可乐、果汁，午饭准备了中餐、西餐，连午休的床铺上都备好了新的床单、被褥。

戴维与米波尔看到克里与瓦瓦巴的这些精心准备，很是不解。

"这是中国的习俗还是坦桑尼亚的习俗，这热情的待客之道？"戴维用英语问道。

今天，所有人都可以用英语交流了，不需要翻译了——彭如愿与彭如男的英语已经没有问题了，完全能够听得懂日常的对话；当然，卡西姆与彭如男所生的两个男孩子与照顾他们的保姆除外。

"这……应该没有区别吧？！中国与坦桑尼亚在待客方面都比较热情。"克里自豪地说道。他一直认为中国和坦桑尼亚的传统美德很相似。

"待客上，坦桑尼亚与中国是可以一比的，还有很多方面它们都是可以一比的；但在文学上，二者可是根本没有可比性。世界上任何文学都无法与汉语言文学相媲美。"酷爱汉语言文学的卡西姆发表了自己的观点。

"何以见得？"戴维问得十分简洁，倒不是他不认可卡西姆的观点，而是他想借这个提问让在座的所有人的关注点都集中在同一方向上。

"汉语的诗词太美了，它不仅讲究内涵、意境，还讲究韵律、对仗，并用集观赏性与艺术性为一体的书法表现出来，不仅让人读起来朗朗上口，看起来赏心悦目，还能把人带入一种境界，一种超凡脱俗的境界——觉得它不仅仅是一种语言，而且是一种艺术，一种可以夺人魂魄的艺术。"卡西姆好像穷尽赞美之词也无法言说出汉语诗词在他心目中的优美程度。

"你不会真觉得是汉语的诗词拯救了中华文明吧？"听完卡西姆对中华诗词的赞美，彭如愿忽然想到了一个一直困扰他的问题，那就是为什么四大文明古国只剩下了中国。

"有点意思，这是很有可能的——北方的少数民族不是有好几次入主中原的机会嘛，可最后他们的文化不是都消弭在汉文化中了吗？"对世界历史颇有研究的戴维对彭如愿的问题表现出极大的兴趣。

"对，对！那些入主中原的少数民族看到如此优美的诗词，一定不忍心将它们毁灭，一定想去学习它们。"卡西姆也赞同道。

"要说诗词在中华文明的传承中起到了作用，那也一定是一部分的作用，不可能是全部的作用。中华文明能够传承五千年而不灭，一定有它更深层次的原因。"作为一名传人，彭如愿觉得在打破旧思想体系的同时，有必要再建立起一种新的思想体系，一种能够引领人类未来思想走向的体系。

"你是想把中华文明能够传承的全部原因都找出来？"戴维的思维非常敏捷。

"是的，即使不能全部找出来，也要把最根本的原因找出来。"彭如愿回答道。

"然后呢？"戴维追问着。

"然后把它传播到全世界，让全世界的人们都能汲取中华文明的思想精髓。"彭如愿说出了自己的宏伟蓝图。

"这个好，这样全世界就没有战争了。"克里对中华文明非常认同。

"这是非常难的。"戴维生活在发达的资本主义国家,对资本主义的本质认识得比较清楚。

彭如愿刚要说话,彭如男站了起来,说:"你们说的都太过高深了,我是听不懂的。"她第一个离开了讨论现场。

"我对你们的讨论内容不是很感兴趣,对不起,我去看看孩子们。"米波尔也站起来离开了。

"你们继续说,我去陪陪米波尔。"瓦瓦巴本来很想听听大家的想法,但出于礼貌,她觉得她应该去陪米波尔。

讨论现场只剩下了四位男士与一位女士。

"如愿,你刚才想说什么?"很显然,克里对讨论内容是非常有兴趣的。

"我觉得中华文明传承了五千年,没有发展出极端的禁锢人的思想的宗教信仰,那么,这种文化中一定有满足人类思想追求的东西。"彭如愿边想边说,说得很慢,唯恐表达得不够清楚。

"你们不是有儒教、道教吗?"戴维对中国文化还是比较了解的。

"我们的儒教、道教不是严格意义上的宗教,可以说,它们只是规范人们的一些行为方式。比如,道教讲究'道法自然、天人合一',儒教讲究'仁、义、礼、智、信'。"彭如愿娓娓道来。

"中华文明博大精深,但要推广到全世界恐怕是不现实的。"戴维思考问题时总能抓住问题的核心。

"那当然不现实,即使是中国人,也不可能把中国文化全部掌握。我想做的是,找出中华文化中引导人们思维的那个精髓,然后把它传播到全世界。"彭如愿一副胸有成竹的样子。

"这恐怕也不是一件容易的事。这里有两个步骤:第一,找出中华文化中的思想精髓;第二,传播到全世界。每个步骤都不容易做到。"戴维说出了自己的看法。

"这我知道。要完成第一步，就要找一些对中华文化非常了解的学者，成立一个专门的机构，专门研究中华文化思想精髓的问题。至于第二步，可以依赖像您这样的认同中华文化的各国学者进行推广。"彭如愿说出了自己的打算。

"学者们，咱们可不可以先吃饭，下午再讨论？！"瓦瓦巴向大家发出了邀请。

"哈尼老师肯定愿意参加咱们的研究。"爱丽丝一边向餐厅走一边同彭如愿说。

"要成立研究机构总得找一个办公的地方吧？这个地方由我来找。"克里见大家都在餐桌边就座了，便高兴地说道。

"你是嫌闷，想找一个散心的地方吧？"瓦瓦巴笑着看向克里。

"我恐怕是不能参加你们的这个研究机构了，过几天我和你妈就要回美国了。"戴维遗憾地向爱丽丝表示。

"没事，爸，我们可以在网上建立一个工作平台，您在网上参与研究就行。"爱丽丝轻松地回应道。

"那我也可以邀请我大姐夫刘沪生利用平台参与到研究工作中来，他对中国文化的研究比我深刻多了。"彭如愿看着爱丽丝说道。

"既然网络上可以参与，那手机上也应该可以参与呀！"彭如男对彭如愿说，"你可以给爸、妈打电话问那些具体的风俗习惯，也可以给改良爷爷、家辉大爷打电话。我觉得中华文化的精髓不一定非得是文化程度高的人才知道，文化程度低的人也是知道的呀！"彭如男一改刚才不愿意参与讨论的状态，提出了一个合理且有效的田野调查途径。

"你不是对我们的这项研究不感兴趣嘛，怎么还能提出这么好的建议呢？！"彭如愿高兴地夸着彭如男。

"不是不感兴趣，而是你们总把简单的事情说复杂。"彭如男的话令全家人都忍俊不禁。

"如果电脑、手机都可以参与，那我也可以在课堂上给学生发一个调查问卷，题目是'你觉得中国人的哪种品格最能代表中国文化'。"卡西姆也想出了一个好办法。

"看来热饭也堵不住大家的嘴。"瓦瓦巴笑着说道。

说干就干，克里下午就出去找房子了。房子要离克里家近一些，从目前的情况看，能长期驻守办公的成员也只有克里一个人，其他人都得利用业余时间。

彭如愿打了一下午电话，能够想到的人他都打了，只问大家"中国人的哪种品格使得中华文化得以传承"这一个问题。

彭家良说："尊敬长辈、听祖先的话。"

彭听雨说："善良与爱心。"

彭家辉说："个人利益要服从集体利益。"

彭改良说："凡事都要站在对方的角度考虑。"

刘沪生说："不等、不靠，一切凭自己。"

哈尼老师说："尊师重教。"

……

彭如愿把大家的意见整理了一下，觉得大家的意见都对，但又好像都没有抓住"灵魂"。

晚上回到家里，彭如愿心潮澎湃，他思虑良久，从女娲补天到后羿射日，从大禹治水到愚公移山……一个个先人同自然同困难做斗争的故事浮现在眼前——他们或许身单力薄，或许瘦骨嶙峋，或许衣衫褴褛，或许饥寒交迫，但在面对困难的时候，他们都选择用自己微弱的力量去战胜困难，而不是去怨天尤人。

任劳任怨、怨天尤人，这是一对反义词，代表两种思维，而基于这两种思维发展出来的品格也是截然不同的。

　　中华民族从来是任劳任怨，从没有发展出指望上帝去帮助自己的宗教——不指望上帝帮助自己，进而也不会指望别人来帮助自己；不指望别人帮助自己，就对别人的无私帮助心存感恩。于是，就有了"仁、义、礼、智、信"的社会风尚。

　　彭如愿想到这里，心里好像有了一片光明，他觉得自己找到了人生奋斗的目标，自己的肉体与灵魂都有了可以寄托的地方。

情感

一

　　人是有感情的，非常复杂的感情，这应该是宇宙中一条颠扑不破的真理吧。

　　五十多岁的杜如月赋闲在家已经好几年了，心里总有一种被抛弃在茫茫太空的恐惧，不知是找不见时间了，还是找不见空间了。

　　身边的人离自己越来越远，这倒不是指空间上的距离，而是指心理上的距离。每天在小区里、街道上碰到的人竟没有一个可以与自己推心置腹地进行交谈。

　　小时候最亲自己的奶奶早已去世多年，最关心自己的父母也渐渐老去。父亲的听力越来越差，交流起来已经有些困难，并且父亲也变得越来越固执，不怎么好交流了。母亲前几年因脑积水做过两次手术，虽然万幸恢复得还可以，生活能够自理，但身体素质与记忆力明显下降，不再是以前那个能够关心自己、照顾自己的母亲了。

　　杜如月还有两个妹妹，杜望月与杜似月——在别人眼里，姐妹情深，这样的三姐妹是再好不过的了；但杜如月心里明白，作为姐姐，关心与照顾妹妹是天经地义的，至于妹妹们对自己的关心那就是聊胜于无了。

　　杜如月在太原还有很多同龄的朋友，有上大学时的同学，有参加工作后的同事。大家在年龄小的时候，都玩得非常好。可随着年龄的增长，杜如月渐渐觉得这些好友已陆续离自己而去：有的是因为际遇不好，不愿意与别人来往了；有的是因为越来越膨胀的嫉妒心把昔日的友情搞得支离破碎了；有的是因为越来越懂人情世故，把自己装在虚伪的面罩里，不再以真面目示人了。

"别人的情况应该好一些吧。"杜如月总是把自己的孤独归咎于自己性格的孤僻。

望着天上的繁星，她想，那正如地球上一个个的人，虽然能够相望，却永远不能相交。杜如月觉得自己之于人群正如地球之于宇宙——渺小而孤独。

二

七月中旬，刘竹梅给杜如月打来了电话，说她父亲去世了。

刘竹梅是杜如月的好朋友，刘竹梅的父亲刘国中是杜如月父亲杜三文的好朋友。

刘国中在去世前一直生活在五台县五级村，这里也是杜如月的故乡，是杜如月自小生长的地方。直到二十世纪八十年代，国家落实知识分子政策，杜三文才把全家人的户口从农村迁到城市，杜如月才离开了五级村。又过了几年，因村里的老宅无人照料，父亲便以很低廉的价格将老宅卖给了对门的邻居。

至此，五台县五级村在杜如月的心中便只剩下片段式的回忆了。

刘国中去世时享年八十二岁。

老人去世这样的事件每天都在地球上上演。在浩瀚宇宙中，更不知有多少星星在眨眼间便陨落了。但那些人、那些星都是杜如月不认识的，都与杜如月的情感世界无关。

刘国中是看着杜如月成长起来的，是杜如月成长的见证人之一，也是杜如月敬重与热爱的长辈。刘国中的去世让杜如月伤心不已。

刘国中的灵枢要在自家院子里停放十四天。到了发丧的这一天，杜如月一早便开车带着父亲杜三文、母亲王秋竹、妹妹杜望月回阔别多年的老家。

他们一行四人到达村里时已近中午，给刘国中祭奠的人基本都祭奠完了，他们一家算是最晚的了，祭奠用的案桌上、盘子里落了许多纸灰。

杜如月把盘子里的纸灰用嘴吹了吹，把精心准备的四种点心放了进去，看了看摆在灵前的刘国中的遗像，那样熟悉的面容，只一眼，心底那股酸楚的潮便直涌到眼中。她赶紧望向天空，以免眼泪洒落灵前。

刘竹梅身穿白布孝衣，头戴白色孝帽，腰间系着麻绳，站在她爹棺材右侧，边哭边说："爹，你的好朋友看你来了。"话音刚落，在场的人无不唏嘘落泪。

随后，杜如月一家人又一一点了香，烧了纸钱。大家还没有从悲痛的情绪中回过神来，就被告知，要去村口的饭店吃饭了。

村口饭店的饭已经和城市里的口味差不多了，没有了杜如月儿时事宴饭菜的香味了。前来吃饭的人，有杜如月儿时的老师、同学，有一起长大的伙伴，年龄小一些的，也可从眉宇间看出其长辈的影子。杜如月被这种亲切的氛围包围着、裹挟着，心中充满了温情。多长时间不使用的家乡话，说起来竟没有一丝违和感。短短一顿饭的工夫，杜如月已经把村里的好多情况了解清楚了，清楚得就好像自己从来没有离开过。

饭后，刘国中的棺材由专门的发丧机构负责运输、下葬，只有儿子、孙子跟着到坟里去，参加葬礼的亲戚、朋友便各自散了。

时间还早，杜如月一家回来一趟不容易，便走访了几位老邻居。

饭店背后的一条小巷，住着五六户人家，从里面数第二户人家是李明亮家。李明亮家搬来这里已经三十多年了，以前他家也在东坡地，和杜如月家门对门。

杜如月一家四口出现在李明亮家门口的时候，弄得前来开门的李明亮的儿媳妇有点手足无措。李明亮闻声走了出来，一见是故人，便赶紧将四人迎了进去。

李明亮是村里有名的能工巧匠，多年前就组织民工队到省城太原盖楼房，自己家的房子盖得好那是不必说的。两进院落，中间有花栏隔着，院里种着豆角、西红柿等，长得郁郁葱葱、架得整整齐齐，一看就知道有一位对生活充满热情又勤快的主人在打理。进得屋内，很是宽敞，客厅、卧室、厨房、卫生间一应俱全，住在这里比住在城市里的单元房还要舒服。

一间小卧室里，摆放着李明亮爱人的遗像。李明亮的爱人叫张反桃，她与杜如月的母亲王秋竹相交甚厚。

当王秋竹得知张反桃已于三年前去世时，悲痛的情绪一时难以克制。李明亮把张反桃生病、治疗、去世的过程详细讲了一遍，王秋竹一会儿大哭，一会儿小哭。杜如月受母亲情绪影响，整个过程也是泪流不止。

从李明亮家出来，杜如月一家又来到卖掉的老宅前看了看。

老宅卖给了李明亮的侄儿李建堂。李建堂比杜如月大几岁，以前住在杜如月家斜对门。李建堂家与杜如月家几代人都是好邻居，所以对杜如月而言，李建堂这个名字是可以和故乡这个名词画等号的。

老宅的门已重新修建了，院子里的房子也都推倒重建了，已然没有了旧时的影子，只有院子里的地砖还有一部分是旧时的模样。

杜如月一家互相看了看，都显出若有所失的样子。

李建堂两口子热情地招待了杜如月一家，介绍了村子里的情况，不外乎哪个邻居去世了，哪个邻居搬到城里住去了。

时间在交谈中飞快地流逝，虽是盛夏，昼长夜短，但天空还是在你一句我一句中渐渐暗了下来。

李建堂两口子热情地邀请杜如月一家住下，明天再走。考虑到母亲身体不太好，住在别人家休息不好，杜如月一家还是恋恋不舍地告辞了。

三

　　杜如月在老家仅仅待了一天，却好似跨过光阴无数。

　　三十年的过往浓缩于一天的交谈中，拨动了杜如月心底最敏感的神经，勾起了她内心最纯真的记忆。

　　那个以为迷失了自己，且经常感到恐惧、孤独的杜如月，终于在故乡找回了自我。

　　儿时的记忆如泉涌般袭来……

四

　　五级村地处五台县西南部，本是山区，因村南有滹沱河流过，靠近河床的地方便也有了一块肥沃的水田，可以种植水稻、莲菜等水地作物，使这个平凡的小山村有了江南水乡的一面。

　　五级村有个叫东坡地的小巷，小巷从里面数第二户人家有一座坐东朝西的三进院落，门口有三级台阶，有高高的门限、一扇木质大门。大门与一排西房齐平，西房最南面的一间是厕所，厕所东面有两间南房。这头进院有个南北窄、东西宽的小院子，院里铺着整齐的小石子。从东面上得两级台阶，便是二道门了。二道门有一个木结构的小厅，梁枋由四根碗口粗的柱子支撑着。二道门的正东面有影壁，不能直入，需从南北两面进出。从二道门出来，下一级台阶，就是二进院。头进院与二进院中间隔着砖砌的花墙。二进院东面是一个主厅，建在四级台阶高的基座上，台阶两边是用青石铺的斜坡。主厅面宽三间，前廊由四根柱子撑着，前廊的斗拱和额枋上绘有彩绘。主厅的门窗，上方都为窗棂，下面都是整块的木板。主厅的门限很高，屋顶中间高、两边低，地面用方形青砖铺设。

　　主厅两边是南北两个小院，北面小院细长，建有四间正房；南面小院建有两间东房，院子呈小正方形。主厅前面，南面是三间南房，北面是三间正房。院子里，中间是斜着铺设的方砖，两边是横着铺设的方砖。主厅东面的形制与西面的一模一样，由此可进入三进院。三进院在土改时被分了出去，主厅的东门就被封死了。整个院落整齐、紧凑，是典型的清代四合院。

王秋竹嫁给杜三文后就来在这个院子，已生活五年了，却始终没有生下一个孩子。可最着急的还不是他俩，而是杜三文的母亲朱兰英。朱兰英三十五岁才生下杜三文，对杜三文那是千般宠溺、万般珍爱。杜三文也没有辜负父母的期望，长得眉清目秀、聪明伶俐。杜三文的爷爷、老爷爷都是举人，到他父亲这一辈，赶上战乱，不能专心做学问了，但毕竟是书香门第，耳濡目染，文化修养极高，自然也对杜三文的早期教育非常重视。

在那个日本侵华战争全面爆发的年代，在那个平民百姓每日为安全与温饱煞费苦心的年代，杜三文的父母凭着祖上留下的一点家业，凭着节俭和辛劳，给了杜三文一个衣食无忧、琴棋书画全面培养的幸福童年。

新中国成立后，杜三文虽然在一定程度上受到家庭成分的影响，但还是凭着优异的成绩考取了大学。大学毕业后，他被分在了大同工作。为了照顾年迈的母亲，他迎娶了农村的妻子王秋竹。

母亲朱兰英最大的心愿就是，杜三文能早日给自己生个孙子，但期望越大，失望越大。朱兰英四处求神问医，各种偏方都让王秋竹去尝试，可几年过去了，还是没有效果。正当一家人就要放弃，准备领养别人家的孩子时，王秋竹竟奇迹般的怀孕了。

这年腊月二十八的半夜时分，正当家家户户都在准备过年的物什时，王秋竹生下了一个女孩子——虽然不是男孩子那样让人满意，但毕竟也给全家带来了欢乐气氛。再看这个孩子，长着两只大眼睛，黑眼球又大又亮，一看就是个聪明孩子，全家人喜不自禁。

望着孩子明亮的眼睛，杜三文给孩子取名杜如月，小名娆娆。

朱兰英得了这个孙女，整个人仿佛被注入了一股新的活力，就连裹了小脚的三寸金莲走起路来都铿锵有力了。她总在别人面前夸赞自己孙女如何聪明漂亮，有时连王秋竹都听得有点不好意思了，觉得婆婆有点言过其实。

"你们谁见过这么漂亮的孩子？这一定是天上的仙女下凡了。"对门李保全家的来看孩子，朱兰英也是止不住地夸耀着。

　　李保全家的与朱兰英年龄相仿，又住对门，与朱兰英关系最为亲厚，她自己的孙儿、孙女有好几个了，却仍然会经常来看看朱兰英的这个孙女。

　　"姈姈，你看谁来看你了？笑一个，笑一个！"

　　"刚过百天的孩子，哪里能听懂人话！"李保全家的笑着说。

　　可孩子却真像听懂人话似的，冲着人笑了。

　　"啊呀呀！你家的这个孩子果然伶俐，我家伟伟到现在都不会对我笑。你家叫姈姈，我家该叫茶茶了。"

　　伟伟是李保全二儿子李明亮的儿子，比杜如月早一个月出生，大名叫李建伟，小名叫伟伟。

　　朱兰英有个伶俐孙女的名声终于在五级村东坡地传播开了。于是，前来找王秋竹给孩子吃"开心奶"的人家便络绎不绝，搞得王秋竹很是忙乎，经常是东家进，西家出。给别的孩子吃得奶多了，留给自己家孩子的奶自然就少了。王秋竹是个厚道人，宁愿给自己的孩子吃一点奶粉，也不愿逆了别人的面子。东坡地比杜如月晚出生一年半载的孩子几乎都是吃的王秋竹的"开心奶"。

　　所谓"开心奶"，是指刚出生的孩子，因为自己妈妈的奶还没有下来，便先吃那些有着聪明伶俐孩子的正处在哺乳期的妈妈的奶。"开心奶"一般也就吃两三天的时间，等自己妈妈的奶下来了，便不再吃了。虽然"开心奶"只吃两三天，但既然是吃过一个妈妈的奶，大人一般便会让孩子认这奶妈的孩子为哥哥、姐姐。

　　所以，吃过王秋竹"开心奶"的孩子们都成了杜如月的弟弟、妹妹。在杜如月还不懂事时就被告知，要帮助、爱护这些弟弟、妹妹们。

杜如月四岁的时候，王秋竹又生下一个女孩子。生产时家里只有朱兰英在，她一看又是个女孩子，不满的情绪马上表现了出来。

"这是怎么了？我每天好心好意烧香拜佛，老天爷怎么这么无情，这是要让我们家绝后呀！"

再看这个孩子，一脸的湿疹，眉毛、眼睫毛基本没有，头发也只有发黄的、稀疏的几根，眼睛老是闭着，并且两眼之间的距离还挺远，鼻子平塌，嘴巴扁平。

朱兰英一看这孩子的长相，更是一脸的不悦，随口说道："这孩子是像谁了？我可亲不起她来。"

孩子出生三四天了，在外地的杜三文还不知道。王秋竹便拜托刘国中到公社给杜三文打电话。杜三文急切地想知道孩子是男是女，刘国中没明说，只说是回来就知道了。

刘国中比杜三文年长一岁，两人从小在一个班上学，都是班里数一数二的好学生。杜三文从太谷农大毕业后，先在大同工作，后又调到忻州工作。刘国中从忻州师范毕业后，先在忻州工作，结婚后，为了照顾父母妻女，便又调回了五台县五级村，在五级村小学当数学老师。刘国中生孩子早，当杜三文有了第一个孩子如月的时候，刘国中已经有两个女儿了，他深知盼儿子而不得的心情。这次面对好朋友在电话里的急切询问，他实在不忍将实情告诉对方，只好搪塞了一下。

杜三文心里已经明白得差不多了，但仍然对所生孩子是个男孩子抱有一丝希望，接到电话后的第二天他便请假回来了。

杜三文刚到家门口，就碰上了出门取东西的朱兰英。

朱兰英见儿子风尘仆仆地赶回来，又是埋怨，又是心痛："你怎么回来了？又不过年过节的。"

杜三文奇怪母亲怎么会说出这样的话："秋竹不是生孩子了嘛，我怎么能不回来呢？"

"又生了个丫头片子，不值得你请假回来。"

听了母亲的话，杜三文心里凉丝丝的，最后一点希望也化为了泡影，待在门口不愿进屋。

那时节虽然已过了谷雨，但在南房里坐月子的王秋竹还是感到阵阵凉意，门口婆婆与丈夫的对话清晰地传来，令她又是懊恼又是委屈，眼泪不由得夺眶而出。稍懂人事的杜如月见妈妈哭了，便一边用小手替妈妈擦拭眼泪，一边说："妈妈不哭，妗妗亲妈妈，妗妗以后保护妈妈，保护妹妹。"

站在门口的杜三文，听到女儿的话，这才回过神来赶紧进了屋，看着正伤心的妻女，心中满是懊悔。

朱兰英这时也取了东西回来。杜三文一方面是为了安慰母亲，一方面也是为了安慰妻子，便说道："咱们家现在可算是人丁兴旺了，我好好培养女儿，将来都让她们上大学，肯定比那些傻小子强。"

朱兰英、王秋竹见杜三文不太在意孩子的性别，心中的失落感也就减轻了几分，几天来萦绕在家里的沉闷气氛也得到了缓解。

自从有了妹妹，杜如月总是围绕在妹妹身旁，不时用手摸摸这里，摸摸那里，妹妹的眼睛也总是盯着姐姐看。就因为这，杜三文给二女儿取名望月，小名华妗。

一家人总算是想开了，但望月脸上的湿疹却越发严重了，已经结了硬硬的一层疤。朱兰英请来了本村的赤脚医生，医生说这是从娘胎里带的毒，要用盐每天擦脸才行，但是孩子会很疼的。

朱兰英没好气地说："疼也得擦，要不长个麻子脸，将来怎么嫁得出去！这二长余还真事多，不惹人亲。"

王秋竹见婆婆当着医生的面数落自己的孩子，心中很是不悦，悄声说道："谁不亲也要长大呢。"

王秋竹是个善良的人，当着外人的面不愿与婆婆顶嘴。朱兰英也觉得自己说的话有点过分，便不再多说什么了。

一家人按照医生的吩咐，开始给望月用盐擦脸。王秋竹抱着孩子，杜如月握着孩子的双手，朱兰英用棉布蘸着细盐，慢慢在孩子脸上擦。奇怪的是，孩子并没有太哭闹，只稍微哭了两三声。

经过几天的擦拭，望月脸上的疤慢慢退去了，脸上露出红红的细肉。一家人总算是安心了。

中秋节快到了，地处山区的五台县五级村，晚间已略有寒意。

杜如月每天坐在家门口，盼望着爸爸能早些回来。爸爸回来了，妈妈和奶奶就能好好说话了；爸爸回来了，家里就能吃上好吃的饭菜了；爸爸回来了，就能给家里拿回来钱，拿回来月饼，拿回来西瓜。

十四的晚上，天已经很晚了，杜如月瞌睡得厉害，便嘱咐奶奶替自己等爸爸，自个儿睡去了。

十五的早上，杜如月还没有彻底醒来，蒙眬中听到有男人的说话声。

"是爸爸回来了！"杜如月明亮的眼里闪着兴奋的光芒，一下子就从炕上爬了起来。灶台上放着月饼、苹果、西瓜等好吃的东西——爸爸真的回来了！

杜如月是个腼腆的女孩子，爸爸没回来的时候，天天盼着爸爸回来，现在爸爸回来了，反而不好意思到爸爸跟前了。

"你看妗妗还害羞呢！在爸爸跟前还害羞什么呢？"朱兰英最喜欢逗这个孙女了。

"我不害羞。"杜如月鼓起勇气跑到爸爸跟前。

十五的晚上过得还是很隆重的。朱兰英把月饼、西瓜、苹果等分成好几份，摆在炕桌上，端到院子里。一家人跪在桌子跟前，点上香，烧上黄纸，纸烧得差不多了，就对着月亮磕上三个头。这时小孩子是不能说话的，要悄悄的，说了话就代表对神仙不恭敬，神仙是要惩罚的。杜如月头皮发麻，大气不敢出，生怕弄出点声音神仙会怪罪自己。

仪式终于结束了，大人们都回屋里去了。杜如月仍然站在院里，凝视着天上的月亮，想着自己叫"如月"，就是说自己像月亮了，那住在月亮里的神仙会不会知道这事呢？会不会怪罪呢？满天除了月亮只有稀疏的几颗星。"住在月亮里的神仙一定是天上最大的官儿。"杜如月这样想着，开启了把自己与月亮联系在一起的一段心路历程。

天气越来越冷了。杜如月一家住在阴面的房子里，杜三文小的时候这屋是做书房用的。"四清"的时候，杜三文家因成分较高，自己住的正房与主厅都被队部收走了，只留下阴面的这个房子和南面的一个小院子。房子的门窗都是木板做的，虽然看起来好看，但很不挡风，天冷的时候，房子里也冷，放在门口的水瓮每天早晨都会结上一层薄冰。每当这时，李保全家的便打发伟伟到朱兰英家，叫朱兰英到她家去取暖，朱兰英每天都领着杜如月去。

伟伟奶奶家有干炒大豆、黑枣，杜如月每次去都能吃上几颗。她不好意思多吃，总是在伟伟奶奶的再三催促下，才拿上一颗吃。

两个奶奶坐在炕上说着话，做着针线活，两个孙子在地下吃东西、玩耍。

"这伟伟和妗妗从来不吵架，真能合得来，将来让我家伟伟娶下你家妗妗哇。"

李保全家的经常和朱兰英这样说。

杜如月六岁的时候，正月刚尽，姥爷就病了，王秋竹便带着她与妹妹住到了姥爷家。姥爷家在东建安，这里与五级村隔滹沱河相望。朱兰英也去了住在太原的女儿杜三香家。

秋收季节，姥爷病好了，王秋竹领着孩子们又回到了五级村。

村里发生了大变化。

家家户户门口都装上了小喇叭，那喇叭会播歌曲、讲故事。杜如月家里没人，便没有装上小喇叭。失望第一次这么彻底地笼罩在杜如月心头，杜如月央求妈妈到大队去买一个，可大队也没有了。从来不给大人找麻烦的杜如月第一次不听劝地哭了。

伟伟奶奶知道了这事，便把自己家的喇叭让给了杜如月家，她说自己老了，耳朵不好使了，况且院里三个儿子家，家家都有喇叭。

杜如月得了这个喇叭，对伟伟奶奶的感情更深了一层。她每天到伟伟奶奶家给伟伟奶奶剥玉茭，直到把手上的皮都磨破了。伟伟奶奶很过意不去，特意买了点心给杜如月吃。

农家的腊月是最忙的，家家户户都有数不清的活儿要做，就连五六岁的孩子都被派上了用场。

最先干的活儿是做豆腐。要先把黄豆泡好，大盆、小盆里泡的都是黄豆，放在热炕头上，黄豆发胀后就可以上磨了。磨豆浆是一项很费时费力的活儿，杜如月已经可以帮奶奶了，奶奶拉着石头小磨，杜如月给小磨加豆子。小磨很小，磨得很慢，从下午一直磨到半夜才全部磨完。奶奶已经很疲倦了，但还是强打精神给杜如月做了白面拌汤加鸡蛋。吃上这么好吃的饭，杜如月的疲倦立时不见了踪影。

更累的活儿来了。第二天一早就开始了做豆腐的第一步。先要烧一大锅水，这就需要一边拉风箱，一边往灶火里加煤炭。锅实在是大，烧开一大锅水要拉两个小时风箱。奶奶昨天拉小磨，累得胳膊疼；妈妈要在架在锅边的斜板上揉搓装在布袋中的昨天磨好的豆糊，以便让那黄豆原浆顺着斜板流入锅内，让布袋里只剩下豆渣。这样，拉风箱的任务就由杜如月承担了。

原浆终于全部流进了锅里，下一步就是点豆腐了。点豆腐的卤水是从别人家传过来的。这卤水在全村传来传去，供全村人做豆腐用。妈妈用一个大的铜瓢舀上半瓢卤水，再用小勺把锅里的豆浆舀到铜瓢里。稀稀的豆浆一进入铜瓢里，立刻就变成了豆花。妈妈一勺勺地舀，豆花一瓢瓢地变，最后，锅里的豆浆全部变成了豆花。

要进入最后一个环节了，那就是将豆花舀到模子里。模子是一个用木板做的长方形框子，里面铺有白布，把豆花舀进去，用白布从四周包好，再在上面用平整的石头压住。

至此，做豆腐的环节全部完成。大家从早上已是忙到中午，可豆腐在模子里还得压上好几个小时。杜如月不时打开白布看看，妈妈总是说还不行。

天快黑了，豆腐终于压好了。妈妈把模子撤走，露出了一大块压得瓷瓷实实的豆腐。

豆腐做好了，还不能吃，要把做好的豆腐分成小块，给邻居和亲戚家送去。伟伟奶奶家就要送四块，伟伟奶奶一块，她的三个儿子家一家一块。与杜如月家挨门住的上下邻居也都要送，还有老姨姨家、老舅舅家、国中伯伯家，做好的豆腐被送走了一半才算送完。

终于可以吃点豆腐了。火炉子上放上一口铁锅，加上荤油、葱花、花椒面，把豆腐打成小块放进锅里，满满一铁锅豆腐。等锅里的豆腐咕嘟嘟地烧开了，家里满满的都是豆腐的香味，最后加上一点干香菜、老黑酱，就可以吃了——只吃豆腐，什么也不吃，这是一年中吃豆腐最奢侈的一次。

忙碌与辛劳从这香香的一锅豆腐中得到了回报。

其余的豆腐被打成手掌大小的块，放进一个装满凉水的大水缸里。这些豆腐要等到过年的时候或者是有客人来的时候才能吃。

做完豆腐后，第二件要干的大活就是摊摊饭了。这也是一件很累人的活，先要把糜子面和得稀稀的，盛在好几个大的面盆里，放置在炕头上，用棉被包好，等到面糊糊发酵后，就可以摊摊饭了。

摊摊饭的时候，家里一般要生三个火炉。杜如月自家只有两个火炉，伟伟奶奶让她家二儿子李明亮又送过来一个。火炉里烧的是早就准备好的无烟煤，冒着蓝色的火焰。炉子上放上铁鏊子，铁鏊子加热后，用蘸子蘸上油在鏊子里抹一下，再用小勺舀上发酵好的面糊糊倒进鏊子里，盖上盖子，一会儿摊饭就熟了，用铲子一铲，一张黄灿灿、松软香甜的摊饭就做好了。

妈妈年轻，手脚利索，一个人同时看两个火炉，奶奶看一个火炉。

做摊饭虽然看似简单，但很费时间。一张摊饭只用一点点面糊，要把好几大盆面糊全部摊好是很费时间的，家家户户摊摊饭这天都要熬夜。

杜如月和妹妹杜望月早就吃饱摊饭睡下了，家里的土炕热乎乎的。桌子上、柜子上摆满了摊好的摊饭，奶奶和妈妈还在继续摊着，杜如月在温暖的、幸福的氛围中睡着了。

第二天早上，杜如月一睁开眼，满眼都是黄灿灿的摊饭。奶奶和妈妈早就又干开活了，要把凉凉了的摊饭整整齐齐地放进瓮子里。杜如月也想帮忙，但瓮子太深，她够不着下边，只能把放在远处的摊饭拿给奶奶，让奶奶放进瓮子里。

摊饭也是要送人的，近处的就由杜如月去送，远处的则由奶奶和妈妈去送，有的送七个，有的送十个。

腊月二十三是灶王爷上天的日子。一早起来就要在灶头上贴上"上天言好事，回宫降吉祥"的对联，还要给灶王诸君供上麻糖。

麻糖黏黏的、甜甜的，据说这是用以黏住灶王爷的嘴，不让他在天上的各路神仙面前胡说八道。

这麻糖完全是借着"灶王爷的名儿"，美了"孩子们的肚儿"，在灶头供不上五分钟，就被紧盯着的孩子们一抢而空了。杜如月还算听话，直等到妈妈说"可以吃了"才敢动手。妹妹还小，够不着，也是踮着脚尖想拿麻糖吃，杜如月便一次拿两块，一人一块。因为麻糖遇热就会化开，那些装在口袋里的麻糖就会和口袋布粘在一起，拿也拿不出来。当然，这也难不倒喜欢吃麻糖的孩子们，他们会把衣服口袋翻出来，用嘴咬着吃。

吃麻糖只是前奏，腊月二十三，在北方是小年，送走灶王爷，家家户户就开始了过年前倒着数的日子。

腊月二十四，先是打扫家。这可不是平时简单的擦桌子、扫地，而是要彻底地大打扫一次。把一根长棍子与鸡毛掸子绑在一起，家里的墙壁，还有顶棚，都要掸一次。家具要用软布子蘸上煤油擦，擦得亮亮的。妈妈与奶奶负责掸家，杜如月负责擦家具，小小的身影不停地忙碌着。

然后要干的就是拆洗被子。烧上一大锅热水，奶奶与杜如月负责把被子拆开，妈妈负责洗。

"慢点，小心点，针锥子不要对着眼睛挑，要平挑。"奶奶唯恐杜如月把针锥子挑进眼睛里，时不时地嘱咐着。

腊月二十四基本上就把要拆洗的被子都洗好了，二十五的主要任务就是绗被子了。妈妈与奶奶一人一头地绗，杜如月负责把棉线按照被子长度的一点五倍分成一段一段的，以方便妈妈与奶奶取用。

腊月二十六、二十七，主要任务是蒸各种面食。一年都不怎么舍得吃的白面，在这几天可劲儿用。蒸出来的面食有馍馍、花卷、枣山，还有各种形状的面鱼、面人、面鸟等。

村里的几个巧手在这几天更是忙得不可开交。付良大大最拿手的就是捏面鱼，一块面团在她手里只消两分钟就能变成一条栩栩如生的鱼：把面团搓成一根长条，在三分之一处把鱼头留出来，用黑豆给鱼装上眼睛，用梳子把鱼尾巴一压，再用小剪子把鱼身两旁剪上两刀就成了鱼的两个鳍。付良大大捏的面鱼各式各样，胖瘦、大小、弯曲程度各不相同。她一般是刚来这家坐了不到十分钟，捏了五六条鱼，就被另一家请走了，真可谓是忙得"脚打后脑勺"了。

面鸟、面人捏得最好的人家是住在离杜如月家比较远的张万金家。可"能人"都很忙，实在是等不来，王秋竹就自己捏了。杜如月也想照着妈妈的样子捏，把一块白面搓了又搓，直到把白面搓成黑面了，也没有捏出个人样来。

各种面食一锅一锅地蒸，蒸好后，凉一凉，就放进早已准备好的瓮子里。

腊月二十八是杜如月的生日，每年的这一天，妈妈总是包包子，有猪肉大葱馅的，有羊肉胡萝卜馅的。

今年的猪肉包子格外好吃，杜如月一口气吃下五个大包子，奶奶吃惊了："啊呀呀，这可了不得了，吃住呀！"看着奶奶吃惊的神情，杜如月觉得奶奶未免太大惊小怪了，但想再吃一个的念头也打消了。

腊月二十九，要"烧煨"很多东西。"烧煨"其实是指用油炸东西：炸猪肉、炸土豆、炸豆腐、炸豆腐丸子。

"烧煨"用的是荤油。把攒了一冬天的猪油切成小块，放进锅里，一会儿工夫，锅里的猪油就伴随着噼里啪啦的声音被煎成了油渣渣，用笊篱把油渣渣捞出来，锅里就剩下清清的油了。

先炸猪肉。把猪肉切成手掌大小的块，在锅里煮个七八分熟，抹上红颜色，下到油锅里炸，炸到外皮红红的，用筷子往肉里一扎，能扎进去了，肉就可以出锅了。

再炸土豆。把土豆洗净，切成小块，先在锅里蒸个半熟，再抹上红颜色，放进油锅里一炸，红艳艳的炸土豆就做好了。

再炸豆腐。豆腐切成薄块，先在蒸笼里蒸一下，这样豆腐就变得劲道了，再抹上红颜色，下油锅里一炸，待豆腐外皮变红、变硬，就算炸好了。

最后炸的是豆腐丸子。这可是东冶的特产。炸豆腐丸子是需要手艺的，弄不好丸子就会炸开，弄得油锅里全是豆腐沫沫。为了避免丸子炸开，就要把豆腐在盆里使劲搓，只有搓到位，豆腐才能黏到一块去。搓好后，在里面加点盐和花椒面，然后揉成一个个圆圆的丸子。

揉丸子可是小孩子们的最爱。杜如月手脚麻利，一会儿揉一个丸子，妹妹杜望月也能揉丸子了。奶奶怕小孩子们揉的丸子不紧实，总要重新揉上一遍。杜如月觉得自己的劳动成果没有得到肯定，不肯让奶奶揉自己揉好的丸子。可是，没有经过奶奶再加工的丸子果然在油锅里炸开了，杜如月觉得很没面子，便不再参与揉丸子了。

豆腐丸子终于全部炸好了，外焦里嫩的豆腐丸子，咬一口，满嘴香味。吃豆腐丸子，要像吃灌汤小笼包一样，不能太大口，因为里面水水的，不小心的话会烫到嘴。

腊月三十除夕夜，是过年最隆重的时刻。年夜饭做得非常丰盛，主食有包子、饺子、馒头，凉菜有海带、莲菜、豆芽、土豆丝，热菜有烩菜、炒盘子（一种菜名），还有四海碗蒸菜，蒸的就是烧煨下的猪肉、土豆、豆腐、豆腐丸子。

吃年夜饭的时候，也是一家人最全的时候。一家人围坐在炕桌上，吃着香喷喷的美食，说着各种吉利的话，一年的辛劳仿佛被这一口口的美味化解了，只留下满足与幸福。

孩子们眼中的过年可不止吃好东西这么简单。吃完年夜饭，妈妈们就把孩子们的新衣服拿出来了。家境好一些的，从里到外全要换新的；家境不太好的，也要给孩子们做一身新的外套。大人们一般是不做新衣服的，家里的布票和钱是不能满足全家人都穿新衣服这一需求的。

王秋竹既会裁衣服，又会蹬缝纫机，除了给杜如月、杜望月做衣服外，还要给她弟弟家的三个孩子做衣服。东坡地的邻居知道她心灵手巧，有让裁衣服的，有让缝衣服的，还有连裁带缝都交给她干的。王秋竹的腊月比别人更忙碌。

除夕夜，杜如月、杜望月枕头底下压着新衣服，二人甜甜地睡去了。可感觉还没睡多久，二人就被爆竹声炸醒了。开始还是零零星星的声音，过不多一会儿，杜如月还没来得及将新衣服全部穿好，外面的声音就好像战场上打开了机关枪，噼里啪啦地连成了一片。

爸爸早已起来生起了旺火，待杜如月姐妹来在院里，爸爸就把准备好的鞭炮拴在一根棍子上，让杜如月把棍子举起来，爸爸把鞭炮点燃，一小串鞭炮像火龙一样在空中燃爆。望月胆子小，只敢站在门口看。放完小炮，爸爸再放几个二踢脚，这过年的序幕就算开启了。

鞭炮声渐渐稀疏了，天还没有大亮，天上的星星还隐约可见，空气中到处弥漫着硫黄那刺鼻的味道。

刚刚换上的新衣服有点单薄，从热被窝里带出来的热气也渐渐散去，杜如月打了一个寒战，赶紧转身回了屋里，妹妹倒是早就回去了。

妈妈与奶奶正在准备接神的东西。捞点小米饭，做点小菜，拿上一个白馒头，再把这些都放在一个木盘子上，端到院子里，放在方桌上；又拿一个木质小碗盛上半碗炭灰，把香插进灰里。全家人都跪在方桌前，妈妈一边烧黄纸，一边嘴里念叨着："爷爷家，回来哇，保佑我家今年大吉大利。"待黄纸燃尽，全家人一起磕三个头，算是把腊月二十三送走的灶王诸君接回来了。

杜如月家大年初一是吃素食的，这是祖上流传下来的习俗，比较好做，全是腊月里准备好的，蒸上馒头、面人，夹点凉菜就可以开饭了。姐妹俩一人一个白面捏的鸡，妈妈说要让鸡鸹开孩子们的心，让孩子们变得聪明伶俐。望月小，吃不完一整个面鸡，那就只吃一个鸡头。吃完早饭，锅里要留下一个面鱼"看锅"，寓意"年年有余"。

吃完饭的饭桌还没有收拾完，院里就来了捡"炽火"的孩子们。"炽火"是指没有捻儿的小炮。孩子们把"炽火"从中间折断，露出里边的火药，把点着的香对着火药，伴随着刺刺的声响，火药发出耀眼的光芒。火药量很少，光亮转瞬即逝。孩子们口袋里装满了从各家各户捡来的"炽火"，淘气的男孩子还会把点着的"炽火"往胆子小的女孩子跟前扔。

燃放"炽火"也是过年的重要内容，是孩子们的一大乐事。

早饭过后，家长们准备好了去坟里祭奠祖先的各种东西，拿上木匣子，叫上在外边疯玩的孩子们，去坟里给祖先烧纸。初一去坟里是大人、小孩、男人、女人都能去的。

去坟里的人络绎不绝，但凡还能走得动道的，基本上都要去。坟地里的人很多，大人把准备好的吃食、纸钱都摆在坟头，把纸钱烧掉，把吃食扔在坟墓周围。孩子们在坟头跑来跑去，有的还要燃放爆竹，完全没有对死去之人的恐惧，就仿佛他们从未离去，只是住在了这里。

除夕夜睡得晚，初一又起得早，有的人甚至除夕一夜不睡，俗称守岁。初一下午，人们都瞌睡得很，往往要大睡一觉。

初二、初三是嫁出去的女儿回娘家的日子。王秋竹和杜三文领着杜如月、杜望月，一家四口，拿上满满一篮子面人，去河对岸的东建安村，这里是王秋竹的娘家。

五级村与东建安村虽然只相隔五里地，但中间隔着滹沱河，在杜如月的心中，那可是遥远的地方。

　　天气还冷得很，河面冻得瓷瓷的。杜如月刚换上塑料底子的新鞋，走在这冰冻的河面上，脚明显有点不听使唤了。妈妈本来拉着杜如月的手，但有点小淘气的杜如月挣脱了妈妈的手，不是助跑一下滑冰，就是用脚踢着冰块，追着冰块跑。妈妈怕杜如月摔倒，叫她慢点跑，可妈妈叫得越大声，杜如月跑得越快。

　　王秋竹的娘家在东建安村是大户人家，杜如月有四个姥爷、十二个舅舅、七个姨姨。

　　杜如月的姥爷在他那一辈排行老大，有六个子女，分别是杜如月的大舅舅、二舅舅、八舅舅、二姨姨、四姨姨，妈妈王秋竹排行老六。大舅舅家在太原，二舅舅家在张家口，二姨姨家在闻喜，四姨姨已过世。八舅舅王光竹与姥爷住在一个院子里，家里有八姈子，还有杜如月的三个表兄妹：表姐王花花、表弟王斌斌、表妹王君君。姥姥早在杜如月出生前几年就去世了。

　　初二回娘家的只有王秋竹一家，姥爷早就在村口等着了。时间长了不见姥爷，杜如月害羞得躲在妈妈身后，不让姥爷抱。姥爷从口袋里掏出几颗水果糖，分给杜如月姐妹，吃上糖果的杜如月慢慢地敢接近姥爷了。

　　回了姥爷家，放下东西，就得赶快去本家姥爷家拜年。

　　二姥爷家住在姥爷家的南面，拿上五件吃的，先去二姥爷家。二姥爷有四个子女，分别是大姨姨、三姨姨、三舅舅、五舅舅，二姥爷家的四个子女都在太原。长年不见孩子的二姥爷、二老娘很是喜欢杜如月姐妹。二姥爷给的压岁钱最多，还给了水果糖、炒大豆、柿饼子。

　　下一家去的是四姥爷家。四姥爷住在姥爷家的北面。四姥爷有五个子女，分别是七舅舅、九舅舅、十一舅舅、十二舅舅、八姨姨。四姥爷的五个子女都住在跟前。四姥爷鳏居多年，家里冷清清的，杜如月一家靠着炕沿站了一会儿就走了。

最后去的是三姥爷家。三姥爷家住得远，差不多要穿过整个村子才到。三姥爷也有五个子女：四舅舅、六舅舅、十舅舅、五姨姨、七姨姨。三姥爷过世多年了，只有三老娘在家。五姨姨、七姨姨两家十来口人早就将三老娘家不大的屋子挤满了，杜如月一家在三老娘跟前露个脸就得赶快走。

回姥爷家最让杜如月头疼的事就是认舅舅、姨姨，这个是几舅舅，那个是几姨姨，其实这直到杜如月十五六岁的时候才认清。小时候的杜如月只能是见到男的就叫舅舅，见到女的就叫姨姨，有时把同辈的年长的哥哥、姐姐也叫成了舅舅、姨姨。那时，王秋竹就会赶忙在旁边纠正，而那些被误叫的哥哥、姐姐只莞尔一笑，说是被叫习惯了。

初二的午饭往往是杜如月一家人与姥爷一起吃，八舅舅一家也回八妗子娘家去了。

八舅舅王光竹与王秋竹是同父同母的亲兄妹，其余的舅舅、姨姨与他们二人都是同父异母的兄妹；因此两家交往最多，也最亲近。

王光竹知道王秋竹一家初二要回娘家，吃罢午饭便急赶着带着爱人、孩子从丈母娘家回来。两家孩子见了面自然欢喜得很，满院子追逐着玩，年味在孩子们的嬉笑中更浓了。

姥爷与八舅舅都是村里有名的厨子，初二的晚饭做得非常丰盛：有藕尖，有拔丝长山药，有虾皮白菜豆腐汤，有金针炒盘子，这些都是杜如月平时吃不上的好吃的。

这顿饭也是王光竹倾尽所有，热情招待王秋竹一家人的一顿饭。

亲情充溢在两家人的心间。

杜如月比表姐王花花小两岁，两人好到晚上睡觉时都不肯分开，挤在一个被窝里，嘀嘀咕咕说个没完。

初三上午，王秋竹一家人就得走了。正月里该走动的亲戚很多，不能在娘家长住。

朱兰英兄妹六人，住得近的有二弟弟朱世文、三妹妹朱全英，这两家是正月里必须走的亲戚。朱兰英领上杜如月，今天在弟弟家吃饭，明天在妹妹家吃饭，一来是觉得如月聪明、漂亮，二来是觉得如月守规矩、懂事。

朱世文与朱全英也要领上孩子们来如月家吃饭。招待亲戚，自然是好吃好喝的，杜三文总要与表弟们喝上一些白酒，有时难免会贪杯喝多。待亲戚们走后，王秋竹总是抱怨杜三文不知收敛。

正月里，杜三文与好朋友刘国中总要互请吃饭。刘国中是一名教师，杜如月自然而然认为他无所不知，每次他来家里杜如月总要问一些奇奇怪怪的问题。比如白天升起的为什么是太阳，而晚上升起的却是月亮；为什么晚上看到的天空比白天看到的要蓝一些；晚上看到的那么多的星星白天都哪儿去了。这些平日让杜如月深感困惑的问题，杜如月会一个接一个地让刘国中解答。刘国中虽为老师，但他学的是数学，对于杜如月的问题，他也有知道的，也有不知道的。但作为一名教师，他深知对未知世界的好奇于一个孩子而言有多么重要。于是他便经常鼓励杜如月要保持这种好奇心，并自己去寻找答案。

得到刘国中老师的鼓励与指点，杜如月更加觉得自己天生有才，更热衷于观察自然界的万事万物了。

正月里，人们还要请邻居家的新媳妇吃饭。周边交往多的邻居家，若谁家在当年娶了新媳妇进门，正月里就要邀请人家来家吃饭。人缘好的人家，请吃饭的邻居太多，新媳妇排不过来，有时一中午要吃两三家的饭。新娶进门的媳妇本就有些羞涩，到邻居家吃饭也只是一种礼仪，大多只稍微吃一点，并不吃饱。孩子们对此却是喜闻乐见的，请新媳妇吃饭时自家自然又会做一顿好饭了。

时间在互请吃饭中飞快地过去了，正月十五很快就到了。

正月十五的红火要持续三天，从十四开始，到十六结束。若说春节团聚是以家庭为单位，那么正月十五闹红火就是以村队为单位的。

一个村为一个大队，每个大队都要准备节目，有踩高跷、扭秧歌、耍社火等，到十五的时候，各个村都要去公社参加汇演。

尽管正月十五的气温还很低，尽管人们身上穿的棉衣还很破旧，尽管汇演场地还尘土飞扬，但人们观看红火的热情依然高涨。

每家每户几乎早早就拿上凳子去公社汇演场地占位置去了。公社组织民兵在汇演场地的中央用绳子围出一个圆圈，观众在圆圈外依次坐下。小孩子们从绳子下面钻进钻出，不时招来家长的厉声呵斥。

踩高跷的摇着扇子走出各种队形，亮点是队伍中有两人脚上踩着高跷，背上背着高跷，背着的高跷上面还绑着两个七八岁的孩子，一个男孩子、一个女孩子，孩子们还在随着节奏耍绸子、舞扇子。

扭秧歌队伍中最受关注的人是脸上涂着白粉、眼睛上涂着黑圈的丑角，他们做出各种夸张的动作，有时扭屁股，有时眨眼睛，有时还专门走到绳子边上揪小孩子们的头发。小孩子们使劲往前挤，都以让丑角揪到头发为荣。

最后出场的是耍社火的，其中有钻火圈、舞狮子节目。钻火圈的人一个个都用黑布包着头发，穿着紧身黑衣，他们一个接一个地从火圈中钻过，开始是钻一个火圈，后来就钻两个火圈，最后居然能一下子钻过去三个火圈。随着火圈的增加，观众的情绪高涨，坐着的人都站了起来，用绳子围成的圈子被人们越挤越小，民兵们大声呵斥着，维持着秩序。

舞狮子的人都穿着黄色的衣服，扎着黄色的头带，领头的手里拿着绣球。绣球裹着黄布，拴着黄穗，固定在一个黄色的木棍上。狮子头做得惟妙惟肖，黑黑的眼珠子有碗口大小，红红的舌头足有一尺长。两个人钻在狮子下面，一个举着头，一个举着尾，不仅能跳跃滚动，还能倒立，直引得观众连声叫好。前排人都激动得站了起来，后排人就更不必说了，秩序也维持不住了，凳子这时成了累赘，大人们一手举着凳子，一手拉着孩子，唯恐被涌动的人群挤倒。

汇演从上午九点一直持续到下午三四点钟，中间不休息，演员、观众都不吃饭，有孩子的会给孩子带个烤馍馍吃。

历时六七个小时的娱乐盛宴在人们的恋恋不舍中结束了，哪个村的节目最好，哪个人的表情最逗，成了人们茶余饭后的谈资，人们也在心中盘算着明年着重看哪个节目。

十五的活动除了公社组织的文艺汇演外，还有各村各巷自己组织的小型活动。各村巷的活动主要在十四进行，有的在生产队表演，有的在大队部表演，还有的到人家的院子里表演，表演的项目也不外乎是扭秧歌、踩高跷。表演后，大队、小队会给表演人员一盒烟、一瓶酒之类的，到家户中表演的会得到主家一包糖、一个馍馍什么的。

报酬是小，关键是气氛。孩子们跟着表演队伍走东家窜西家，好不热闹。

垒旺火是十五红火的重要组成部分，一般一个巷子垒一个旺火。从十四开始，小孩子们就抬着箩筐，挨家挨户去起炭——各家出两三块大炭，放进孩子们抬的箩筐中。孩子们把炭块堆在巷子中比较宽敞的地方，由好事的大人把旺火垒起来。东坡地的旺火一般是垒在王付亮家门口，他家离杜如月家很近，只隔着一条小巷。

天上是黄黄的月亮，地下是红红的旺火，旺火映照着人们的笑脸。

大家围在旺火周边，等到旺火燃得没有黑烟的时候，就找空隙把各种面人放上去烤。谁家的面人捏得好看，这时便一目了然了。大家一边夸着捏面人的女人，一边吃着烤好的面人。淘气的孩子有时还会把个把小炮扔进旺火中炸响，引来家长一阵说骂。

快乐的年味随着十五的过去慢慢消散了，长大一岁的人们又开始为新的一年做起了打算。

上学的孩子们也该开学了，尽管他们有着万分的不乐意。

那时五级村小学还是春季开学，已满七岁的杜如月，这年就要上学啦。

王秋竹用做衣服剩下的小块布料给杜如月拼凑了一个由三角形图案组成的小书包，里面放上石板、石笔。

学校一年级新招了八十多个学生，分为甲、乙两个班，杜如月分在了乙班。

同年上学的孩子们好多都是杜如月从小认识的，有刘国中老师家的二女儿刘竹梅，还有对门李明亮家的大儿子李建伟，他们都与杜如月分在了一个班。

班主任田书梅是一个三十多岁的女教师。田书梅的母亲与杜如月的奶奶朱兰英是老相识，朱兰英便再三嘱咐田书梅要照顾杜如月。田书梅知道杜如月家是书香世家，理所当然地认为杜如月学习一定错不了，便对朱兰英说："你家孙女肯定学习好，不用我照顾。"

前有刘国中老师的从小鼓励，后有班主任老师的直接肯定，杜如月从入学的第一天开始便认为自己应该是个好学生。

好学生自然是有责任感的。李建伟从小被他奶奶说成是茶茶的，帮助李建伟完成作业就成了杜如月的任务了。东坡地还有很多吃过王秋竹"开心奶"的孩子们，他们自然也成了杜如月帮助的对象。

杜如月入学后，领悟能力虽然比较强，但学习成绩却不是很稳定，考试时经常丢三落四、粗心大意，有时能考年级第一，有时却连年级前十都进不去。

见此情况，田书梅老师与刘国中老师比杜如月的父母还要着急，经常批评杜如月。为了让杜如月能够改掉粗心的毛病，刘国中老师甚至专门到杜如月家找杜如月谈心，把由于粗心大意能够造成的种种后果——什么房屋倒塌，什么导弹误炸，什么浑身是嘴也说不清、跳进黄河也洗不清的事件列举了一大串，搞得杜如月精神紧张；特别是那个浑身是嘴也说不清、跳进黄河也洗不清的事例，使杜如月经常梦到自己变成了一个全身长着血盆大口的怪兽。

东坡地离五级村小学比较远。五级村地势东高西低，东坡地在最高处，学校在最低处。上学的时候，杜如月一路下坡就去了学校；放学回家则要费劲地爬坡，平时还好说，最怕的是雨雪天气。

那个时代的农村，道路基本都是土路，下大雨的时候，裹着泥沙的洪水，会从东向西滚滚而下。放学时遇到这种天气，年龄小一些的孩子就会被不放心的父亲、哥哥、姐姐接走；杜如月的父亲在外地工作，她又没有哥哥姐姐，只得自己蹚水回家，准备好的用来挡雨的塑料布也没了用处。那时杜如月便贴着墙根，双手扶着墙，小心地走，生怕被洪水冲倒，淋雨反而成了一件无须考虑的事情。

夏天下大雨的天气毕竟还是少数，冬天下的雪可是会一直都堆在路上的。

入冬后只要下过一次大雪，基本就是"坐冬雪"了——一整个冬季都很难全部消融。上学的很多路段都是背阴的，雪被人们踩得硬硬的、光光的，完全成了坑洼不平的冰路。第二场雪、第三场雪不停地落在冰路上，加重了路面的难行程度。杜如月每天看着日历，默背着奶奶教的歌谣"一九二九，冻破碓臼。三九四九，门缝儿叫狗。数五九，消井口。数六九，重冻住。七九河开，八九雁来，九九又一九，犁牛遍地走"，盼望着五九快点到来。因为歌谣中唱到，五九到了，连结在井口一个冬季的厚厚的冰层都能消融，更何况路面的冰？但常常是五九到了，冰还不能消融。

虽然冰没有消融，但杜如月却感觉路面不那么滑了，渐渐也就不那么关注路面上的那些冰了，更没注意到究竟是从哪一天开始，路面上的冰彻底不见了。

五九成了杜如月儿时认定的一个相关温暖的符号。

二十世纪七十年代初期，村里的土地以生产队为单位进行管理，村里所有的农民都是生产队的社员。有劳动能力的社员要去生产队劳动，赚取工分，折算成钱，从生产队生产的粮食中领取自己的口粮；没有工分的社员，或者是工分不够的社员，就要缴纳同等金额的现金，才能领到自己的口粮。

那时的工分很低，劳动一年也赚不下多少钱，很多人都有像柳青在《创业史》中所描述的梁生宝买稻种时的心情，"恨不得把一分钱掰成两半来使"。

为了多赚几个工分，放了暑假与秋假的孩子们是会到生产队干自己力所能及的农活的。

暑假要去麦地里拾麦穗。麦子成熟后，大人们要用镰刀一刀一刀地把麦子割倒，再打成捆，用平车拉回生产队的场里。这个过程是会遗失很多麦穗的，捡拾这些遗失的麦穗就成了小孩子们的工作。小孩子们背上背篓，拿上一瓶甘草苗泡的水，戴上草帽，跟上生产队指派的社员，到麦地里拾麦穗。

杜如月已经可以跟着去麦地了，妹妹望月还小，不能去，杜如月每天就把拾麦穗时的见闻讲给妹妹听。拾麦穗的活儿虽不重，但每天顶着烈日，容易上火。杜如月比较能吃苦，唯恐自己落后，从来不偷懒，几天下来，嘴角周边就裂开很多口子。但这点困难是消磨不了杜如月拾麦穗的热情的，只要队里有拾麦穗的任务，杜如月总要跟着去。

秋假要去场里剥玉茭。各生产队都有自己的场，用于储存、晾晒粮食。场都设在社员较集中的居住区内，是社员们重要的活动场所。剥玉茭是各家老人、小孩都能参与的活动，每天收工时，按每家每户所剥玉茭的数量记工分。杜如月领着妹妹望月剥了十几天的玉茭，手掌上起的水泡都变成了老茧，结算时竟赚了六块七毛钱，这在那个时代可是一笔不小的收入。妈妈又添了一点钱，给姐妹俩各做了一件条绒外套。杜如月格外珍惜自己靠劳动赚来的新衣服，这件穿了又穿的条绒外套跟随了杜如月很多年。

除了给生产队干活外，农家自己的活儿也有很多。

从生产队领回来的粮食都是有水分的，需要晒干才能入瓮保存。晒粮食是在屋顶上晒。一个人爬着梯子上了屋顶，从上面扔下来一根绳子，另一个人把装满粮食的布袋用那绳子捆扎好；上面的人把布袋拉上去，把粮食从布袋里倒出来，再用耙子把粮食摊平了晒，直晒到太阳下山的时候，再把粮食用扫帚扫起来，堆在一起。为了防止夜间露水把粮食打湿，还要给粮食盖上塑料布，并在塑料布周围压上砖头，以防有风把塑料布刮飞。第二天上午太阳出来后，再把塑料布揭开，把粮食摊开，继续晒。一般要这样晒七八天，粮食才可以晒干。这中间粮食是不下屋顶的。杜如月家每天上午把粮食摊开，下午把粮食扫起来的任务，是由杜如月来完成的。

杜如月从小手脚麻利，上下屋顶轻松自如。奶奶年龄大了，又裹过小脚，自然行动不便，妈妈还有很多事情要做，杜如月便在奶奶一遍遍"要小心"的嘱咐声中快速地完成上屋顶、摊粮食的任务。

晾晒粮食的日子，屋顶成了杜如月的活动场所，她有时索性不下去了，坐在屋顶上写作业、看书，很是惬意。

和杜如月一样在屋顶上干活的孩子很多，大家虽然无法靠近，但"容貌可以互见，声音可以互闻"，于是屋顶也成了孩子们生活中的一块乐土。

若遇下雨，又是另一番景象。全家人一起动手，赶紧把粮食扫起来，装进布袋，吊到下边，收进屋子里。

为了保住这来之不易的粮食，预测天象就成了当地人的一种宝贵经验。"白天看云层，晚上看晚霞"就可大致推测出是否有雨。住在东坡地的治保主任赵朋瑞在看天象方面最有经验，只要赵朋瑞说再过多长时间会有雨，或者说今天夜间会有雨，大家便会一传十、十传百，纷纷把自己家的粮食收好。

粮食晒干入瓮，这只是第一步，若要使之变成能吃的面粉，还要经过磨面的程序。杜如月小的时候，磨面是用自家的石头小磨磨，那时候奶奶还比较年轻，磨面一般由奶奶来做，杜如月只负责帮着奶奶推小磨，并小心地把磨盘下面的面粉用小簸箕铲进面袋中。

等到杜如月长大点后，村里建了电磨坊，再不用费劲地推小磨了。杜如月上下学时要经过电磨坊，妈妈便往布袋里装上三十斤粮食，让杜如月上学时背上送到电磨坊，等她下学时再从电磨坊取上磨好的面粉背回家。

所有的粮食都要磨，往电磨坊送取粮食也是一件很重的活儿。后来，妹妹也长大上学了，个子都快有自己高了，却从来不承担送取粮食的活计，杜如月心中也有了小小的怨气。

　　这天早上，妈妈又准备好了粮食让杜如月送去电磨坊。"每次都让我送，就不能让你家华姈送一次？"杜如月不满地对妈妈说。早上天气冷，背着粮食，手露在外边特别冷。考虑到望月年龄小，为了照顾望月，妈妈对杜如月说："你负责早上送。下午天气暖和一些，让华姈去取吧。"有斗争就会有胜利，杜如月愉快地把粮食送去了电磨坊。

　　终于不用取面了！杜如月下学后，轻松地走在回家的路上。为了不让妹妹看到自己，杜如月故意慢慢地走。妹妹也是个有心眼的，走一会儿就停下来，靠在别人家门口的门石上休息，还不时地回头看。杜如月生怕妹妹回头时看到自己，急忙躲进别人家的大门内，可还是没能逃过妹妹的眼睛。杜望月看到姐姐就在后面，便把面袋放在一户人家的门石上，她自己却一溜烟儿地跑了。

　　杜如月在后面使劲地叫妹妹停下，谁知妹妹越跑越快，根本不理会姐姐的叫声。杜如月没办法，只好把面袋背回了家。

　　姐妹俩的斗争以姐姐的失败告终。从此以后，杜如月便自己送取粮食，不愿意再费事地与妹妹斗心眼了。

　　当时的五级村及其周边一带，厕所往往是一个露天的大坑，雨水很容易积到厕所中。厕所中水太多，上厕所时就很容易溅起水花。为了解决溅水的问题，也为了能多给生产队交上些农家肥，多赚些工分，很多人家都会干垫厕所这活儿。一般由大人用小平车把垫厕所所用的黄土拉在厕所门口，再由孩子们用箩筐把黄土一筐筐地倒进厕所中。上层的黄土是松软的，用铁锹很容易就能铲起来装进箩筐中；下面的黄土都是很瓷很硬的那种，用铁锹很难铲起来，这时就需要有人用镢头先把黄土刨起来。

杜如月家垫厕所时，妈妈吩咐由杜如月提箩筐，由望月刨土。望月有气无力地刨着，既不用心也不用力，一镢头下来，正好刨在了提筐的姐姐的手上，幸好力气不大，镢头也不是太锋利，但已有鲜血汨汨地从杜如月手背上流下来，望月吓得哭着跑了。闻讯而来的王秋竹赶紧用手捏着杜如月的伤口，把杜如月领到了村里的保健站。保健站的赤脚医生给杜如月处理完伤口，用纱布包扎了一下，说没什么事了，回家养着就行。

天都黑得看不见了，心里害怕的杜望月还没回家，正当王秋竹、朱兰英着急着要出去寻找的时候，对门的李明亮的爱人张反桃领着望月回来了。见望月吓得厉害，王秋竹也没怎么为难她，只埋怨了几句。

朱兰英向来觉得王秋竹偏心望月，现在自己的宝贝大孙女受了这么大的委屈，王秋竹竟只那么轻松地说了几句，一直以来憋在心中的火气便喷涌而出了："知道你偏心二闺女，平时什么事都不让她干，全是妗妗干，这干一点活儿就要出事故，全是你惯的！"

王秋竹觉得自己并没有偏心谁，望月年纪小，少干点活儿是天经地义的，现在被婆婆这么数落，她也是满肚子不满："是你自己偏心老大，看二闺女不顺眼。咋的，你是想把她铲除了才满意？"

奶奶与妈妈平时虽然也会为一些小事争吵，但基本上还是能够互相体谅的，还从没有这么大声地吵过，现在为了自己的事情奶奶与妈妈这样争吵，杜如月心中觉得很是不安，劝奶奶道："奶奶，别吵了，华妗年龄还小，又不是故意的，我妈也没有偏她。"

朱兰英见杜如月这么懂事，更加心疼她，搂着她去了自己的小东屋吃好吃的去了。

若说磨面、垫厕所是经常性的活儿，那么担水更是一件每天也少不了的活儿。磨面可以一次多磨点，够吃个十天半个月的，垫厕所也可以在有事时稍微拖一拖，但担水是不能拖的。

家里用水的地方很多，做饭、洗菜、洗锅、洗衣服、打扫庭院等都离不开水。家里用于储存水的水瓮不大，基本上满满一水瓮水两天就用完了。

杜如月长到能够着井上的辘轳时，就开始帮妈妈抬水了。开始抬水的时候，她是与杜望月一起去，两人用一根棍子一起往回抬水桶。井口旁人总是很多，都是左右邻居，看杜如月姐妹俩来抬水，都会把自己提上来的水倒给她们。挂在木棍上的水桶，其位置并不是居中的，而是靠近杜如月抬的那头。姐妹二人抬着水桶趔趔趄趄地往家走，家门口的门限很高，水桶经常会碰在门限上，好不容易抬回来的水会洒出大半。

等到杜如月再大点的时候，就可以自己挑水了。爸爸给杜如月做了一副小水桶，这样可以挑得轻松些。

冬天的时候，井口结有厚厚的一圈冰，而且会越结越高，就好像给井口戴了一个白色的围脖。杜如月胆子越练越大，一开始去有冰的井口时，还小心翼翼的，后来觉得穿上妈妈做的布底子暖鞋走在冰上并不怎么滑，便不再畏惧那些高高的"冰围脖"了。

为了省力，夏天下雨的时候，人们会在房檐底下放上水瓮，把雨水收集起来，以供洗东西用。夏天，水瓮里的雨水经常是上一次的还没有用完，就又下进来新的了。

可雨水放时间长了会发绿，并且会长出小小的孑孓。长了孑孓的水就不能再用了；但杜如月很喜欢看那些小小的生命，不让妈妈把水换掉。好在家里接水的水瓮有好几个，给杜如月留一个也不是不可以的。

孑孓细细长长的，在水面上一蹦一跳地走，用手去摸它，它就会潜到水底，很难抓到。这么小的生命也懂得保护自己，这让杜如月觉得每个生命都不容易，都应该有生存的权力。

住在农村，要干的活儿是很多的，但孩子们可以玩的东西也很多，生活还是充满乐趣的。

杜如月家祖上家境比较好，住的院子是用方砖铺的，这很便于孩子们玩耍。玩的项目有跳皮筋、踢毽子、扇元宝、挑竹棍、捉迷藏等。

最有意思的活动就是捉迷藏了。孩子们分成两部分，一部分负责藏，一部分负责找。负责藏的孩子们为了不让负责找的孩子们找到，就要收声敛气，不能发出一点声音。

李明亮家有个姑娘叫李建华，小名毛毛，与杜望月同龄，她每次藏好后，只要一听到对方的脚步声，总是说尿紧得不行了，要去上厕所。这不是白藏了嘛！大家都不愿意与她分在同一个组。

挑竹棍是很锻炼耐心的一项活动。把细细的竹子折成差不多七八公分长，由玩耍的双方各出相同的根数，抓成一把，轻轻一撒，竹棍也有单独撒开的，但大部分会相互交错摞在一起。撒开的各自直接捡起来，摞在一起的就要用一根竹棍去把它们挑开。挑其中一根时是不能牵动其他竹棍的，若动了其他竹棍就算输了，轮另一方去挑。

杜如月性子比较急，玩挑竹棍经常会输。朱兰英没事干的时候，会看孩子们玩耍，看到杜如月输得多了，就会上手替杜如月玩。杜如月觉得让奶奶替玩很丢脸，长大点后就不让奶奶替玩了。

跳皮筋是杜如月最拿手的一项活动，有时可从一级一气儿跳到八级。分在一组的孩子们，只要有一个人跳过了这一级，那么所有人就都可以玩下一级了，所以孩子们都喜欢与杜如月分在一组。但分组也不是由哪个人来确定的，而是要通过"手心手背"来分的。这也就是说，每两个人为一对，大家一齐喊"手心手背"，然后一齐出手，出手心的是一组，出手背的是一组。

正月里是孩子们跳皮筋的好日子。家长们在正月也不干什么活，基本就是请客吃饭，不到万不得已，是不怎么使唤小孩子们的。所有的孩子都放假在家，年龄差不多大的便会一群一伙地玩。

孩子们嘴里唱着：

> 向前进，
> 向前进，
> 战士的责任重，
> 妇女的冤仇深。
> 古有花木兰，
> 替父去从军，
> 今有娘子军，
> 扛枪为人民。

伴随着歌声的节奏，孩子们整齐地跳着。

杜如月家的院子里经常会有两群跳皮筋的。一吃完早饭，就有人来玩了，直到家里有人来叫吃午饭他们才会回去；吃完午饭又来了，直玩到天麻麻黑看不清了，才不情愿地走了。

跳皮筋最费鞋底了，布底子的鞋还好点，塑料底子的鞋往往在正月十八开学的时候，就已经磨破了。磨破了也不能扔，买一双鞋不容易——家境好一些的才会买——要将铁铲子在火炉上烧红，用它来把从别的什么地方剪下来的外形适宜的塑料烫接在鞋底破了的地方，伴随着一团黑烟、一股臭味，破了的地方便补好了。

有时一双鞋，底子要这样烫过好几次才舍得扔。

跳皮筋是女孩子们玩得多，扇元宝却是男孩子们的最爱。元宝是一种分正反的纸叠的玩具，一般是两个人玩，一人先把自己的元宝放在地上，另一人用他自己的元宝使劲地往地上掼，以图用气流或手劲把对方的元宝掼得翻转过来。若翻转过来，对方的元宝就归自己了，自己就算赢了，而输了的一方再放一个元宝在地上，赢的一方继续掼，若元宝没有翻转过来就换对方来掼。

男孩子们有时专门在女孩子们跳皮筋的场地玩扇元宝，直惹得女孩子们一阵叫骂。李建伟最维护女孩子们的利益了，总会把男孩子们的元宝扔得远远的。

踢毽子是男女孩子都适合玩的项目。那时好像家家户户都有铜钱，用厚布把两个铜钱包住并缝起来，再在铜钱有眼的地方竖着缝上一个条形管子用以装鸡毛。母鸡身上的绒毛插在管子中间，公鸡尾巴上漂亮的羽毛插在管子两边。

母鸡的绒毛还比较好找，母鸡褪毛的时候就注意收集起来；公鸡的羽毛可不好找，要把公鸡逮住从尾巴上揪。公鸡可不是好逮的，惹急了它会和人斗争的，还会鸽孩子们的眼睛。只有年龄大一些的孩子才敢逮公鸡，并一下揪下来好几根羽毛。

踢毽子也是在冬天比较好玩。大家穿上妈妈做的棉鞋，鞋帮子厚厚的、高高的，毽子落上去稳稳的。毽子要翻着花样踢，头要一上一下跟着点，嘴里还要数着数，看谁一次也不坏地连续踢的个数最多。

正月十八开学了，玩疯了的孩子们还没有收回心来。一天上午，杜如月来到学校了，才想起来头一天的作业忘写了。她正发愁怎么和老师交代呢，李建伟麻利地从她书包里拿出石板来，用石笔在上面乱画了一气，又用手把画下的笔迹擦得似有若无，就好像写好的作业被书包里的书蹭了似的。

杜如月从来没有欺骗过老师，老师检查作业时，杜如月战战兢兢地把石板拿了出来。老师看了看说"以后往书包里装的时候注意点”，并没有怀疑杜如月。

老师是糊弄过去了，但杜如月觉得自己居然学会了骗人，心里很是不安，在要不要和老师说实话这件事上挣扎了很久。

日月如梭，杜如月开学后已经是四年级的学生了，像李白的《静夜思》、杜甫的《月夜忆舍弟》等简单的古诗已经能背诵好几首了。

"举头望明月，低头思故乡""露从今夜白，月是故乡明"，诗中所描绘的那些画面经常会浮现在杜如月的脑海中，明月与故乡，在杜如月的脑海中竟成了孪生姐妹一样的存在。

小时候奶奶讲的嫦娥奔月、吴刚伐桂等神话故事深深地印在杜如月的脑海中。杜如月在有月亮的晚上是从不害怕外出的，因为奶奶说月亮里的神仙会保佑自己，自己的名字在神仙那里是有记录的。

妈妈又去对门串门去了。天已经很晚了，妈妈走时说是说几句话就回来，可这都走了快一个小时了还没有回来。以前妈妈出去串门的时候，家里有奶奶在，即使走再长时间也没什么；可今年过完年后，奶奶就到太原给姑姑看孩子去了。家里只有如月与望月姐妹俩，恰好又停电了，屋里点的煤油灯在"啪啪"地响了两声后也熄灭了。微弱的月光把院子里干枯的树枝的影子投在糊着麻纸的窗户上，树枝随风摆动，影子摇摇晃晃，院子里的铁桶也被风吹得"哐哐"作响，远处还隐约传来狗叫声。

望月哭着要找妈妈，如月便与妹妹商量："你在家，我去叫妈妈，行不行？"

"不行……我……不敢一个人在家……"望月哭着说。

"那咱们俩一起去找妈妈。"如月哄着妹妹。

"不行……我……不敢出去……"妹妹哭得更大声了。

"你在家也不行，出去也不行，我怎么就在哪儿也不怕呢？"如月被妹妹搞得实在没办法了。

"你有神仙保佑呢，我又没有神仙保佑。"原来奶奶说的这些话也被望月当成了真理。

妈妈终于回来了，可点灯的煤油家里没有了，家里还是那样黑，但望月见了妈妈后就不哭了。

窗外的月亮似乎比刚才亮多了。

天气一天天暖和了，不知从什么时候起，路上的冰已不见了，消融后的冻土松松软软的，垂着的柳条远看已有了绿意。

这些日子，王秋竹的肚子越来越大了。这天，杜如月睡得正香，被妈妈一阵急促的叫声惊醒："妗妗，快去叫你付良大大，妈要生了。"

杜如月知道这件事情的重要性，三两下便穿好了衣服，一看时间是半夜三点。杜如月往常虽然胆子比较大，但还没有半夜三点外出的先例。到付良大大家要经过一条小巷，巷子里经常有狗出入，杜如月虽然不怕鬼神，但对于这些狗，尤其还是在半夜时分，心中还是有些害怕的。

可今天是不能害怕的——只有十二岁的杜如月，硬着头皮冲出了房门，冲出了院子。巷子里静悄悄的，还好，天上挂着如金色弯钩般的月亮，天空蓝得发黑，空气清新宜人。

王付良家与杜如月家中间虽然隔着一条小巷，但离得并不远，杜如月紧着跑几步也就到了。

着了急的杜如月使劲敲着王付良家的大门，高声叫着："付良大大，付良大大！"

付良大大听到杜如月的喊声，知道是什么事，急忙披上衣服就出来了，连鞋跟都没来得及提起。

王秋竹让两个孩子把脸背过去，不让她们看生孩子的场景。姐妹俩知道事关重大，不敢不听妈妈的话，一直把脸对着墙。

早上五点多的时候，孩子终于生出来了，仍然是个女孩子。王秋竹又失望了。

可失望使人坚强。王秋竹生完孩子的第一天，有付良大大、张反桃婶婶来帮忙；第二天，便什么事都是她自己干了。杜如月虽然已能帮妈妈干一些活了，但还要上学，干的活有限。

刘国中又去公社给杜三文打了电话。杜三文问到孩子性别的时候，刘国中仍然是说你回来就知道了。

杜三文是那种乐天知命的人，他猜到又生了个女孩子，心中已然认命，反倒没有那么失望了。

放下电话后，他赶紧到太原接上母亲朱兰英一起回家。

朱兰英一进家门，径直走到孩子跟前，一看孩子长着大大的眼睛——与杜如月的眼睛很像，再看孩子的脸型，与自己的非常相似，便也只好接受了这个上苍的安排，无可奈何地说道："既然老天爷这样安排了，咱们就接受哇，这个娃估计我亲呢。"

孩子既长得与杜如月相似，也有一双大大亮亮的眼睛，杜三文便给孩子起名杜似月，小名三三。

似月满月的时候，朱兰英又去了太原。杜三香要上班，孩子没人带；王秋竹在农村，不上班，孩子可以自己带。

刚摆脱似月不是儿子这一烦恼的王秋竹，很快就又因经济问题而烦恼起来。

似月出生前，如月与望月都已长大，王秋竹便在生产队当会计，一年的工分，加上如月暑假、秋假挣的工分，再加上交农家肥换算下的工分，基本上就够娘儿仨的口粮钱了。

杜三文挣的工资给家里一部分，家里就可以用其来购买油盐酱醋，支付人情礼往，甚至还可以借钱给有急需的邻居们，日子过得也还松快。

现如今，似月出生了，增加了一个人的开销，但朱兰英不看似月，王秋竹就得看似月，这样她就被拴在了家里，不能出去干活了。

家里的经济负担都压在了杜三文一个人身上。

杜三文常年在外工作，虽于诗词歌赋上有一定建树，但对家庭生活的酸甜苦辣，家里人过日子的艰难困苦缺乏足够的理解，他还像往常一样，过着天天抽烟，经常喝酒的潇洒日子，挣的工资剩多少就给家里多少。

王秋竹最明了一家人的开销，杜三文给的这些钱根本不够。终于，一向比较和睦的两人也为钱发生了争执。

王秋竹开始晚上睡不着觉了，精神也恍惚起来。一天，她走过房后时，看到房子的后墙上有道裂缝，心里便发起愁来，不慎摔倒在地，髋骨裂成了好几块。

这真是雪上加霜。本来钱就紧张，这下又得住院做手术，又得花不少钱，王秋竹已经愁得不知如何是好了。

天无绝人之路。杜似月的出生年份就像一道分水岭，一九七八年的中国，开始了翻天覆地的变化，也给杜如月家带来了新的希望。

就在王秋竹在老家为似月出生、后墙裂缝、髋骨骨折而发愁的时候，杜三文所在单位宣布了加薪名单，杜三文名列其中。

有了钱就不怕了，王秋竹一下子就不发愁了。

杜三文找了个小汽车把王秋竹接到忻州去做手术，似月还得吃奶，也必须跟着去，杜如月、杜望月两个上学的留在了家里。

杜如月虽然只有十二岁，但已经是干家务的一把老手了。

张反桃婶婶、付良大大经常把自己蒸好的玉米面窝窝送过来，张反桃婶婶还把她家毛毛晚上派过来给杜如月姐妹做伴。

毛毛晚上不想吃她妈做的饭，要到杜如月家去吃。三个女孩子又是做面条，又是做拌汤，又是做烙饼，把平时不舍得吃的白面吃了个差不多，生活过得比王秋竹在的时候还要开心。

唯一的困难在于保管好家门钥匙。王秋竹在的时候是不需要姐妹俩带钥匙的，所以她们没有养成带钥匙的习惯。现在王秋竹不在家，保管钥匙成了杜如月的一件大事。

之所以说是大事，是因为对杜如月来说，这件事做起来比较困难。

在学校，下课十分钟、课间操半小时、体育课四十五分钟都是杜如月跳皮筋的好时光；即使是上下学的路上，杜如月也习惯了蹦、跳、跑、闹，根本不会好好走路。这样一来，弄丢钥匙的概率就很大。

在学校弄丢后，有时是同学捡到了，有时是通过学校广播站广播后才找到；在上下学路上弄丢后，有时是邻居捡到了，有时是请治保主任赵朋瑞在大队的高音喇叭里广播后才找到。

刘国中老师又对杜如月进行了苦口婆心的教育，又讲了那些由于不操心而带来严重后果的事例——什么没有前途了，什么正常的生活恐怕都难以维持了，什么浑身是嘴也说不清、跳进黄河也洗不清了。对于前途与正常生活这些名词，杜如月是没有概念的，而有关浑身长了血盆大口的梦魇多少还是令杜如月心生恐惧的。

就在杜如月下定决心，一定要保管好家门钥匙的时候，在忻州待了近两个月的王秋竹回来了。

王秋竹腿上的石膏还没有拆除，她还挂着两根拐杖，阵势看起来有点吓人，但这是为了让缝合起来的髋骨更好地恢复。在家里，王秋竹已经可以不挂拐杖了，由那条好腿拖着那条病腿走路。

又过了一段时间，王秋竹腿上的石膏被拆了下来，走路也不用拄拐杖了，一切都好起来了，感觉比以前还要好——杜三文不仅涨了工资，还评上了中级职称，据说还有可能解决全家人的户口问题，即把全家人的身份从农业人口变为非农业人口。

这在当时可是一件非常大的喜事：变为非农业人口，就可以吃供应粮了，再也不用种地了；变为非农业人口，子女就可以在城里工作，而且挣的工资远比在生产队劳动挣得多；变为非农业人口，到医院看病就可以少花钱了；变为非农业人口，退休后就可以领到退休工资，再也不用为晚年生活发愁了。

解决户口，这是全家人的愿望，这愿望就像一轮明月，挂在杜如月一家人的心上。然而，这轮明月太过美好，太过遥远，似乎只能遥望，不能企及。

可生活还得继续。

爆米花在农村是很常见的零食。每隔十天半月，就有爆爆米花的人推着三轮车，车上放着机器，来到东坡地。机器就支在王付亮家门口，人们一般是爆玉米，也有少数爆大米的。人们把要爆的玉米或大米装在搪瓷缸里，再把搪瓷缸放在比较大的搪瓷盆里，在爆爆米花的人身边依次排起队来。爆爆米花的人按顺序把各家的玉米或大米装在一个铝制的葫芦状的容器里，在容器口上抹一下蜡，再把盖子拧得紧紧的，一手拉着风箱，一手转着带动容器一起转的手柄。容器下生着火，待到容器上的压力表显示已达到一定的标准时，爆爆米花的人就会把容器装在一个大大的袋子里，用脚使劲一踹，"嘭"的一声，一团白雾喷出，爆米花全部"爆"在了袋子里，他再将其倒进主家自己的搪瓷盆里。爱吃甜食的人家，还会在爆爆米花的时候，加进一点糖精。给爆爆米花的人一毛钱工钱，就可以把爆米花拿回家了。

226

杜望月最爱吃爆玉米花了，每次爆下玉米花，基本上就不吃饭了，只吃爆米花。王秋竹老是担心望月会上火，一再吩咐望月要喝水。奈何小孩子从来是把大人的话当成耳旁风的，所以每年秋季天干气燥的时候，杜望月总会因为吃玉米花而上火发烧。

村里的赤脚医生了解每个孩子的体质，杜望月适宜注射"安乃近"，每次上火后，注射四五天"安乃近"就可痊愈。但今年是个例外，已经注射了五天"安乃近"了，杜望月还没有退烧，她的屁股被针扎得很疼，走路都得扶着墙。

杜三文请了几天假，他要给家里挖一口菜窖。以前的那口菜窖在朱兰英住的那个小院子里，因为有老鼠打了洞，不能继续使用了。

挖菜窖也是一项比较大的工程，李明亮家两口子也过来帮忙了。杜如月个子小，便等大人们挖完竖井后，她下到竖井里从竖井两侧开挖。

听见院子里热热闹闹的，躺在炕上的杜望月躺不住了，她扶着墙，慢慢地走了出来。王秋竹在凳子上铺上厚厚的棉垫，又给杜望月的头上裹上冬天才裹的头巾，才安心地让她坐在凳子上看热闹。

经过两天的奋战，菜窖挖好了。杜望月的病不但没有因为出门受风而加重，反而好了起来。

这个秋季对杜望月来说，注定是多灾多难的。

一天放学后，杜如月像往常一样回到家中，发现妹妹还没有回来。妹妹年级低，一般下学早，应该比自己早到家。杜如月便到李明亮家看他家毛毛回来了没有，毛毛与杜望月在一个班，一般他们相跟着上下学。见毛毛也没有回来，杜如月便以为是老师拖堂了，也就没把这件事放在心上。

回家没多久，杜如月就见毛毛扶着杜望月回来了。杜望月一只手托着另一只胳膊，不停地哭着。王秋竹急着询问："华姈，你这是怎么了？"

杜望月抽抽搭搭地说："下学后，他们都去爬单杠，我也去爬了一下，一爬上去，就掉下来了，胳膊疼得不行。"

王秋竹知道杜望月的毛病，生气地说："你这骨头就是纸糊的，小时候给你洗手，往起撸个袖子，都能把手腕揪断。这次肯定又是把胳膊拽断了！你就不该去爬单杠！"

王秋竹一边训着杜望月，一边把头扭向杜如月："姈姈，你快到大队部，把医生叫过来。"

杜如月的骨头好似钢铁做的，跑跑跳跳不在话下，一眨眼的工夫，就把医生找来了。

这医生还真是神通广大，一只手压住杜望月的肩膀，另一只手握住杜望月的大胳膊，用劲儿往上一推，只听见"咯嘣"一声，医生就说接好了。

再看杜望月，已是面露喜色，看来是一点也不疼了。

这个小小的事件眨眼就过去了，只是通过这件事，老天爷再次向王秋竹一家人表明，杜望月是一个需要人保护的弱者。

杜如月本也不是爱计较的人，但至此后，妈妈吩咐的活儿，只要是自己能干的，她绝不会去攀咬妹妹。

一个星期天的下午，杜如月正在家写作业，忽然听到外面人声嘈杂，便赶紧跑出去看，却见杜望月与毛毛两人坐在王付良家门口的大石头上，周围围了很多人。

杜如月一看不对头，赶紧挤过去，听见旁边有人说，她们两人吃了拌了农药的棉花籽，可能有生命危险。

死亡第一次离杜如月这么近，杜如月感到前所未有的恐惧。

她直愣愣地站着，脑子像停摆的针表一样，隔了好一会儿才回过神来。再看杜望月，出门时梳得整整齐齐的两条小辫儿也散乱了，身上穿着的那件灰底蓝花布褂子也好像被农药污得发了白，脸上更是没有一点血色。但杜望月没有哭，只是有点惊慌失措，与毛毛拉着手，挨得紧紧的，似在等待着死亡的到来。

不知是谁已经请来了医生，医生向她们两人问道："你们是几点吃的棉花籽？"

杜望月胆子小，干什么事一向是跟着毛毛的。

只见毛毛不紧不慢地说道："不知道是几点，中午吃完饭后到场里去玩，见库房的门没锁，就进去了，看见有很多棉花籽，就装了两口袋，在家里的火炉子上炒了炒，就吃了。"

医生又问道："吃得多不多？"

杜望月像是听到了什么救命符，一下子就精神了，说道："不多，毛毛就给了我一小把，我只吃了几颗。"

毛毛这时方才紧张起来，吓得不敢吱声了。

医生让毛毛把没有吃完的棉花籽从口袋里掏出来，他拿到鼻子跟前闻了闻，又仔细瞅了瞅，把她们两人的眼皮子翻了翻，像是自言自语地说道："应该没事，棉花籽上拌的农药应该不多，又经过炒制，药性就更少了。"

他转而又对着杜望月和毛毛大声说道："你们两个今天就不要吃饭了，使劲喝水吧。"

杜三文今天正好回来了，不知道什么时候与王秋竹也出现在了人群中。

杜三文急忙问道："用不用给她们洗一下肠子？"

医生冷静地说道："咱们没有条件洗肠，有条件的医院又太远了；再说了，真要有事的话，她俩现在就不是这个状况了。"

围观的人群慢慢散开了，双方家长也把各自的孩子领回了家。

杜望月这次很听话地喝了很多水，直喝得水都从口里往外吐了。

若说杜望月的身体是柔弱的，那么杜如月的身体就是强健的。

庄稼地里的每一亩地都需要施肥，可肥从哪里来呢？除了社员每家每户上交的农家肥外，生产队还有好几个沤粪的大坑。

麦秸是沤粪最好的原材料。把麦秸倒进粪坑中，经过雨水的浇淋、阳光的照射，麦秸慢慢地变黑、腐烂，这时就可以将其运到地头当农家肥使用了。

但用麦秸沤粪需经过一个比较漫长的过程。麦子脱穗后，人们将麦秸倒进粪坑中，粪坑一时变得黄灿灿的。麦秸堆得虚虚的、厚厚的，粪坑一下子成了孩子们的乐园。

孩子们站在粪坑边，一下子跳进垫了麦秸的坑里，再从坑里爬起来，接着跳，乐此不疲，就像跳水运动员一样。有些调皮的孩子还会跳出各种花样来。

这个游戏男孩子们玩得多一些，但杜如月可是个"女汉子"，再深的坑她也敢跳，再难的动作她也敢做。

一次，孩子们比赛谁跳得远。大家排好队，一个接着一个跳。别人都是站在原地往里跳，杜如月先后退好几步，再来个助跑，自然比别人都跳得远。

可这时这些麦秸已倒进这个粪坑好长时间了，从表面上看麦秸还是黄色的，实际下面已经开始腐烂变黑了。离粪坑边缘近的地方，麦秸垫得还多一些，跳进去没什么异常；离边缘远的地方，麦秸垫得本来就薄，再加上越到中间，雨水越容易聚集，麦秸腐烂得就越快。

偏偏杜如月跳得最远，正好跳到粪坑中间，她还没来得及高兴，就陷了进去，连鞋带袜糊满了被沤烂的、变成农家肥的麦秸。

杜如月好不容易从粪坑中爬出来，回到家中又招来了王秋竹的一阵打骂："看你还像不像一个姑娘家？哪有姑娘家跳粪坑的？你再跳得远一些，估计都把你淹死了。还敢不敢跳了？"王秋竹一边骂，一边用扫炕的笤帚往杜如月肩膀上打。

杜如月自知理亏，也没敢吱声。

公社有一个专门收购各种家畜的大院，猪、羊、狗、鸡、兔都收。

刘国中老师家养兔子已经好几年了。将兔子养大交到公社的家畜大院，也能换一笔不小的收入。

五级村地处山区，村里平坦之地都种了庄稼，只有人不容易去的地方才长有野菜、野槐树，因此兔子吃的蒲公英、槐树叶等是要到崖上去采集的。杜如月从小就想养兔子，可刘国中老师考虑到去崖上采摘的危险性，一直不敢给杜如月兔子。

现在，杜如月已经长大了。一天中午，刘国中老师将一公一母两只兔子用一个小盒子装着，给杜如月拿了过来。幸福来得太突然，看着两只毛茸茸的乖巧的灰兔子，杜如月、杜望月两人高兴坏了。

当天下午，王秋竹就帮姐妹俩给兔子垒了一个窝。刚过了满月的小兔子，特别招人喜欢，姐妹俩一会儿喂吃的，一会儿喂水，连作业也忘记写了。

蔬菜与粮食，是不能给兔子吃的，这些东西都是按人头分的，人都不够吃，更不能喂兔子了。要喂兔子，就必须到崖上去采集野菜、树叶等。

村里喂羊、喂猪、喂兔子的人家很多。下午放学后，大点的孩子就会相跟着，背上背篓，去崖上摘树叶、采野菜。

槐树爱长在崖边上，摘槐叶时大家都小心翼翼的，先把一根树枝揪过来，把树叶子一把捋下来，放进背篓中；捋完树叶后，要快速把树枝放开，不能拖泥带水，避免人被树枝带倒，掉到崖底下。

杜如月是出了名的眼疾手快，摘树叶这活自然不在话下。

放学后的时间本来就不多，到崖上一阵摘树叶、采野菜后，天基本上就麻麻黑了。回家时是要经过牛狼板的，人们都说这里有狼活动，孩子们便吹着口哨，高声叫喊着给自己壮胆。

一秋天都要去崖上给兔子采集食物，除了现在吃的，还要准备冬天吃的。

兔子长得很快，第二年春天，母兔子就生了一窝小兔子，加上生下来就死了的两只总共生了六只。看着那么小、那么弱的生命，杜如月生怕它们在院子里冻死，就把母子兔子都搬到家里喂养。为了让兔妈妈多产奶，她还给兔妈妈熬稀饭喝。

小兔子长到五个月的时候，就可以拿到公社去卖钱了，四只兔子卖了十三块钱。当杜如月把卖兔子的钱交给妈妈的时候，失去兔子的空虚感与卖到钱的满足感同时涌起。一周后，她的心情才慢慢平静下来。

养兔子的过程是辛苦的，但同时也是快乐的。

因为养兔子，崖上也成了杜如月经常活动的场所。崖上一般都不平整，没法种庄稼，所以只有野草、野树生长其间。

崖上有毛毛草，可以编起来，戴在头上玩；崖上有甘草苗，可以挖出来，泡上开水喝；崖上有麻麻花，可以揪下来，当调味品吃；崖上有红酸枣，可以摘下来，装进衣袋里，当零食吃；崖上有很多野菜，有适宜猪吃的，有适宜羊吃的，有适宜兔子吃的；崖上还有放羊人挖的洞，下雨的时候可以进去躲雨……

位于黄土高原上的崖呀，养育过多少生命！杜如月每次来到崖上时，总感觉这里有先人的影子——从赤身裸体的古人到文明礼貌的现代人，一代又一代，生生不息。他们也像自己一样，在这里挖野菜、摘野果，暴风雨来临的时候，也会钻进山洞里躲避……

这里的一切真让人留恋，真让人久久无法忘怀……

时间匆匆流逝，但它从不忘记每年准时把春夏秋冬送到五级村。

在春夏秋冬的轮换中，杜如月已经从一个纯真儿童成长为一个叛逆少年。

杜如月小学临毕业的时候，正赶上学校调整升学时间，由原来的春季升学改为秋季升学——所有的学生都晚半年升学。已经学完小学课程的五年级学生，只得再用半年的时间复习功课。

数学每天考试，每次考试都要做一百道题，最初是简单的自然数的加减法、乘除法，后来是小数、分数的加减法、乘除法，只练速度与准确率；语文每天写作文，开始时要求写一百字，后来要求写五百字，从记叙文到议论文，从写字的美观到用词的准确，每天都有新要求。

在等待升学的半年时间里，虽然没有学新课程，但经过严格的准确性方面的锻炼，大家都度过了一段终生难忘的时光。

杜如月升入了初中，村里有好多学习不太好的同学都选择了辍学，小学时同年级有两个班，初中只有一个班。

王海青、张利利原来是小学甲班里学习最好的，杜如月、刘竹梅原来是乙班里学习最好的，到了初中，她们在一个班了，自然而然地就走在了一起。

初一的时候，数学老师是从东冶中学调过来的张老师。张老师说话大舌头，讲课的时候又是照本宣科，引得同学们很是不满。

刚开始，大家还只是在课后议论议论，学学张老师说话的样子，后来大家都在传说张老师是因为在东冶中学教得不好，才被下放到五级村学校的。

面对这种情况，新组成的"四人小组"自然是要管的。

张利利是班长，她首先发言说："咱们给学校写一封信，要求更换张老师，大家都在信上签名。"

王海青比较谨慎，说："万一学校不答应，咱们都签了名，张老师以后给咱们穿小鞋怎么办？"

刘竹梅也有所顾虑，说："我爸也在学校当老师，如果签了名，张老师会不会以为是我爸指使的？"

杜如月也觉得这个办法不妥，说："这太让张老师下不来台了，最好能让张老师自己提出来要调走。"

大家一致觉得杜如月的想法可行。

可怎么才能让张老师自己提出来要调走呢？

大家的目光都集中在了杜如月身上。

杜如月想了想，平静地说道："咱们可以找一些课外的难题去请教张老师，如果他回答不出来，自然而然就不好意思再教咱们了。"

可到哪里去找课外的难题呢？

二十世纪八十年代初的五台县五级村仍然比较落后，学生们根本没有多少课外资料。

张利利、王海青都是农民子弟，父母让她们继续读书已经算是很有远见了，课外资料那是想都别想的。

刘竹梅的父亲虽然能找到一些课外资料，但刘竹梅为了避嫌也不愿出头。

杜如月既有父亲上学时留下的课本，又有父亲给买回来的课外资料，找难题的任务自然就落在了杜如月的头上。

杜如月晚上找到难题，第二天就在张老师的课堂上向张老师提问。那时不仅是这个"四人小组"的人要围在张老师周围，班里的很多学习比较好的同学也会围过来，等着张老师给解答。

张老师一贯是照本宣科，课内的题还能勉强应付，课外的基本上他从不涉及，果不其然，杜如月找来的难题他大多解答不出来。

这样的事发生了大约五六次以后，张老师终于意识到这是杜如月有意为之。

一天在课堂上，张老师刚讲完数学不等式，就在黑板上出了一道题，要求杜如月上去解答。

杜如月每天只顾着找难题为难张老师，根本没有预习课本，更没有想到张老师会让自己上黑板做题——以前张老师是从来不叫学生上黑板做题的——一时心里很是慌乱，脑子好像也不会思考了。她尴尬地站在黑板跟前，半天解答不出来。

张老师也不给答案，只是说："你下去后好好想想，明天再来解答。"

很显然，张老师这是展开了回击。"四人小组"也意识到，今天必须把这道题解答出来，否则就会前功尽弃。

可既然是张老师有意为之，这道题自然是不好解答的。四个人在一起讨论了半天也没有解答出来，杜如月只好回家独自继续研究。

第二天上数学课的时候，杜如月竟然把那道题的答案写了出来。

这大大出乎张老师的意料。

这以后没多久，在五级村学校待了不到一个学期的张老师，便自己请调去了永安村学校。

张老师是调走了，可是并没有合适的数学老师来接替。

学校里只有刘国中老师是教初中数学的，可他已经教着初二、初三两个年级的数学了，并且还是初三年级的班主任，根本没有精力再接这个初一年级了。可孩子们的学习进度也不能落下呀！于是学校让刘国中老师暂时代段时间的课，直至学校物色到合适的数学老师。

刘国中老师是正经的师范毕业生，只是为了照顾父母、妻儿才屈尊回五级村教书的，能力与威信都高。大家也都非常希望刘国中老师能给代课，哪怕是代一段时间。

在刘国中老师代教的一个月时间里，初一年级的学生在数学上表现出了前所未有的热情，特别是从小受到刘国中老师关注的杜如月，她生怕让刘国中老师失望。

为了补上张老师带课期间落下的知识，大家放学后都不着急回家，请刘国中老师把张老师讲过的课程再快速过一遍，然后大家再做一些课外题。

那时已是寒冬腊月，天早早就黑了。尽管这时的五级村早已全面通电，但学校为了节省开支，只给初三年级教室装了电灯，因为初三要上晚自习。初一年级教室没有电灯，大家就从家里拿上煤油灯、蜡烛，自觉地上起了晚自习。

刘国中老师本就要在学校陪初三学生上晚自习，现在也乐于抽出些时间来给初一学生补补课，毕竟自己女儿与杜如月也在这个班。

一次讨论时，刘国中记起张老师要杜如月做的那道题，便问她是怎么做的。

杜如月就把自己的思路说了说。

刘国中一边听一边用赞许的眼光看着杜如月。末了，他说："你能推出答案已经不错了，这道题所涉内容要到初三才学。"

一时间，杜如月脑筋好的名声便像长了翅膀一样，在五级村学校传播开来。

村里有个民办女教师，叫孙小琴，三十多岁，为了考取公办教师，现在正在自修初中数学。

孙小琴是个要强的人，干工作很认真。学校抱着试一试的态度，让孙小琴带初一年级第二学期的数学。

　　孙小琴与学生一起学习，一起讨论，课堂气氛很好，学生也有了充分发挥自己主观能动性的机会。尤其杜如月，经常热心地帮同学解答一些难题，被同学们唤作"杜先生"。

　　一个学期下来，初一年级的数学成绩在公社的会考中名列前茅。孙小琴老师也顺利通过了公办教师的考试。

　　暑假期间，杜如月被妈妈派去给舅舅家送白面。杜如月家在滹沱河的北面，小麦种得比较多；舅舅家在滹沱河的南面，那里河滩较宽，再加上村里的小山下面有泉水涌出，水稻种得比较多。两家就互通有无，杜如月给舅舅家送白面，舅舅家给杜如月家送大米。

　　滹沱河的河水比杜如月小的时候已经少很多了，河滩里很多地方都没有水了，只中间较深的地方有小股河水流过。

　　雨季的时候，河水大一些，为方便往来，东建安村便会在河水较深的地方搭一座简易桥梁。有了这座简易桥梁，滹沱河便不再是两个村之间的障碍了。

　　杜如月过得河来，便只见一片江南水乡的风光，稻浪滚滚，荷叶田田。村口两个大池塘边，洗衣服的女人们笑声朗朗、槌声清脆。

　　杜如月看到这场景，立时回想起自己儿时跟随母亲在这里洗衣服的时光。

　　那时自己与表姐在岸边捉蝴蝶，逮蜻蜓，母亲一边洗衣服一边大声吆喝着要她们注意安全。后来姥爷去世了，母亲便不来东建安长住了，自己也来得少了。

　　快乐的时光总是转瞬即逝。杜如月刚进了舅舅家院里，就听到妗子与表姐的争吵声。

"姑娘家念那么多书有什么用？你长下那么大个个子，甚活也能干了，还想让我们白养活你？！"

"谁让你们白养活了？哪年假期我没有劳动？不是插秧，就是打草绳子……"

"你是一生下来就这么大了？吃奶的时候也会劳动？"

"呜呜……"

这是表姐哭了。

站在院中的杜如月听得真真的，一股怒气直冲胸口。她猛地推开屋门，把白面往灶台上一放，指着妗子说道："姐姐还不到十八岁，你们有义务养活她。"

"什么义务？你到法院告我们去哇！谁家的娃能一直上学？谁不是小小年纪就给家里劳动上了。"

这是杜如月第一次与长辈争吵，虽然她觉得自己有理，但迫于长幼有序的道理，也便缓和了一下语气说道："姐姐将来考上大学，对你们也有好处。"

"我们能有什么好处？考大学哪有那么容易！她连高中也考不上，哪里就能考上大学了？"

原来两人吵架是因为初中毕业的表姐这次没有考上高中，想复习一年，明年再考，可妗子不想让表姐复习了，想让表姐下地劳动。

杜如月虽然年轻气盛，但在现实面前她还是比较理智的，想着高考只有百分之三到百分之四的升学率，而表姐现在连高中都考不上，便没有了与妗子继续争吵的心气。

十五岁的表姐面容姣好、身躯稚嫩，杜如月一想到从今往后她再无上学的机会，每天只能与锄头、铁锹相伴，一股无名的痛楚就涌上了心头。

从舅舅家出来，杜如月又路过了女人们洗衣服的池塘，又看到了翻滚的稻浪，又见到亭亭玉立的荷花；但这些景物似乎变得越来越模糊了，最后稻浪变成了表姐弯腰插秧时穿着的绿色上衣，荷花变成了表姐卷起裤腿放水浇地时被蚂蟥咬破腿而流出的鲜红血液，而洗衣服的女人竟变成了八十岁时的表姐……

满心惋惜，满心无奈。杜如月回家后，决心要努力学习。

杜如月升入初三后，学校开了化学课，听说学校要来一名师专毕业的化学老师，是名男老师。五级村学校大多是女教师，并且以民办教师居多，现在要来一位正规师专院校毕业的男教师，自然引起了一阵不小的风波。

大家都猜测着消息的可靠程度，讨论着男老师的年龄、身高、长相等。

就在大家的好奇心快要耗尽的时候，"庐山"的"真面目"终于呈现在了大家眼前。

化学老师来了，他名叫张云飞，二十二岁，个子不高，但五官长得非常立体，浓眉大眼，嘴唇上隐约可见一圈小胡子，整个人看起来干净利索、聪明睿智。

张云飞老师带给了大家新的审美。大家见惯了黑红粗糙的皮肤，而张云飞老师的皮肤白净而细腻；大家见惯了皱皱巴巴的衣裳，张云飞老师的军绿色上衣干净而整齐。

张云飞老师不仅在外貌上给人一种全新的感觉，讲起课来也是与众不同。

张云飞家在石村，与五级村相隔两个村，不能每天回家，他便住在了学校的窑洞里。他刚刚从师专毕业，又没有家室的拖累，很想做出一番成就来，便把全部精力投在了这个他第一次带的初三班。他要求几个学习比较好的学生每天必须向他提出五个问题来。

哪里能找出这么多问题？但大家还是每天努力去找。

张利利的这项作业完成得最好，不仅在课堂上、课间十分钟，甚至在中午吃饭休息的时候、下了晚自习的时候，都能找出问题向张云飞老师请教。她一个人几乎占据了张云飞老师的全部课余时间，别人别说是问五个问题了，就是一个问题也没有机会向张云飞老师请教。

张老师也发现他的要求有点不切实际，一个人一个人地解答问题确实很费时间，何况很多问题都是共性的。于是他就指派杜如月把大家的问题收集起来，统一交给他，然后他会在课堂上给大家集中解答。

这个方法本来很好，既节约了张老师的时间，大家的问题也都能够得到解答，但却引来张利利的不满。张利利把这种不满撒在了杜如月身上，说这是杜如月为了接近张老师而给张老师出的主意。

杜如月这下可真是应了刘国中老师经常告诫她的那句话了——"浑身是嘴也说不清"，只是这说不清的原因，并非自己粗心大意造成的。至于是什么原因让张利利产生了这种想法，杜如月始终想不明白。

只是从此以后，杜如月为了避嫌，再也不敢单独去张老师住的窑洞了，即使在路上碰上张老师也是能避开就尽量避开。

可谁知杜如月越是小心，张利利越是不满，到最后，张利利都不怎么和杜如月说话了。

半个学期很快就过去了，过春节的时候，杜如月一家没有了往年过年时的喜庆气氛，因为住在姑姑家的奶奶病了，而且病情严重。

正月初三，一家五口人奔赴太原，看望奶奶。奶奶已经病了一段时间了，最近都不怎么吃东西了。

知道儿子、媳妇、孙女们要来，奶奶格外高兴，早晨起来就开始忙乎上了。

杜如月见到昔日红光满面的奶奶脸上没了一点血色，本就矮小的身躯变得更加矮小，说话时嗓子沙哑，一股从来没有过的伤痛感涌上心头。她抱着奶奶失声痛哭，全家人无不为奶奶的变化而伤心流泪。

站在一旁的姑姑说："今天是个好日子，全家人在一起应该高高兴兴的。妈妈今天感到好些了，早晨早早就起来了，还吃了一个鸡蛋糕。"

大家一起动手，包了饺子，给奶奶做了薄薄的面片，加了点葱花醋，奶奶破天荒地吃了大半碗。

姑姑家房子小，住不下杜如月一家人。杜如月一家便坐了下午的火车回到了五级村。

从太原回来后，杜如月的脑海就被回忆占满了，与奶奶一起度过的快乐时光像演电影一样一幕一幕地呈现在杜如月眼前。

杜如月在太阳底下与小朋友们一起玩时，奶奶总是说："妗妗，你看，就数你头上的火焰高，你是最有福气的，你有神仙保佑呢。"

杜如月小时候不长个，奶奶便把杜如月抱起来，让她双手抓住门框，奶奶使劲往下拽她的腿，口里还不停地念着："妗妗，快快长高！妗妗，快快长高！"

院里晾着刚磨好的面粉，起风了，奶奶叫她："妗妗，赶紧帮奶奶收面粉。风刮面，不见面。要不了一会儿风就把面粉全刮跑了。"

冬天睡觉，屋里比较冷，奶奶总是先睡进被窝里，把被窝暖热了，再让杜如月上炕睡。睡一会儿，杜如月的这边又凉了，奶奶就说："妗妗，从我肚子上爬过来，睡到我这边来。"

去东冶二老舅家的路远，杜如月走着走着就不想走了，奶奶便说："妗妗，你站到石头上，爬到我背上来。"

磨豆腐很熬人，有时候磨到很晚了，奶奶总不顾疲劳，要在火炉上做点面条、拌汤之类的让杜如月吃，并说："力气是奴才，走了还来。吃上这一碗饭，力气就又来了。"

……

与奶奶在一起的点点滴滴是永远也回忆不完的。

正月十六，小汽车把奶奶从姑姑家送了回来。奶奶变得骨瘦如柴，眼睛也深陷了下去，与正月初三相比，都已是判若两人。杜如月趴在奶奶床前，眼泪扑簌簌往下掉。奶奶用沙哑的声音说道："妗妗，不要难过，奶奶要去天上了，要去见我爹和嬷了。"

正月二十二日上午，奶奶走完了她人生的最后一程，带着病痛的身体，永远地闭上了双眼，享年七十八岁。

奶奶的一生是勤劳的一生。她是家里的老大，下边还有三个弟弟、两个妹妹。为了照顾弟妹，奶奶没有上过一天学，背上是永远也背不完的弟弟、妹妹。

奶奶的一生是乐观的一生。在最困难的、被扫地出门的日子里，她领着自己的两个孩子，靠着娘家微薄的接济生活，有时甚至到了要伸手要饭的地步；即使在这样的情况下，她都没有放弃对生活的希望。

奶奶的一生是善良的一生。她用爱心对待身边的每一个人，不论是五个弟妹，还是周围邻居。她的三个孙女、一个外孙女也都是在她的倾心关爱、精心照料下长大的。

奶奶的一生是无私的一生。她在自己身体好的时候，尽量为子女们付出，即使是在生命的最后关头，也不愿给子女增添一点负担。她咬紧牙关，忍着病痛，安宁地接受死神的到来。

世界上的伟大有千万种，奶奶用爱心演绎了她平凡而伟大的人生。

242

失去奶奶的杜如月，第一次经受了挚爱之人离去所带来的心理伤痛，她觉得包围着自己的爱变得稀薄了。

奶奶下葬了，与爷爷合葬在一起，坟地位于奶奶的爹与嬷的坟地的下方。

奶奶是带着希望走的，她知道自己儿子一家人的非农户口马上就要办下来了。

奶奶走后两个多月，杜如月一家人的身份终于从农业人口变成了非农业人口——刚刚分下的口粮地才种了两年就得给大队退回去，每个月还要到公社的粮站去买供应粮。

刘竹梅的身份也从农业人口变成了非农业人口。她母亲是一九六二年从非农业人口转为农业人口的，属于"六二压"。"六二压"的未成年子女国家也给解决户口。

非农户口在当时最有吸引力的地方，就是可以报考技工学校。技工学校比大学、中专好考一些，初中毕业的学生只要有非农户口就可以报考，毕业后国家给安排工作。

一眨眼杜如月就要初中毕业了。刚刚和杜如月缓和了关系的张利利，选择了一条与刘竹梅、杜如月不同的道路。

张利利要考师范学校，这样可以早些参加工作，给家里减轻一些经济负担；当然，这就意味着她放弃了考大学的机会。

杜如月一心想考大学，所以坚定地选择了上高中。

王海青与杜如月一样，也想考大学，所以也选择上高中。

刘竹梅也想考大学，可她父亲刘国中想让她直接考技校，并说："咱有这条件，为何不用？"

刘竹梅与她父亲争辩道："杜如月也有这条件，可她就要上高中、上大学。我怎么就不行呢？"

刘国中有些不悦，说："不是不让你上大学，是怕你考不上大学。你怎么能和杜如月比呢？她的脑筋比你好，你怎么就不明白呢！"

刘竹梅像受了多大委屈似的，一下子爆发了，大声地与她父亲叫了起来："她聪明，她脑筋好，从小你就老是夸她，从来不夸我，她的成绩也比我好不了多少！"

刘竹梅与她父亲的争吵，杜如月当时是不知道的，只是觉得刘竹梅忽然与张利利走得近了，与王海青和自己有些疏远了。再后来，王海青与杜如月自然而然就走在了一起。

中考就在眼前，为了能在晚上多学习一会儿，杜如月与王海青住到了杜如月奶奶生前住的那个小东屋里。屋里点着发红的、瓦数很小的电灯，炕中间放着一个掉了漆皮的黑色小炕桌。电灯就挂在小炕桌的上方，小炕桌上有一片光亮，屋子里其他的地方都黑乎乎的。

在中考前的三个月里，杜如月与王海青每天住在这个阴暗的小屋子里，可她们心中却有无限的光明。

已是中考倒计时了，可杜如月家唯一的一块手表杜三文戴走了，而且中考这几天他是不回来的。

不知道张云飞老师是怎么了解到这个情况的，中考前一天的下午，张老师把杜如月叫到了他的窑洞里，把自己的手表递在了杜如月的跟前，说："考试没有手表可不行，会影响你的成绩的。我这块手表借你戴几天。"

手表在当时属于贵重物品，即使是像张老师这样正规院校毕业的大学生也得用三四个月的工资才能买上一块。

杜如月没有心理准备，觉得这关心好像超出了师生关系的范围，她站在那里不知如何是好，只是说："这么贵重的东西，我怕给你弄坏了。"

张老师把手表又往杜如月跟前递了递，说："没事，手表哪有那么不耐呢！坏了算我的。"

杜如月还想推辞，可看到张老师那关切的目光、坚定的态度，只得把手表接了过来，心里感觉又紧张又温暖。

中考一结束，杜如月就想赶快把手表还给张老师。是一个人去呢，还是叫上王海青一起去呢？杜如月想，到现在为止，张老师借给自己手表的事还没有人知道呢，若叫上王海青一起去，就得把这事告诉她，这会不会引起不必要的误会呢？若不叫她，自己一个人去……想起一个人面对张老师时的尴尬局面，她顿时没有了独自面对张老师的勇气。

最后她还是叫王海青和她一起去把手表还给了张老师。她再三叮嘱王海青，不要把这事告诉别人。王海青只轻轻说了一句："这有啥呢。"

确实也没啥。王海青的一句话便让几天来萦绕在杜如月心中的紧张与不安烟消云散。

八月中旬，大队的高音喇叭广播了初三学生的中考情况。王海青、杜如月考上了槐荫高中，张利利考上了师范，刘竹梅考上了电力技校。

昔日的四个好朋友，都如愿考上了自己理想的学校。

一九八二年的时候，五级村落实国家政策，把"四清"时分走的杜三文家的房子又退了回来。整整住了十七年又黑又冷的南房的杜三文一家又搬回了正房。

上了高中的杜如月已很少住在家里了，大部分时间是住在学校。

槐荫高中离五级村有七八里地，上学的孩子们一般是以自行车为交通工具，一周回家一次，去拿一周吃的干粮。王海青不会骑自行车，杜如月每周还得带上王海青。

这种情况持续了两年。

带干粮上学是那时离家不算近的农村学生解决吃饭问题的一种常见办法。学生一般是带玉茭面窝头，偶尔也有带白面馒头的，再带上一饭盒烩菜、几块咸菜。学校食堂有一个蒸笼，专门用来蒸学生自带的干粮。每到饭点，学生们从蒸笼里拿出自己的干粮，就上自己带的菜吃。每顿饭都是这样。冬天时还好说，时间长了窝头只会发干，不会发霉；夏天的时候，等不到一个礼拜，窝头就会发酸，发霉，但学生们也往往只是把霉点抠一抠，就送去蒸笼中了。

其实学校是有食堂的，可吃食堂一个月要交六块钱的伙食费，所以一般只有住得很远的同学才吃食堂。自己带干粮只在食堂蒸一下的学生是不用交伙食费的，可以省下六块钱。

一九八三年，杜三文所在单位落实国家政策，给解决了家属户口问题的职工分配了住房。杜三文一家便从五级村搬走了，房子委托给了对门的李明亮一家照看。

好政策一个接着一个，杜三文一家还没有从住到温暖的正房里的喜悦中走出来，就又住到了城市里有暖气、自来水的楼房里。

住在楼房里的人们是幸福的。那时能住上楼房的人家并不多。杜如月一家住在四楼——站在阳台上，可以看得很远，正月十五街上挂的灯笼都可以清楚地看到。

住上楼房的时候，王秋竹四十一岁，杜如月上高三，杜望月上初二，杜似月上幼儿园。

四十一岁的王秋竹对生活表现出极大的热情，她积极参加单位给家属安排的各种劳动。她做过小香槟，帮过灶，考过种，喂过鸡，拿出农村人的勤劳与朴实踏实地干着，因此得到项目负责人的认可。这之后，单位只要有活干，总落不下王秋竹，王秋竹干的活总是比别的家属多一些。

可没多久王秋竹便听说一起干活的几个家属在背后说自己的坏话。当王秋竹把这事说给杜如月的时候，杜如月觉得是妈妈神经过敏——一起干活的那些家属也都是刚刚落实政策从农村来的，应该不至于这么难处。

在杜如月的世界里，一切都是美好的。

杜如月顺利地考上了大学，虽不是什么名校，但毕业的时候，学校给安排了工作，前途无忧。杜如月在大学里找了对象，对象名叫郭东升。郭东升最大的特点就是有一副嘹亮的好嗓子，他唱歌特别好听，外号"蒋大为"。听惯了郭东升唱歌的杜如月，对音乐也表现出了极大的热情。

刚上小学的杜似月长得胖乎乎的，圆圆的脑袋、圆圆的脸蛋、圆圆的眼睛，后脑勺吊着两条小辫子，她唱的歌非常好听。

当时流行听录音机，一盒磁带上有十几首儿歌，杜似月都能唱下来。杜如月假期回到家里，最喜欢干的事情就是听杜似月唱歌。她把录音机里的原唱关掉，只留下音乐，杜似月伴着音乐唱，唱得几乎和原唱一模一样。

杜如月看着这个小妹妹，越看越喜欢，以前因年龄相差较大，二人没什么共同语言，可现在这个连字都不认识几个的小妹妹，居然可以记住这么多歌词，并且还能把这些歌唱得这么好听，杜如月觉得这个小妹妹实在是太可爱了。

杜似月出生时，正赶上国家改革，杜似月的成长过程，正是国家欣欣向荣的发展过程。随着国家的进步，杜似月家的经济条件也有了明显的改观；特别是到了城市以后，王秋竹也可以挣到一份工资，虽然不多，却也可以大大缓解杜三文的经济负担。杜三文的工资也是年年涨，杜似月小小年纪就过上了天天吃鸡蛋喝牛奶的生活，与杜如月小时候的生活根本不在一条水平线上。

杜似月上小学三年级的时候，个子就已经超过了杜如月。

一个周末的上午，杜如月回到家里后听妈妈说妹妹似月参加学校的长跑比赛去了。杜如月怕妹妹跑完后会很累，就骑上自行车去学校接妹妹。仅仅一个月没有见面，杜似月好像又长高了一大截。

杜似月见到这个小个子姐姐，从姐姐手中要过自行车，让姐姐坐在后座上，她要带上姐姐回家。

以前总是杜如月骑自行车带人，现在有这个最小的妹妹带自己了，杜如月心中油然而生一种被照顾的幸福感。

杜望月高中毕业后也参加了工作，在忻州纺织厂上班。在一家人的印象中，杜望月体质最弱，但正是这个体质最弱的杜望月却干上了最累的工作。

在纺织厂工作是需要上夜班的，并且在上班的八小时内是不能休息的，要不停地走动，来回观察纱锭的出线情况，稍有不慎，就会出现断线或者绕线的事故，这是不被允许的。

以前那个最爱睡觉的、体质最弱的杜望月，在纺织厂锻炼了半年后，身体开始变得强壮起来，特别是走路的功夫，得到了大幅度提升，连从小就干惯了各种农活的杜如月在走路的功夫上也是远远地落后于杜望月了。

两个妹妹都长得比自己高，比自己结实，杜如月觉得自己虽不在父母身边，但有两个妹妹在家里她也是放心的。

父母在的地方就是家，忻州渐渐成了杜如月心中的家，一到假期首先想到的就是回忻州。

杜如月这次回到忻州，家里发生了一件重要的事情。为她家照看老房子的李明亮家分到了宅基地，并且在宅基地上盖了新房，他们要搬到新房子里去住了，不能继续照看杜如月家的老房子了。

杜如月家一时也找不到合适的人来看房子——现在大家都喜欢住在新房子里，像杜如月家的这种已有百年历史的老宅，虽然看起来古朴大气，但却不如新盖的房子住起来舒适。杜三文考虑到房子年代久远，很多地方都需要修缮，自己又只有三个女儿，老宅子也没必要非留下，就决定把老宅子卖掉。

　　这是迟早的事，当杜如月一家搬离老宅时，就注定会有这么一天。请李明亮一家照看房子，也只是为了使全家人与老宅子分离的日子晚些到来。

　　没用多长时间，老宅子就卖掉了，李明亮的侄儿李建堂买了。

　　卖房子期间，杜如月请了假，陪着父母回了一趟老家。家里的大部分东西在几年前搬家的时候就已经搬走了，只留下一点以备回来时用的被褥、碗筷，家里留的最多的是瓮子、缸子之类的，这些东西在城市里用不上，也没有地方放。李建堂挑了几件留给自家用，剩余的都搬在了院子里，大大小小的摆了半院子，周围邻居谁家看上哪件就可以搬走哪件。

　　房子卖了，房子里的东西也搬空了，一切进行得是那样的自然。

　　房子是清朝光绪年间盖的，房子里的瓮子、缸子之类的东西是历经杜家四代人逐步购置的——购置时左挑右选、视若珍宝的东西现在就这么随便被人拿走了。

　　等到一切处理妥当后，时间已经不早了，杜如月随父母住在了东建安的八舅舅家。

　　八舅舅家里只剩四口人了，表姐已于两年前嫁到了相邻的大建安村。

　　杜如月想叫表姐回来见见面，可刚一开口就遭到了八妗子的反对："那个死娃子，这辈子我也不想见她。"

王秋竹一听话头不对，赶忙劝说道："八嫂，你这是咋了，自己的娃娃咋能不见呢？"

八妗子似有满腹委屈，号啕大哭起来，随后又破口大骂："那个姓赵的，不是个东西，除非他们离婚，要不休想登我的家门。"

王秋竹丈二和尚摸不着头脑："八嫂，这到底是咋回事呢？你慢慢说说。"

"咋回事？你问你那个没嘴的哥吧！"八妗子把系在腰间的围裙解下来，扔在了坐在地下不吭气的八舅舅头上。

王秋竹叫上她哥到了院里，杜如月也跟了出去。

"八哥，八嫂这是咋了？娃们结婚时不是还高高兴兴的嘛！"

八舅舅叹了一口气，说道："唉，结婚时就不满意，姓赵的多给了两千块钱彩礼她才勉强同意。"

"既然同意了，怎么又搞得这么僵？"王秋竹问道。

"唉，你不知道，姓赵的多给了两千块钱，心里也不怎么服气，就对你嫂子不恭敬。"八舅舅说话也是向着自己的老婆。

杜如月最爱追根问底了："八舅舅，姐夫对八妗子怎么不恭敬了？"

八舅舅略微顿了一下，似乎不好开口，最后用不高的声音说道："那个姓赵的和你八妗子说话，眼睛总是看别的地方，有一次还剜了你八妗子一眼。"

听舅舅这么说，杜如月也觉得这个表姐夫对长辈有点不恭敬。

不愉快的话题就没必要继续下去了。王秋竹把东坡地卖房子的前后经过也与她哥嫂详细说了一番，就像说别人家的事情一样。

第二天一早，杜如月一家人就坐上火车离开了。

老家的房子卖了一万七千块钱，杜三文想，自己只有兄妹二人，况且妹妹杜三香对母亲照料颇多，母亲最后的那段时光一直生活在妹妹家，就想着把卖了房子的钱给妹妹分五千块。

杜三文把自己的想法与全家人说了，全家人都表示同意。

杜三文、王秋竹两人拿着五千块钱，坐上火车到了太原，叫上杜如月一起去了杜三香家。

他们一进家门，杜三香就问："哥，房子卖了？"

"卖了。"杜三文不假思索地说道。

"卖了多少钱？"杜三香快速接口道。

"卖了一万七，这不，给你拿来五千。"杜三文一边说着一边从包里往外拿钱。

"为啥给我五千，不是应该给我八千五吗？"杜三香满脸不悦地说道。

杜三文一家没想到会是这种情况。王秋竹一听话头不对，也没好气地说道："老家的房子都是留给儿子的，你哥亲你才给你拿五千块钱的。"

"你这是什么观点？现在男女都平等了，儿女都有继承权。"杜三香的声音愈发高了。

"好心给你拿来五千块钱，你却这样不识好歹！你要继承权找你妈要去！"王秋竹也毫不示弱。

"你还好意思提妈！妈生前的口粮钱不是我出的？"杜三香声嘶力竭地嚷着。

"妈的口粮不是都换成白面、大米拿给你了？你拿口粮钱不是应该的？"王秋竹的声音也大了起来。

杜如月从来没见过这种阵势，一时不知该如何是好，站在一边不敢插嘴。

杜三香、王秋竹两人各自叙述着自己对家里的贡献，从下午四点一直吵到晚上十点，没有喝水，没有吃饭，最终也没有吵出一个结果来。

杜三文怀揣着对妹妹的满心爱意而来，带着从头到脚的凉意而去。

从杜三香家出来，已误了最后一班电车。杜三文一家三口步行了近两个小时才回到杜如月的家。

以前，在杜如月的心里，常为有个在太原上班的姑姑而感到自豪。在老家的时候，姑姑回来看奶奶时也总会给自己和妹妹们拿回来小手绢、袜子、凉鞋、水果糖等东西，姑姑说起路过五级村学校门口，看到张贴在大门口的"三好学生"名单上有"杜如月"时总是那么高兴。杜如月在太原上大学时，姑姑也经常叫她到家里去吃饭，还隔三差五地给她塞点钱。

那个曾经亲哥哥、亲侄女的杜三香哪去了？

卖掉老宅，杜三文不仅失去了祖传四代的房子，还淡薄了维系了四十多年的兄妹亲情。

杜如月与郭东升经过五年的恋爱长跑，终于要结婚了。同在一个科室的赵小红与杜如月年龄相仿，也准备要结婚。单位为了照顾这两个要买结婚礼服的女孩子，就给了她俩一个去上海出差的机会。

赵小红从小在太原长大，生得清秀、漂亮，穿衣时尚大方，找的爱人是高干子弟。杜如月从小在农村长大，不怎么会穿衣打扮，这次能和赵小红一起去上海出差，她非常高兴，想着可以让赵小红给自己做个参谋，顺便也提升一下自己的穿衣品味。

二十世纪九十年代初，地处内地的山西太原和繁华的大都市上海还是有很大差距的。

杜如月第一次来上海，到了上海南京路，进了上海市第一百货商店，琳琅满目的商品让杜如月目不暇接。这里的衣服不仅款式新颖，而且价格便宜，仅仅在这一个商店里，杜如月就买了一大包衣服，把身上带的钱花了个差不多。

杜如月喜滋滋地从上海回来后，迫不及待地把自己的上海之行打电话说与王海青听。

王海青大学毕业后分配回了五台县城，在五台中学任教，她是杜如月那时最知心的朋友。

杜如月滔滔不绝地把自己买了些什么衣服、多少钱买的都详细地说给王海青，本想与好朋友一起分享快乐，谁知在她一口气说完后，王海青那边不冷不热地传过来一句："你也不想想别人？"

杜如月一时没有反应过来，挂了电话后，仔细琢磨起王海青的这句"想想别人"。

"那应该想谁？自己花钱买了点衣服还需要考虑别人？"杜如月觉得王海青实在不应该说这样的话。

人生注定是一场不断分道扬镳的行程。

细数这短短二十多年的人生历程吧，杜如月觉得自己已饱受分离之苦，与亲人分离，与友人分离，与故乡分离。

杜如月七岁的时候，姥爷去世了，当时她年龄还小，不太懂得什么是亲情，没有感觉有多么伤心难过；十五岁的时候，奶奶去世了，奶奶是世上最亲杜如月的人，奶奶的去世让杜如月感受到了撕心裂肺的痛；后来，三老娘、二老娘、二姥爷、四姥爷、二老舅舅、三老姨姨，这些长辈陆续去世，他们虽不是杜如月的至亲，但在杜如月小的时候，都以不同的方式亲近过杜如月，都亲切地唤过杜如月"妗妗"。

现在，这些长辈都不在了，杜如月觉得围绕在自己身边的亲情一天比一天天淡薄，就好像月球受到的地球引力在一天天减弱。

张利利怀疑杜如月给化学老师出主意，致使她请教化学老师的机会少了很多，她因此疏远了杜如月；刘竹梅因为父亲总表扬杜如月而对杜如月产生了排斥心理；王海青仅仅因为杜如月去上海买了一次衣服，就与杜如月产生了隔阂；伟伟、毛毛、表姐、表弟，还有吃过王秋竹"开心奶"的那些奶弟、奶妹们，他们大部分连初中都没有念完，与杜如月在文化层面上有了很大的距离，他们与杜如月的关系就像杜如月与故乡的关系一样，越来越远。

友情是一种多么脆弱的感情啊！它就像雨后的彩虹，绚丽却短暂。

紧张的工作、繁杂的家务、培养孩子的辛劳占据了杜如月婚后几乎全部的时间和精力，杜如月再无暇顾及那些若即若离的乡情了。

太原到忻州只相隔七十多公里，杜如月乘坐火车只需要两个多小时就可以到达。回到忻州父母的家里，母亲王秋竹总是唠叨："姈姈，我最近老能梦见咱们那个南房，梦见你奶奶在地下忙着做饭呢。""姈姈，我又梦见你反桃婶婶叫我到她家去取暖呢。""姈姈，我又梦见咱家的房子漏雨了。""姈姈，我又梦见咱家灶火让煤烟堵住了，家里到处都是烟……"

从王秋竹四十多岁离开五台县起，她梦见老家的情况日渐频繁。开始的时候，杜如月觉得是母亲不能适应城市生活，想着再过几年她在城市里住惯了就好了；谁知二十多年过去了，王秋竹不仅没有适应城市的生活，反而对老家的思念更甚了。现在她不只在梦里梦到老家的人和事了，就连白天也总是回想着在老家的点点滴滴。每与杜如月提起那些陈年旧事，她的记忆总是十分清晰，仿佛那些事就发生在昨天。杜如月把母亲的这种情况归咎于母亲年龄大了以后的怀旧。

现如今，杜如月也已人到中年，孩子也上了大学，生活的脚步终于可以渐渐放慢了，这时她才对母亲的那种思乡之苦有了深切的感受。

有一次，杜如月和父母商量："能不能花大价钱从李建堂手中把老宅再买回来？"

杜三文沉着脸说："那哪能呢！人家不会卖的。再说了，我们年纪也大了，住在农村也不方便。"

杜如月觉得父亲可能对老家、老宅没有太多的感情，便向王秋竹问道："我爸平时就不和你说老家的事？他就不想老家的房子？"

王秋竹顿了一下，缓缓地说道："你想吧，那是他家祖上传下来的房子，虽然他很少提起，但每次说起来就如同剜心割肉般。他平日里不说是为了让自己免受伤心之苦。"

老家终究是回不去了。对于年龄大了的父母而言，在城市生活确实比在农村生活方便些。

但杜如月的思乡之情却日渐强烈起来。

公园里的湖面结冰了，很多家长拉着孩子在冰面上战战兢兢地走，杜如月见那么大的孩子还不敢在冰上走，就下到冰面，一边用脚踢着冰块，一边追着冰块跑。可刚跑了几步，她便觉得索然无味了，想起小时候在滹沱河河面上追着冰块跑的情形——后面是妈妈虚张声势的吆喝声，妈妈喊得越大声，自己跑得越快，那时真是乐趣无穷。现在，离开了妈妈的视线，没了妈妈的吆喝声，离开了滹沱河河面，自己在冰上跑有何乐趣可言呢？

孩子上了大学后，杜如月的经济条件渐渐好起来，她便同几个朋友报了旅行社，一起去了一趟北欧，时间是十月中旬。不论是庄严典雅的瑞典皇后岛风景区，还是驱车四个多小时欣赏的挪威的森林，抑或五彩缤纷的芬兰西贝柳斯公园，这些地方都绿草如茵、森林繁茂，但杜如月却总觉得这里缺少了人间的烟火气，远没有自己家乡那种给人以温暖的感觉。特别是想到在远古时期，骑马穿行于这绿草与森林之间的是金发碧眼的以打猎为生的白种人的时候，杜如月便更觉得这里陌生而清冷，这些白种人远比不上在自己家乡崖上出现的那些以野果、野菜为生的黑头发、黑眼睛的黄种人让人感觉亲切和温暖。

最后他们去了冰岛。晚上七点多钟的时候，旅游大巴把报名看极光的游客拉到距首都雷克雅未克四十多公里的地方，这里是冰岛看极光最好的地方。周围一片静默，淡得有些发白的半轮月亮冷冷地挂在半空。那月亮好像随时都会跌落天际，好像和她在家乡看到的那黄灿灿的可以居住神仙的月亮不是同一个。八点多钟的时候，天际出现了极光，摇摇曳曳的，以绿色为主，配以红色、紫色等各色光，一会儿飘到这儿，一会儿飘到那儿，一会儿一团团出现，一会儿一条条出现，就好像传说中人的灵魂，充满了鬼魅味道。看着自然界出现的这种怪异现象，杜如月觉得自己像是坐着地球，来到了宇宙的边缘，心中充满了迷茫与恐惧。回想起小时候经常看到的夜空，那时的月亮与星星是多么地使人有安全感啊！

家乡的一切都是美好的，家乡是每个离开家乡的人一辈子的精神寄托。

当代一位作家在描写乡愁时这样写："乡愁似童年的烙印，一砖一瓦、一碗一筷，一辈子附在身上。"

为什么把对故乡的思念之情叫作乡愁呢？这种愁缘于家乡变成了永远也回不去的远方，更缘于家乡永远与人生中最美好的童年时光联系在一起。

距杜如月家卖掉老宅仅仅只有三十多年，杜如月父母辈的邻居在世的还有很多，与杜如月同辈的邻居基本上都在世，已经故去的亲人、邻居就埋在离村不远的坟地里，五级村东坡地还是原来的模样，崖上仍然长着野草、野树，但杜如月为何觉得自己离五级村已是那样遥远了？

是丢失了时间吗？

杜如月想，再过几百年、几千年、几万年，地球再经历沧海桑田，变成鱼儿的自己可还能在水底找到这个曾经叫五级村的地方？奶奶、爸爸、妈妈、妹妹以及邻居、亲戚，可还能同时出现在自己的生命里？

　　但愿月亮里真的有保佑自己的神仙，让自己永远不要找不到故乡。杜如月经常这样想。